JN222270
Executed Villainess, regressed and living a life tough as nails.
If you confront the source of death(the Cursed Duke), you'll be taken on the route of doting destiny!?

ライナス・オーブリー
ミヒル・エクルストン
ルイザ・オーブリー

クライド・リプスコム
謎のウサギ……？
ブリジット
謎の狼

CONTENTS
プロローグ……007
1 嵌められた令嬢の死……012
2 雪の城……036
3 公爵の呪い……099
4 癒しの力……160
5 縁談の報せ……220
6 本物の婚約者……272
7 この感情の名前……321

処刑された悪女、回帰してしたたかに生きる

死の元凶（呪われ公爵）に凸ったら、溺愛運命ルートに!?

Author
蒼伊

Illustrator
八美☆わん

プロローグ

神様なんて信じない。

もしも神様が本当にいたとして、私の元にはきっと来ない。

だって本当に存在するのなら、どうして私は今まさに死の恐怖に怯えなくてはいけないのだろうか。

——それも、二度目の恐怖に。

吹雪の中、人里離れた雪山に出かけようと思う人物など誰もいないのだろう。どんなに叫ぼうが、助けを呼ぶ私の声は誰にも届かず、白い吐息の中で消えていく。

「……さ、ないで……。いや……、殺さないで……」

恐怖に怯える私の声は、目の前の魔獣にさえ届いてはいない。

真っ黒な毛に覆(おお)われた巨大な熊型の魔獣は、随分と腹を空かせているのだろう。涎(よだれ)を垂らし、野太い声で咆(ほ)えながら、血走った目をこちらに向けた。

——毒殺の次は、獣の餌？　結局、私は死ぬ運命だということ？

「……そんなのってないわ。……まだ、何も成していないのに」

しなくてはいけないことだって山ほどある。恨みも怒りも、何一つ晴らすことができていない。なのに、こんな雪の中で死ななくてはいけないなんて。

そんなの嫌。

死にたくない、死にたくない、死にたくない！

そう強く願うも、目の前の獣に懇願したところで、今まさに振り下ろされようとしている鋭利な爪は止まってくれることはない。

眼前に向かってくる爪に、思わずギュッと目を瞑る。直後に襲ってくるであろう痛みに備えて。

「邪魔だ。退け！」

――ザシュッ！

『グギョォォォ』

固く瞑った暗闇の中、私の耳に届いたのは肉を裂く残酷な音と魔獣の絶叫。

――いた……くない？　……どういう、こと？

恐る恐る瞼を開ける。

そこには、予想外の光景が広がっていた。

私に襲いかかってきた魔獣は、血塗れとなって、巨大な体を真っ白な雪の上へと投げ出していた。

新雪に飛び散った鮮血に、思わずヒッと悲鳴をあげる。

――死んで……いる？

なぜ、どうして。ドクドクと心臓の音が嫌に頭に響くのを感じながら、戸惑う私の目に飛び込んできたのは、血を払うように動く銀色の刃だった。

――人？　まさか、彼が……この魔獣を？

どこまでも白い雪山の中、黒いマントを靡(なび)かせる人物は、あまりに異質だった。

そして、その人物がこちらに振り返った瞬間、私は息を飲んだ。

まるで精巧な人形のような、自然が生み出すにはあまりに不自然なほどの美しさ。更に異質さの原因となっているのは、片目を隠すような白い仮面だろう。

未だ私は夢を見ているのではないか。

夢だとしたら、一体どこからが夢なのだろう。もしかすると、初めから……あの牢屋の中から、全てが夢なのかもしれない。

――とすると、この人は私を天国へと連れていく天使？　それとも、悪魔？

いいえ……もしかしたら、美しい……死神、かもしれない。

「お前は……」

驚きに呆然とする私に、こちらを振り返った仮面をつけた男は、僅かに眉間を寄せた。

そんな姿でさえ様になるなんて、と彼の顔を見つめていると、頭が徐々に重くなり自力で体を支えるのが難しくなる。
力なくその場へ倒れ込んだ私を、ふわふわの雪が優しく受け止める。
私の意思とは関係なく、意識はゆっくりと沈んでいった。

1 嵌められた令嬢の死

「出して！　ここから出して！」

柵を握りしめて、しゃがれた声で叫び続ける。

それでも、牢の前に立つ門番たちはピクリとも動かない。

つい先日まで、王宮の侍女たちによって手入れされた白く美しい手先は、見るも無残なあかぎれだらけの指になってしまった。

「なぜ……なぜ、私が死刑なのよ！　私が何をしたっていうのよ」

恐怖と焦燥に身を震わせる。まともに食事を取っていない体は、まるで人形のように制御ができず、力なくその場にへたり込んだ。

もう枯れ果てたと思っていた涙は、先ほど告げられた罪状により、再び溢れ出る。ポタポタと頬を伝った涙は、冷たい灰色の床に染みを作っていく。

――私は、何を間違えてしまったのだろう。

ただ伯爵家を守ろうとしただけ。ただ、自分の立場を奪われないようにと必死にもがいただけ。

それなのに何故。何も知らず何もしていない私が、反逆の罪に問われ、死刑を言い渡されなければいけないのか。

――おかしい。……つい先日まで、私はこの国で最も高貴な女性になるはずだった。

王子の婚約者として王宮で暮らし、あと1年もすれば、結婚式を迎えるはずだった。

それなのに、今私がいるのは、王宮の地下にある薄暗い牢屋の中。

なんの前触れもなく突如部屋に立ち入った騎士たちに、無理やりここに押し込められてから、もう何日……いや、何週間ここに閉じ込められているのだろう。

窓一つないこの場所では、朝も夜もない。時間も日付もわからない。

まともな食事は出ず、出されるのはカビたパンと野菜のカスが浮かんだスープのみ。王子の婚約者である私にとって、あまりにも屈辱的な食事だった。

虐げられ続けた伯爵家でさえ、このような食事を出されたことなどない。

それでも、いつか誤解が解ける日が来る。そして、ここを出る為には少しでも体力をつけなければ、と唇を噛み締めながらパンを齧った。

――全ては、ただ生きるためだけに。

それなのに、ここまで耐えたのに、なぜこのような結果にならなければいけないのか。

「気分はどうかな？」

柵越しに、声を掛けてきたのは、つい先日まで私に愛を語ってきた人物――この国の第二王子であるミヒル・エクルストン殿下。

彼は、精巧な人形のように美しい顔を嫌悪感に歪めながら、冷え冷えとした視線をこちらに寄越した。

「……最悪に決まっているでしょう。早くここから出して！」

「それは出来ない」

冷たく言い放つミヒル殿下に、私は身震いをした。

いつだって花が綻(ほころ)ぶような笑みで私を見つめてくれたその瞳は、私を憎々しく睨むだけ。いつだって、ルイザと愛おしそうに私の名を呼んだ唇からは、かつて聞いたことのない突き放すような冷酷な言葉を発する。

「何故……私は……あなたの婚約者でしょう」

震える声でそう問うも、返ってきたのは私を見下ろすガラス玉のような瞳だけ。

「ただの婚約者候補だったに過ぎない。……それも、替えが十分にある、ね」

「な、なんですって？」

私が捕えられたのは、きっと何かの間違いだと信じて疑わなかった。ミヒル殿下が冤罪の証拠を見つけ出し、私を救いに来てくれると。

「証拠を……私の無実の証拠を探し出してくれていたのでは？」

「未だに無実だと主張するのか。お前の罪は裁判でも明らかになったではないか」

「裁判……あんな形だけの、私に話もさせず、責め立てるものが裁判ですって？　それに、あなたはその裁判にさえ来なかったではありませんか！　私はあなたがその場にいないから……私を救い出すためにこの裁判に反対し、無実の証拠を見つけ出すと信じていたのに」

死罪と告げられた時も希望はあった。ミヒル殿下が必ず助けてくれると。それなのに……。

「随分とめでたい頭をしているのだな」

ミヒル殿下は鬱陶しそうにため息を吐くと、まるで虫けらを見るように顔を歪めた。

「……そ、そんな。嘘、でしょう？」

ドクンッと胸が嫌な音を立てて軋む。

――死罪……死罪……。　えっ……私、本当に死ぬの？

ガクガクと震えが止まらない体を、両腕でギュッと抱き締める。上手く表情を作れない顔面は、おそらく一切の色をなくしているだろう。

「わ、私……本当に何もしていないんです。何故こんな場所に入れられているのかも、わかりません」

「今の君は、反逆者だ。国を地獄に落とそうとする悪女」

冷たく感情の見えない瞳をこちらに向けてくる彼は、本当にあのミヒル殿下なのだろうか。

「そんな悪女を、この国の王妃にするとでも？」

「私は反逆者なんかではありません！」

「その話は裁判の記録で確認済みだ。だが、全ての証拠が君の発言を否定した」

　ボサボサの髪で連れ出された先には、貴族院が集合した立派な裁判所。そこで私は、まともに発言を許されなかった。そもそも、なぜ自分が捕えられているのかさえ知らなかったのだから。

　裁判官の言葉からようやく、兄の起こした国へのクーデターの事実を知った。ショックで頭が働かないまま、引き摺られるようにまたこの牢屋へと戻された。

　そんな裁判とも呼べないあの場で、何が反逆者だ。何が証拠だ。

「ルイザ・オーブリーは、兄ライナス・オーブリーと共謀し、クライド・リプスコム公爵主犯の元、王家反逆に加担した。君は王城から王家の情報を横流ししていた諜報員だ。君がライナスに宛てた手紙も多数見つかっている」

「兄に手紙なんて……私、何年も書いていません！」

「まだ言うか！」

　ミヒル殿下は大声で怒鳴りつけると、苛立ったように髪の毛を乱雑に掻いた。

「君にとって、僕は滑稽に映っていただろうね。君を信用して王家の重要な情報を何度も教えてしまったのだから」

　否定の言葉を何度告げようと、ミヒル殿下は嫌そうに眉を寄せるだけだった。

「だが、リプスコム公爵。……この国の呪われた第一王子と君たちの王家乗っ取り計画は、残念ながら失敗に終わった。いくら国一番の魔力を持つ悪魔公爵といえど、多勢に無勢だ」

「私……リプスコム公爵と共謀なんてできるはずがないんです。だって、会ったこともありませんもの」

「まだシラを切るつもりか。……まぁ、良い。君に関しては、君の悪事を暴き、僕に忠告をしてくれた愛国心溢れる女性の存在があったからね」

今まで私を見下ろしていた碧眼（へきがん）を優しく細めたミヒル殿下は、コツコツと聞こえてくる足音の方へと手を差し伸べた。

その手にほっそりとした美しい手が重ねられ、牢の前へと歩み寄る一人の女性。その女性の肩に手を回したミヒル殿下は、まるで恋人同士のように近距離で微笑み合う。

私は愕然（がくぜん）とその状況を見つめるも、目の前で何が起きているのか理解ができなかった。

「そうだよね、スティーナ」

「はい、ミヒル様」

スティーナと呼ばれた人物は、ミヒル殿下に向けて、愛らしく恥じらう表情で頷いた。だが、一瞬こちらへ視線を寄越したその表情は、まるで私を嘲笑（あざわら）うような下品な笑みを浮かべていた。

カッと怒りが湧いた私は、柵を強く握りしめながらスティーナを睨みつける。

「スティーナ！　また、あんたのせいなのね！」

大声で力の限り叫ぶ私に、スティーナは肩を大袈裟に跳ねさせながらミヒル殿下にしがみついた。

「ミヒル様、怖い……」

「従姉妹とはいえ、こんなにも性格が違うとは……。本当に恐ろしい女だ」

「ミヒル殿下！　スティーナこそが性悪で恐ろしい女なのです！　あなたは騙されています！」

この女、そしてスティーナの両親こそが、私を常に苦しめていた張本人なのだ。私を虐げ続けた叔父一家にオーブリー伯爵家を奪われまいと、折角ミヒル殿下の婚約者になり、あと一歩で王子妃になれるというところだったのに。

スティーナという女は、私の物を全て奪わなければ気が済まないのだろう。この女に、またしてもしてやられたんだ。

「ミヒル殿下、どうかどちらが嘘をついているのか。正しい判断を！」

どうにかミヒル殿下の目を覚まさせようと懇願する私に、ミヒル殿下は怒りを滲ませた恐ろしい形相でこちらを睨みつけた。

「僕の婚約者を侮辱するのは、やめてもらおうか」

「は……？　婚約者？」

——婚約者は……私のはずでは？

「正式な発表はこれからだが、スティーナは私の婚約者だ」

ミヒル殿下の言葉が理解できず、呆然とする私に、スティーナは甘ったるい笑みを浮かべながらミヒル殿下に寄り添った。

「何で……何で。スティーナが？　ミヒル殿下の婚約者ですって？」

「僕の唯一の理解者のフリをして、国を欺いていた気分はどうかな？　さぞかし気分が良かっただろうね。……だが、君の計画……いや、君たちの計画は失敗に終わった」

――私は……負けた？

スティーナの勝ち誇った顔を見上げながら、私は悔しさに涙を溢す以外なかった。それが尚更スティーナの気分を良くするのだろうと分かっていながら、この虚しさと怒りを受け流す方法はなかった。

「ルイザ、私の大切な従姉。……こんなことになってしまって、残念だわ」

悲しげな声で呟くスティーナの声は、女優顔負けの名演技だ。だが、それに返事をする気力は最早私には残っていなかった。

柵を握りしめながら、ズルズルと重たい体が床へと沈んでいく。

その時、コトッと音を立て、私の目の前に瓶が差し出された。

「僕から君への最後のプレゼントだ」

ミヒル殿下の声に、その小瓶を凝視する。極限まで目を見開いた私に、ミヒル殿下は意外そうに眉を動かした。

「あぁ、君にはこの毒の存在を話していたのか」

「な、何よ。これ！　……まさか、あなた……正気じゃないわ」

「そうだよ。僕の兄、クライド・リプスコム公爵の呪われた血で作られた毒だ」

かつてミヒル殿下に教えられた王家の秘密の一つ。それが今回のクーデターの首謀者、クライド・リプスコム公爵の血だ。

生まれた時から呪いを受け、自分の母親でさえ殺してしまったクライド・リプスコム。第一王子が起こした王妃殺害という罪を、王家は隠すように辺境のリプスコム公爵家へと養子に出した。そんな恐ろしい呪いを持つ彼の血を浴びれば、一生苦痛から逃れられない。更に、その血を口に含めば、この世で一番の苦しみを味わいながら息絶えるといわれている。

だが、恐ろしいのはそれだけでない。リプスコム公爵の血でできた毒は、呪いの力により死後も永遠に苦しみ続けるそうだ。

――呪われた毒薬。

「なぜ、そのような人でなしに成り下がったのよ」

「……君が裏切ったのが悪いんだよ、ルイザ。僕の一番嫌いなものは……裏切りと、クライド・リプスコムだからね。僕を裏切っただけでなく、よりにもよってクライドの共犯者だったんだ。そんな君を、簡単に殺す訳がないだろう?」

「……狂ってるわ」

陽の光を浴びてキラキラと輝く金髪に、美しい碧眼。穏やかで優しい笑みを浮かべて、愛しそうに私の名を呼んだ、私だけの王子様。私にとって、ミヒル・エクルストンはそういう人物だった。

——本来の姿を知らなかった。いえ、知ろうともしなかった私が、そもそも間違っていたのだろうか。

呆然としながら、ミヒル殿下を見つめる私に、ミヒル殿下は側にいた騎士たちに「入れ」と指示をした。すると、数人の騎士たちはすぐさま牢屋の鍵を開け、私の方へと向かってきた。

「クライド・リプスコムも、君の兄ライナス・オーブリーも、既にこの世を去っている。次は君の番だ」

「何……やめて、来ないで！」

屈強な騎士たちは、後退る私をあっという間に拘束した。私の腕を強く引っ張り、背中側へ回し捻り上げると、私の体を床に押し付けた。

拘束から逃れようと、無我夢中で首を左右に振る。だが、顎を摑まれて顔を持ち上げられた私の体が、自力で逃れる術はなかった。

必死に泣き叫び、離してくれと懇願するも、正面で固定された顔は怪しく煌めく碧の瞳を捉えるだけ。

無表情で何の感情も浮かんでいない様子のミヒル殿下は、こちらを見下ろしたまま口を開いた。

「……地獄で永久に苦しめ」

その言葉を合図に、騎士の一人が毒の入った小瓶を私の唇に添わせた。

――いや、いや、いや！

間近に迫った自分の死に、恐怖で歯がガチガチと鳴る。何でも良い。今、私を救ってくれる存在があるのなら、悪魔でも魔王でも、誰とだって契約するだろう。

「やめて、私に触らないで！　助けて、ミヒル殿下！　助けて」

憎悪の瞳でこちらを睨む元婚約者に縋るも、彼は私の最期を見届ける前に、踵を返した。

「人でなし！　人殺し！」

私の口から漏れるのは、恨み言だけだった。

だが、口を開けたその瞬間、小瓶からドロリと毒が注ぎ込まれる。

口に含んだ瞬間、騎士はそれを一滴も吐き出させまいと、顎を上へと持ち上げて口を開けないように固定した。

必死の抵抗も虚しく、私はその毒をゴクリと飲み込んでしまった。

その瞬間、多量の血が口から漏れた。全身が焼かれるようにドクドクと熱くなり、何本もの鞭で同時に叩かれるような痛み。首を締め付けられる息苦しさ。

――た、助けて……。……死にたくない。

永遠のような苦しみの中で、誰もが早く楽になりたいと願うだろう。

だが、私は自分の意識を失う最期の瞬間まで、必死に生きたいと願った。

◇

逃れられない息苦しさと激痛の中、無我夢中で空気を求める。暗闇しかない世界で、僅かな光を求めて、必死に手を伸ばした。

——誰か、ここから出して。この苦しみから助けて。

声にならない声で叫ぶ。何度も、何度も、何度でも。

その時、視界いっぱいに眩(まばゆ)い光が差し込んだ。私はその光を逃すまいと、苦痛の中でもがき続けた。

「……ザ……イザ……」

光は私を呼んでいる気がした。遠くなるその光を、私は死に物狂いで追い続ける。

光を掴もうと懸命に手を伸ばす。そして、ようやく掴んだ。そう思った瞬間——。

「ルイザ！」

私の名を呼んだその声に、頭部を鈍器で殴られたような衝撃が走った。

「えっ……」

さっきまで間違いなく、私は毒に侵(おか)されて永遠の苦しみの中にいた。だが、今その痛みはスッと消え、不思議なほどに頭がすっきりした感じがする。

「……イザ、ルイザ！」

私の名を呼びながら肩を掴まれ、体がビクッと跳ねる。

「だ、誰」

恐る恐る振り返った先には、驚いたように目を見開いた友人のエリサがいた。

「誰って、親友に向かって失礼ね。どうしたの？　あなた、さっきからずっと私のことを無視していたでしょう」

「……私、死んだはずじゃ」

これは、一体何なのだろう。

「……夢？」

侯爵令嬢のエリサは、ブルネットの髪をアップにして、美しくドレスアップしている。

エリサを最後に見たのは、確か私が牢屋に入れられる少し前。彼女の結婚式だったはず。

「まさか、エリサも反逆罪で……」

いや、そんなはずはない。反逆罪で捕まったのは、クライド・リプスコム公爵と関係している人たちだけ。エリサの両親は、第一王子であるリプスコム公爵よりも、第二王子のミヒル殿下と近しい関係だった。

だからこそ、エリサには私がミヒル殿下と仲良くなれるように協力してもらったのだから。

「……可能性は低い、わよね。もし牢屋に入っていたのなら、こんなにも肌も髪も綺麗に整えられているはずないわ」

何が起きているのかはわからないが、私は死んだはずで……エリサは生きているはず。であるのなら、目の前の彼女は一体……。

ぼんやりとする頭を覚まそうと、軽く頭を振りこめかみを強く押さえながら、目の前の親友を見遣った。

エリサはいつもと同じく、社交界の華に君臨する侯爵夫人に似て、最先端の装いをしている……はずだった。

「あら？　でも……エリサ、そのドレスって……数年前に流行っていたもの……よね？　それに、今日のエリサ……なんだかいつもと違う気が……」

ドレスの袖に沢山のレースをあしらったデザインは、今の流行ではない。古い型のドレスをエリサが身につけていることに違和感がある。

それに、ジッと彼女を見てみると、なぜか幼さを感じる。

「……メイクが違うのかしら」

「はぁ？　何の話？」

ブツブツと呟く私に、エリサは不審そうに眉を顰めた。

「悪いけど、このドレスは王都一番人気のメゾンローズの最新モデルよ」

口角を上げながら、ふふんと自慢げにドレスの裾を摘まみながら揺らめかせるエリサに、私は首を傾げた。

「あなただって、今日は少しでも条件のいい婚約者を選べるようにめかし込んで来たのでしょう？　折角のこの国最高峰の殿方に出会える機会に。……変な冗談にしても、とても死んでる場合じゃないでしょ」

「最高峰の殿方？」

自分の置かれている状況がわからず、混乱する頭で、エリサの発した言葉を反芻する。だが、ぼんやりとした頭では上手く理解ができない。

——これは何？　今、何が起きているの？　幻でも見ているのかしら。

「ミヒル殿下に決まってるでしょ」

呆れたようにため息を吐いたエリサの言葉に、私は心臓が跳ね上がった。

ミヒル・エクルストン。——彼に殺されて尚、またこの名を聞かなければいけないだなんて。

その名を聞いた瞬間から、わなわなと身体が震え、怒りに支配される。

「……ミヒル……エクルストン」

まるで呪いの言葉のように、どす黒いもので支配された声で呟いた言葉は、エリサには聞こえなかったようだ。

エリサは手に持った扇子をパチンと鳴らしながら、内緒話をするように私の耳に顔を寄せた。

「ミヒル殿下の婚約者の選定が始まったから、ルイザは今日ここにいるんでしょ？　なりたいんでしょ、王子の婚約者に」

「何を言って……。婚約者は、スティーナに決まったと」

私を騙し、死に追い詰めた者たち。私が知る中で一番の性悪女と、私を裏切ったミヒル殿下。

彼らが治める世はどれほど悲惨なものになるのだろうか。

この目で彼らが苦しむ姿を見ることができないのが残念だ。

「スティーナ？　スティーナってあなたの従妹の？」

目の前の夢なのか幻なのかわからない親友は、私の言葉に不快そうに眉を顰めた。

「あなたを差し置いてスティーナが婚約者候補に選ばれるはずがないじゃない。伯爵家のあなたと子爵家のあの子では、家格が違い過ぎるわ。そもそも殿下の婚約者候補に、同じ家門から二人も選ばれるはずがないもの。候補になるのなら、絶対にあなたに決まっているわ」

そう、本来であればスティーナはミヒル殿下の婚約者になどなれる立場にない。

何でも私の物を欲しがり、奪っていたスティーナが、なぜミヒル殿下に関してだけは爪を噛んで物欲しそうにしながらも我慢していたのか。それが、まさに子爵家という貴族の中でもそこまで高くない家格にある。

スティーナの親である叔父は、あくまで我がオーブリー家の分家の一つに過ぎない。由緒正しいオーブリー本家とその分家では、立場に雲泥の差があるのだ。

――両親亡き後、叔父はオーブリー伯爵の座を虎視眈々と狙っていた。

きっと私が反逆罪で捕まったのも、身に覚えのない証拠も、叔父やスティーナが私を陥(おとしい)れるためにでっち上げたに違いない。

悔しさに拳をギュッと握る。すると、不思議なことに爪が食い込むジリッとした痛みが手のひらに広がった。

「今日の王宮舞踏会に賭けてたくせに。ルイザ、あなたさっきから変よ?」

ぼんやりと手を見つめた私に、エリサは不思議そうに顔を傾げた。

「王宮舞踏会?」

エリサの言葉にようやく周囲へと視線を向ければ、高い天井には豪華なシャンデリア。私のすぐ側を、シャンパングラスをトレーに乗せた給士が横切る。

先程まで何も見えていなかったのに、不思議なことに一度周りを見渡してみれば、辺りが鮮明になっていった。

着飾った男女たちの談笑に、美しい楽団の音色(ねいろ)。そしてホールの階段を登った2階には、王族用のビロードの椅子と、エクルストン王国を顕(あらわ)す翼と剣の紋章。

——あぁ、ここは間違いなく王宮の大広間だ。

キョロキョロと辺りを見渡すと、よく磨かれた大きな窓に自分の姿が映っている。

「……このドレス」

窓に映る自分をよくよく見遣ると、今身につけているドレスの既視感に気がつく。

「えぇ、ルイザ。今日のドレスはよく似合っているわ。よくあの子爵が、こんな豪華なドレスを作ることを許してくれたわね」

パール感のあるクリーム色のドレス。裾には金色の刺繍が施(ほどこ)され、パフスリーブはボリュームがある。初対面で勝気そうに見られる赤紫色の猫目も、ドレスの色味もあってかいつもより柔らかい印象を持つと、友人たちから好評だったドレスだ。

このドレスに袖を通したのは、私の人生で一回だけ。――私にとっての勝負の日だった、4年前の王宮舞踏会の日。

「……王宮舞踏会って、新年の」

「えぇ、新年を祝う祭りの最終日よ。例年通りなら国王陛下が参加される初日が一番賑わうというのに、最終日の今日もこんなに人で溢れているわ。やはりミヒル殿下の婚約者の噂が広まっているのね。いつもより独身の貴族令嬢が多いもの」

そう、確かに4年前のこの王宮舞踏会。そこで、私はエリサの紹介の元、ミヒル殿下と初めて言葉を交わした。そこから交流を深めて、ミヒル殿下の婚約者の座を狙う数多(あまた)の令嬢の中、その座を射止めたのだ。

全てはオーブリー伯爵家を叔父一家に奪われず、自分の身を守るために。

広間に溢れる人々が、皆ザワザワとしながら入り口に注視していることがわかる。おそらく、この人の群れの中に、叔父夫婦もスティーナもいるのだろう。

——今、スティーナの顔を見たら、迷うことなく殴りかかりに行きそうだわ。

「ほら！　あぁ、殿下が入場されるわ！」

近くにいた令嬢が、甲高い声を上げたその瞬間。

遠目に、シャンデリアの明かりに照らされてキラキラと輝く金髪が見えた。

全身にゾワッと鳥肌が立つ。

小刻みに震えるこの体は、怒りなのか恐怖なのか。それとも死して尚、捕らわれている恨みの感情なのか。

——私の人生をめちゃくちゃにしたあの男。

私の人生は、全部……あの男、ミヒル殿下と、そして反逆の狼煙（のろし）を上げた兄ライナスのせいで壊された。

毒を無理やり飲まされた時の全身が焼ける苦しみ。裏切りによってズタズタに引き裂かれた心。

あの苦しみが蘇（よみがえ）り、視界が真っ赤に燃える。

「許せない……」

ポツリと呟いた声は、ミヒル殿下への歓声の声に掻き消された。

私はくるりと踵を返した。そのまま真っ直ぐ、庭園へと繋がる扉を目指して歩（あゆみ）を進める。

「ちょっと、ルイザ！　ミヒル殿下に挨拶に行かないの？」

「あいつに挨拶？　あぁ、一発殴ったらスッキリするかしら」

自嘲の笑みを浮かべる私を、不審そうに見つめるエリサの瞳に、私はあえてにっこりと微笑みを向けた。

「ふふっ。反逆罪の次は、不敬罪で処刑っていうのも笑えるわね」

私の言葉に、エリサは唖然と目を見開いた。

「今日のあなた、どうかしているわ」

「えぇ、そうでしょうね。今まで精一杯、人の目を気にして好かれるように意識してきた。……でも、そんなこと無駄だった。死に際の夢でさえ、自分を取り繕うなんて嫌だもの」

毒の作用で朦朧として、こんな幻を見せるのかもしれない。それでも、こんな過去の夢を見るぐらい私の生への執着は強いようだ。

この夢の先が、どこまで続くのかはわからない。

だけど、死に際の夢ならば、できなかったことをやるしかない。

「でも、今処刑されるのは嫌ね。どうせ夢なら、殴りたい相手はもう一人いるもの。そっちが先よ！」

ギュッと拳を握りながら、私は足早に進んだ。遠くなる歓声の中に、スティーナはいるのだろう。そして、その輪の中心にはミヒル殿下も。

それでも、私はそれらを振り払うように、一切後ろを振り向くことなく庭園を突っ切って行った。

王宮から馬車に乗り、戻ってきたのはオーブリー伯爵家。舞踏会からいち早く戻って来た私に驚くメイドたちを無視し、階段を上り3階の角部屋へと進む。

直系唯一の令嬢である私は、2階の広い部屋を与えられていた。南向きの部屋は大きな窓からこの家の庭園を眺めることが出来、お気に入りだった。

だが、両親亡き後に屋敷にやって来たスティーナが、私の部屋を使いたいと駄々を捏ねた。結果、元々物置にしか使っていなかった北向きの手入れが不十分な部屋へと私は移動させられた。

この部屋は、寒く寂しくあまり好きではないと思っていた。

それでも、ドアを開けるとホッとする。何週間も牢屋にいたからだろうか。あんなにも嫌いだったこの家も、この部屋も、とても大事な場所だったように思う。

「死んでようやく帰って来れたなんて……」

思わずしんみりと小さく呟く。だが、すぐにかぶりを振った。

――ダメね、今は感傷的になっている場合じゃないわ。叔父夫婦とスティーナが帰ってくる前に、この屋敷を出なければ。

なぜこんな夢を見ているのか、そんなことは全く見当がつかない。私の恨みや後悔の念が、この世に留まろうとするからなのか。それとも、自分の死の原因さえ把握していない私に、神様という存在が納得する時間を与えようとしたのか。

「……もちろん、納得なんてするはずないけど」

私は革の肩掛け鞄に、隠し持っていたありったけの硬貨と貴金属を入れていった。

――どうせ夢なんだから、必要なもの以外は持ち出すことはない。……これだけあれば、それで良い。……それと。

木目調のチェストの上段を開けると、中には大切に仕舞っていた両手大のジュエリーボックスがある。それを取り出し、テーブルの上に置く。

百合の紋章が入った小箱を開けると、ゴールドのチェーンが着いたアメジストのネックレスが入っている。

そのネックレスを手に取り、鏡の前でネックレスを首に着ける。すると、卓上のライトに反射したアメジストがキラキラと煌めきを放つ。

私の緩くカールした薄紫の髪、赤紫の瞳と同色ではあるが、このアメジストの方が色が濃い紫。

それでも、どれもが反発し合うことなく、不思議と馴染む。

「……なかなか似合う？　……かな」

何でも私のものを欲しがるスティーナに、唯一触らせることさえしなかったもの。それが、このネックレスだ。

これを贈った人物こそが、私を死地に送った人物に他ならない。――それが、ライナス・オーブリー。

リプスコム公爵と共にクーデターを起こし、反逆の中心にいたその人は、私のたった一人の実の兄だ。

もう何年も会っていない兄が何を考えていたのかなんてわからない。だけど、どんな辛い時も唯一の味方である兄を信じ続けていた。だからこそ、ずっと機密任務に就いたまま不在だった兄の爵位であるオーブリー伯爵を、叔父から奪われないように尽力した。

その結果、反逆罪などという裏切られ方をしたのだが。

「……ずっと私の存在を放っておいて、大事な時にはずっといなくて。挙句に、自分はあっさり戦地で死ぬなんて。……こんなの、一発殴って文句を言わないと、死に切れるはずないじゃない」

じわっと浮かんできた涙を手の甲で拭う。もう一度、鏡を覗き込むと、そこには情けない顔をした16歳の幼い私。

よしっ、と呟きながら私は腰まである長い髪の毛をリボンで一つに括る。

クリーム色のドレスから簡素なドレスへと着替え、地味な紺色の外套を羽織った。フードを被り、そのまま屋敷の裏手にある厩へと入って行った。

「良い子ね。私と一緒にリプスコム公爵領へ行ってくれる？」

茶色い毛並みが良いこの馬は、亡くなった私の父が最期に贈ってくれたものだった。この子だったら、きっと私の無謀にも付き合ってくれる。

「夢の中であっても、あなたには大変な旅に付き合ってもらうことになるわ。ごめんなさいね」

背中を撫でると、愛馬は私の言葉がわかるかのようにその場で何度か足踏みをした。

鞍をつけた愛馬に跨り、手綱を強く握る。

まだ夜は始まったばかり。頭上に輝く月明かりを視線にとらえながら、私は愛馬と共に闇の中を駆けて行った。

「ありがとう。それじゃあ、行きましょうか。雪の城へ」

——お兄様はきっと、あの極寒の地にいるはずだもの。

2 雪の城

王都を出発してから、もう2週間は経つだろうか。

未だ、私は死に際の夢の中にいる。いや、もう自分に何が起きているのか、本当のところは何もわかっていない。

あの時、私は確実に死んだはずだ。だからこそ、死に際の夢を見ているとそう信じて疑わなかった。

だって、おかしいでしょ？　毒で死んだ直後に、過去に遡ることが出来るだなんて。そんな都合の良い話、誰も考えないだろう。

だから、私は後先も考えずに王宮舞踏会を後にして屋敷を飛び出した。

だけど、徐々に今私自身に起こっている謎の現象に戸惑いを感じるようになっていった。

ここまでの道中、各地の宿に泊まったり、時に洞窟の中で一夜を越したこともある。毎日、眠る前にこの夢の続きはもう終わってしまうのだろうか。そう不安になった。

だが、朝になると必ず目を覚ました。

この夢の続きは、一向に終わりが見えない。

「夢だったら、普通あっという間に雪の城に着くものよね。なのに、なんで……なんで、私はこんな場所を歩いているのかしら」

馬を引きながら、脛まで積もった雪に足を取られないように懸命に進み続ける。

――吹雪で前が見えない。今、私は一体どこを歩いているのだろう。

一刻も早くリプスコム城に着くことしか考えていなかった私は、この地域の冬を甘く見ていた。一昨日立ち寄った街で、冬用のブーツや手袋、厚手のローブを購入した。だが、それだけでは全く準備が足りていなかった。

粒の大きな雪は重みもあり、払っても払っても積もっていく。

――寒さで身体中が痛い。夢なのに、こんなにも痛みを感じるなんてこと、あり得る？

もしかして……私、何か大きな勘違いをしている？

この寒さの中、視界だけでなく頭も上手く働かない。そんな中で、今まで薄らと考えてはいたが、まさか……と考えを振り払っていた。

――もしかして、これは……夢ではなく、現実？　だとしたら……。

「本当に4年前に戻っている？　……そんなこと、あり得るのかしら」

ポツリと呟いた言葉に、ゾクッと体が震え上がる。

――だ、だめ。今は考えるより、足を進めなければ。そうでなければ、このまま凍え死んでしまうわ。

「リプスコム領……本当に恐ろしい場所」

クライド・リプスコムが治めるこの土地は、エクルストン王国の中でも異質な場所だ。一年の半分は雪で覆われ、山々に囲まれた閉塞感のあるこの領地は、峠を越えた瞬間から一面銀世界だった。

綺麗だと見惚れたのも束の間、山の天気は変わりやすいとはよくいうもの。青空は一気に灰色に染まり、あっという間に吹雪に襲われた。

真っ白な視界の中、馬を引いていた手綱がグッと重くなる。

「どうしたの？　もう歩けない？」

今まで文句も言わず歩き続けてくれた愛馬も、体力の限界だったようだ。足を止めてしまい、先に進むことを拒絶した。

「困ったわね。あら、あの黒い影は……。あぁ、きっと洞窟だわ！　あそこで一休みしましょう」

目を凝らして辺りを見渡すと、真っ白な中に、黒い何かを見つけた。

私もまた、長いこと雪の上を歩いていたからだろう。足の感覚さえなくなっていた。丁度良く見つけた洞窟にホッとしながら、そちらを目指してもう一踏ん張りと重い足を進めた。

「少し休まないと……」

だが、不思議と洞窟だと思っていた黒い何かが、こちらに迫ってくるように見える。

――な、何？

近づいてくる何かに、言いようのない不安と恐怖を感じる。その時、愛馬がパニックを起こしたように「ヒヒィーンッ」と大きく嘶(いなな)く。手綱を持っていた私の手を振り切ると、吹雪の中を逃げるように去って行ってしまった。

「えっ、何！　どうしたの！」

愛馬を追って駆け出そうとした私の足は、まるで鉛(なまり)がついているかのように動かない。

その時、巨大な影が私を覆った。ギギギと錆びついた人形のように、ゆっくりと振り返る。

「……ま、魔獣？　そ、そんな……」

そこにいたのは、3メートルはあるだろう凶暴な熊の姿をした獣。その魔獣は、爪と牙を剝き出しにして、今まさに私に襲いかかって来ようとしていた。

――わ、私はもう死んでいるもの……これ以上、死ぬはずがないわ！

そう開き直っていられたらどんなに楽だったか。いくら夢だと思おうと、そう信じようとしても、怖いものは怖い。何しろ、実際に魔獣を目にするのは初めてなのだから。

「キャッ！」

真っ黒の毛に覆われた手に伸びた鋭利な爪が、私を目掛けて振り下ろされる。尻餅をつきながら、咄嗟に体を横に倒して逃れる。

「ヒッ！　な、何で……血？」

倒れた場所は、誰も足を踏み入れていない新雪。そこに真っ赤な鮮血が飛び散っている。ハッと左腕を見ると、服は引き裂かれ、腕には深い傷を負っていた。

「これは……夢のはずでしょう？」

――だったら、何で血が出るの？　何で、痛みを感じるの？

「やっぱり……これって……本当に、現実？」

頬が引き攣る。だが、目の前の魔獣は、体の向きを変え、再びこちらに飛び込んでこようと体勢を変えた。

「嫌、嫌……」

魔獣の真っ赤な目と視線が合う。その瞬間、金縛りにあったように体が動かなくなる。私は恐怖に、歯をガチガチと鳴らせるしか出来ない。

――何もわからないまま、私はまた死ぬの？

しかも一度目は牢屋。その次は、こんな雪しかない見知らぬ場所でだなんて。

――そんなの嫌！

まるで時計の針がゆっくりと動いているかのように、私の見える世界は全てスローモーションに見えた。

『グォォォ』

自分目がけて襲いかかる魔獣。大きく開けた口からは牙が剝き出しになっており、獲物を前に涎(よだれ)を垂らしている。

「……やっ……嫌……や、めて……」

逃げなければ。そうわかっていても、目の前の巨体を前に自分の体はピクリとも動かない。

目の前で大きく体をしならせた魔獣は、先ほど私の腕を掠(かす)めた大きな手を再び振りかぶる。

その瞬間、魔獣の背がキラリと僅かに光った。

その眩しさと、次に来るであろう痛みに備え、ギュッと目を瞑(つむ)る。

「邪魔だ。退(ど)け！」

この場の緊迫感に似合わぬ、凛(りん)とした張りのある声。

『グッギョォォォ』

その声の直後、魔獣の絶叫が耳をつんざく。

ハッと目を開けると、顔面に迫った鋭利な爪に「ヒッ」と悲鳴が漏れた。だが、その爪は私に届く寸前に力を失うと、ドシンッと轟音を立てながら横に倒れ込んだ。

――な、何が起きたの？

倒れ込んだ魔獣をよく見ると、首から上がなくなっている。

次の瞬間、魔獣の頭だけがコロンッと近くに吹っ飛んできた。

――魔獣が……死んだ？

目の前で起きたことを理解できず、混乱しながら魔獣の頭を呆然と見つめた。すると、その頭を乱雑に引っ摑む黒い手袋が見えた。

混乱のまま目だけはその手を追っていく。そして、私はそれを視界に入れた瞬間、息を飲んだ。

シンシンと降り続ける真っ白な雪の中、首まで隠れる黒い軍服に、右肩には光沢感のある黒いマント。風に吹かれた瞬間、マントの内布であるボルドー色がはためく。

だが、何より言葉を失うほどに驚いたのは、顔半分を覆う白い仮面。

そして、半分が覆われているにもかかわらず、その美しさが損なわれていないその美貌だった。

濁りが一切ないはちみつのような琥珀色の瞳が、こちらへと向けられた。その瞬間、まるで世界から音が消えたように、その瞳に捕らわれる。

その右手に魔獣の首を持っていることなど、最早どうでも良いと思ってしまう。それほどに、彼だけがこの白い雪景色の中で、圧倒的な光を放っている。

――まるで、一枚の絵画を見ているよう。

彼はゆっくりと魔獣の亡骸(なきがら)へと近づくと、事切れた魔獣の背に突き刺さっていた剣を、無表情のまま引き抜いた。血を払うように剣を何度か振った後、腰の鞘へと収めた。

「……あなたが……魔獣を」

震える唇で小さく呟くと、長い睫毛を揺らしながら、彼がこちらへと視線を向けた。

本当に血の通(かよ)った人間なのだろうか。そう疑問に思うほど私へと向けた琥珀の瞳は、何の感情も浮かんでいない。

「お前は……」

彼が唇を動かすと、それと連動するように声が聞こえる。

私はぼうっとする頭で、やはり目の前にいるのは人間なのか。と変な感想を持った。

――この人が、私を助けてくれたんだ。

あわやの所で、私は生き延びることができた。この人があと数秒でも駆けつけてくれるのが遅かったら、私は魔獣の餌食になっていただろう。

「あ、あの……」

お礼を言わなければ。そう慌てて立ち上がるため体を起こそうとした瞬間、くらっと立ち眩みがする。

まずい、そう思ったのも束の間、私の体はその場に崩れ落ちた。雪の上には魔獣のものとは違う、人間の血で赤く染まっている。

そうだ。魔獣の爪で負った傷……。

先ほどまで、死の恐怖と目の前の人物の衝撃で、傷のことを忘れていた。だが、一度思い出してしまうと、気にするなという方が無理だ。

何より、さっきまでクリアだった視界が徐々に霞んでいく。

魔獣を倒してくれたお礼も言えていないのに、この人が誰なのかも聞けていないのに。出血が多かったからだろうか。私の意識は、ゆっくりと深い深い闇の中へと引き摺られていった。

最後に見たのは、美しい仮面の人物が、僅かに眉を顰めた表情だった。

◇

色んなことがあり過ぎて疲れた。

あぁ、もっとゆっくり休みたい。

「ルイザ」

ようやく眠れると思ったのに、また私を起こすの？

この心地良い夢の中で、まだもう少し微睡んでいたい。

まだもう少し。もう少しだけ、眠っていたい。

「……や、いやよ」

「泣くな、ルイザ」

私、まだ寝ていたいの。

誰の声？

少女の泣き声が聞こえる。これは、まだ私の夢の中？

「ルイザ、俺はしばらく任務でこの家を空ける。だが、叔父上たちがきっとお前を立派な淑女に育ててくれるはずだ」

「嫌よ！　お兄様、行かないで！」

未だ微睡の中、夢の中にいる私は、暗闇の中で目を開けた。そして、何かに導かれるように声のする方へと進んだ。

すると、そこにいたのは幼い頃の私と、私が最後に見たライナスお兄様の姿。

——これは……私の記憶？

私の目の前に突如現れたのは、ガラスの扉だった。その扉は鍵がかかっているのか、開くことはない。だが、扉の向こうには明るい青空が広がっている。

——まるで走馬灯ね。……忘れたくても、忘れられない私の記憶。まさか、夢の中でこんな昔の記憶を見る羽目になるなんて。

両親が相次いで亡くなり、幼かった私が頼れるのは実の兄、ただ一人だった。

だが、兄もまた自分の立場を守ることで精一杯だったのだろう。

「お前はオーブリー家の長女だ。そんな我儘を言ってはいけない。父上がよく言っていただろう。オーブリー家は、建国当時から王家を守る剣だと。王家の剣はいつだって、主を守るために磨き、誇り高い存在であれと」

「……でも、お父様はもういないじゃない」

幼い私は、駄々を捏ねるようにお兄様の腕に必死にしがみ付いた。そんな私の両手を、お兄様は優しく手に取る。そして両手を握りながら、その場に膝をついて私に視線を合わせた。

「父上が亡くなろうが、父上が生きた証は消えない。教えも消えはしない。俺たちは、オーブリー家の継承者として、誇り高く生きなければならない」

オーブリー家の一員として誇り高くあれ。父は口癖のように、私たちに何度もそう告げた。お兄様は、全てが父によく似ている。

黄緑色の意志の強そうな瞳も、一見目つきが悪そうに見える吊り上がった目元も。そして何より、王家の剣としての役割に、誰よりも誇りを持っているところも。

私と似たところなんて、薄紫の髪色ぐらいなものだ。

「……伯爵はお兄様であって、私は違う」

「オーブリー伯爵令嬢。これから、お前は社交界に出るだけで知るだろう。そう呼ばれる重みを」

この時は、まだ本当の意味でわかっていなかった。この国においての我が家の立ち位置を。

我が家は伯爵家ではあるが、オーブリーという名は王国の五大公爵家でさえ、その名を無視することはできない。所謂（いわゆる）、名家と呼ばれる家だ。

どこまでも実直で欲がなく、建国時から剣としての役割を守り抜いてきたオーブリー伯爵家。王家からの信頼は揺るぎようもないほどに厚い。

そんなオーブリー家の血を、お兄様は濃く受け継いでいるのだろう。だからこそ、オーブリー家の人間だからと、親族を信じ過ぎるきらいがある。

「叔父上もまた、オーブリー家の一族だ。きっとお前を立派な淑女に育ててくれるはずだ」

代々のオーブリー伯爵が清廉潔白な人物だったことは認める。だが、オーブリー一族の血筋だからといって、全てが欲のない人物かというと、そうではない。

その代表が叔父だ。だが、この時の私はまだ幼く、兄もまた騎士になって間もない上に、伯爵位を継いだばかりだった。外面の良い叔父の本性に気がつくには、あまりに純粋過ぎたのだろう。

「大丈夫、今生の別れという訳ではない。少し離れるだけだ」

お兄様は、少し逡巡した後、私の頭を不器用に撫でた。眉を下げたその表情は切なげで、それ以上の我儘を言うことが躊躇われた。

「……手紙ぐらいは書いてくれる？」

「手紙か。あまり得意ではないが……善処しよう」

困ったように僅かに眉を寄せながら頷いた姿を見て、ようやく私はお兄様の手を離した。

お兄様は少し名残惜しそうに馬に乗ると、何度もこちらを振り返りながら屋敷を後にした。

手紙の約束が守られたのは、初めの1年だけだった。その1年でさえも、僅か5行程度の短い手紙だけ。

——元気でいるか。風邪は引いていないか。勉強をよく頑張るように。長い休みが取れれば、すぐに会いに行く。

内容もないそんな手紙でさえ、私にとっては宝物だった。

極秘任務に就いているお兄様の居場所を知る術は、私にはなかった。それでも、伯爵家の仕事はしっかりとしているようで、お兄様が留守の間に雑務を任されていた叔父様の元へは、度々連絡が入るようだった。

場面が変わってガラスの扉の向こうでは、自室の鏡を覗き込む私の姿があった。先ほどの10歳から成長し、今の……16歳の姿とさほど変わらないことから、ここ数年の出来事かもしれない。

今私が首に着けているアメジストのネックレスを首に当てる私の後ろに、スティーナが現れた。

「あら、素敵なネックレスね」

「……スティーナ。この部屋には入らないでって言っているでしょ」

素っ気なく返事を返すと、スティーナはムッと眉を顰めた。だが、部屋を出るつもりはないようで、まるで自室のように大きな態度でソファーに座った。

「ライナスお兄様からのプレゼントでしょう？」

「あなたには関係ない」

「あら、関係あるわよ。私のお父様が伯爵位を継げば、この家の財産は全て私に受け継がれるもの。そのネックレスも、そう遠くない未来には私のものなのよ」

「そんなはずないじゃない！　オーブリー伯爵家はあなたたちの自由になんてさせない」

スティーナはいつだって私を煽ってくる。それに乗るべきではないとわかっていて尚、完全には感情のコントロールができない。

　私が苛立ちを露わにすると、スティーナの唇が満足気に弧を描いた。

「私、ルイザには同情しているのよ。だって、あなたのお父様がご存命であれば、私の父に伯爵位が落ちて来ることなんてなかったもの。剣を振るしか能がないあなたの兄は、伯爵の仕事をほぼ父に取られ、機密任務とやらからもう6年も帰ってこない。唯一の後ろ盾であるライナスお兄様からも捨てられて、肩身の狭い思いをしなくてはいけないなんて」

　耳が痛い。だが、スティーナの言っていることは、あながち間違っている訳ではない。ライナスお兄様から連絡がないのも、この屋敷で肩身が狭いのも。

「オーブリー伯爵令嬢。その立派な肩書も、もうすぐ私のものになるわ」

　フフンと鼻で笑うスティーナに、私は拳を握った。

「……オーブリー伯爵は、今もこれからもずっと、兄のものだわ」

「それはどうかしら。……まぁ、従姉妹（いとこ）のよしみですもの。立派な嫁ぎ先ぐらいは見つけてあげるわ」

　こんな女に嫁ぎ先の面倒を見てもらう事態になんてなれば、揚々と酷い縁談を探し出してくるのだろう。

「あなたの成人の日が、今から楽しみね」

「……性格の悪い女」

キッと睨みつけても、スティーナは気にする素振りもなく、愉快そうに笑いながら部屋を出ていった。

——スティーナの言うように、後ろ盾がないのはその通りだった。

面の皮が厚い叔父は、社交界ではオーブリー伯爵代理としてお兄様の代わりという名目で、足場固めに余念がない。この頃、貴族内の一部ではオーブリー伯爵位は叔父に変わるのではないか、という噂で持ち切りだった。

今こそお兄様が表に立って、自分がオーブリー伯爵だと周りの噂を払拭して欲しいのに、お兄様は6年前から表舞台に出ることはない。

私が自分の立場とこの家を守るには、息災にしているのかも不明な兄に頼ることなんて出来ない。なんとか強い後ろ盾を得なければ、私の将来は今よりも更なる地獄しか待っていないだろう。

スティーナの目論見通り、成人したと同時に、縁談という名目でこの家を追い出される可能性さえあった。

だから、私は後ろ盾としてこれ以上ない人物——この国の最高峰を狙ったのだった。

もしもオーブリー伯爵家を叔父が乗っ取ろうとしようとも、到底手出しができないような高みへ自分が登ってしまえばいい。そうすれば、伯爵の座も、自分の幸せもどちらも守ることができる。そう考えたのだ。

だからこそ、この国の第二王子の婚約者になった。叔父もスティーナも、誰も私のものを奪えない高み。そこに登った結末が、私自身を死に追いやると知る由もなく。

――この暗闇の中、ガラス扉の向こうは私の走馬灯なのかしら。そうであるのなら、もうこれ以上何も見たくない。この先は幸せの絶頂にいると信じた自分が崖から突き落とされる、何とも滑稽で残酷な現実なのだから。

その場にしゃがみ込み、膝に頭を埋めながら私は耳を塞いだ。

もう何も見たくない。何も聞きたくない。それだけが、私の望みだった。

いつの間にか私の意識はどこか別のところに行っていたのだろうか。記憶がないまま、突如明るい光が私を包み込む。

眩しさに霞む目を凝らすと、目の前にぼんやりと人の輪郭が浮かび上がった。

目をこすりながら定まらない視線を集中させると、見知らぬ少女がこちらをジッと見つめていた。

「キャッ！」

「あっ！　目が覚めましたか？」

「だ、誰！」

慌てて飛び起きると、ズキンッと頭が割れるように痛んだ。

「そんなに急いで起きてはいけません。丸三日も眠っていたのですから」

「……丸三日？」

「えぇ、傷が深かったので」

「……あなたが、手当をしてくれたの？」

左腕を見ると、清潔な包帯が綺麗に巻かれている。

「はい。完治まで時間はかかるかと思いますが、おそらく痕は残らないかと」

「……そう。ありがとう」

まだズキッと痛む腕に手を添わせながら礼を言うと、少女は年相応にはにかんだ。

「いえいえ。それにしても、眠っている間、随分と魘(うな)されていましたね。長い悪夢を見られていたのでは？　熱も随分高かったですし」

私の背中に小さな手を回して、ゆっくりと起き上がれるように介助してくれた少女は、心配そうに眉を下げた。

——あの暗闇の中で見ていた記憶は、夢だったのね。

「確かに……悪夢を見ていたのかもしれないわ」

あの日々全てが悪夢で片付けられたら良いのに。反逆罪で捕まったことも、リプスコム公爵の毒で苦しんで死んだ過去も。全部。

真っ白なシーツの上でギュッと拳を握る。すると、小さな手は私を労るように、握った拳に重ねられた。

ハッと顔を上げると、少女は朗らかな笑みを浮かべた。

「申し遅れました。私、この城の侍女を務めております。ブリジットと申します」

「……ブリジット。……あなたが、侍女？」

腰まで伸びる長いミルクティーベージュの髪を、ツインに緩く三つ編みにした少女は、確かに侍女の服装をしている。だが、どう見ても10歳程度にしか見えない。

ブリジットは、私の不躾な視線を気にも留めないように、ローズクォーツのようなピンク色の瞳をキラキラと輝かせた。

「か、感激です！　まさか、ルイザ様に私の名前を呼ばれる日が来るだなんて」

「……あなた、私のことを知っているの？」

眉を寄せた私に、ブリジットは頬を上気させながら何度も首を縦に振った。

「もちろん、存じております。ルイザ・オーブリー伯爵令嬢」

「なぜ……。私とあなたは初対面でしょう？」

「えぇ、実際にお会いするのは初めてですね。ですが、私はルイザ様をよく知っております！　あなたは私の推しですもの！」

「……推し？」

「いえいえ、こちらの話です」

ブリジットは、ハッと口元に手を当てると、誤魔化すように曖昧な笑みを浮かべた。

「それにしても、クライド様が女性を連れ帰ってきた時は驚きました。全身血塗れで、意識もなく。……もしかすると、クライド様が殺めてしまったのかと」

「……誰が、誰を連れ帰って来たって？」

ブリジットの言葉に、ピクッと肩が跳ねる。

「えっ？　ですから、クライド様がルイザ様を」

「クライドって……もしかして、クライド・リプスコム公爵……なんてはずは、ないわよね」

「もちろん。この城の主、クライド・リプスコム公爵ですよ」

ヒヤリと冷たい汗が背中に流れる。

「……ってことは、ここは……まさか、リプスコム城なの？」

私の問いに、ブリジットはキョトンと愛らしい瞳を丸めた。だが、すぐに満面の笑みを浮かべると、両手を広げた。

「はい。ようこそ、リプスコム城へ」

私は雪の城であるリプスコム城を目指してここまで来た。だからこそ、目指してきた場所に到着できたことは喜ぶべきことだ。

だが、意図せず目的地に着いていたとなると話は別だ。

何しろ、クライド・リプスコムとは、この国の魔王と同等の意味を持つ。と同時に、私を死地に追いやった張本人だ。

リプスコム公爵の血の毒で死に、その次は魔獣に襲われて死にかけた。そして今、最後の覚悟も準備もできずに〝魔王城〟に着いてしまっていたのだ。

「ここが……リプスコム城」

「はい。別名〝雪の城〟と呼ばれる、辺鄙（へんぴ）な城でございます」

ブリジットは、ニコニコと笑いながら、うんうんと頷く。

「クライド・リプスコムが……私を……運んだ？」

ダラダラと冷や汗を掻きながら、恐る恐るブリジットを見遣（や）る。

「えぇ、この城の主人であるクライド・リプスコム公爵が、ルイザ様をこの城にお連れしました」

――やっぱり聞き間違いではなかった。

私は……あの呪われた公爵に既に会っていたということ？

一瞬脳裏に浮かんだのは、この世のものとは思えないほどの美貌を持つ、仮面の男。

――ということは、まさか……一瞬で魔獣を殺したあの人物が……。

くらっと眩暈（めまい）がして、そのまま先ほどまで寝ていたベッドに体が沈む。

「えっ、大変！　ルイザ様！　ルイザ様！」

私を心配するブリジットの声が徐々に遠ざかっていくのを感じながら、私は意識を失った。

――温かい。優しい温もり。ふわふわして……まるで、優しく頭を撫でられているような感覚。

その温もりを逃すものかと優しく撫でていると、くすぐったそうにそのふわふわは私の手から離れて行こうとする。

次第に覚醒していく意識の中で、薄ら目を開けると、目に飛び込んできたのはブルーグレーの毛に覆われた大きな犬だった。

その犬は、大人3人は余裕で横になれるほどの大きなベッドに、私と並ぶように寝そべっていた。顔を確認するように、そっと覗き込む。

大人しく眠っているのか、大型犬は寝息に合わせて体を上下させながら目を瞑っている。

「えっ、どうしてここに犬が？」

ポツリと呟いた言葉に、その犬は慌てたように飛び起きた。

犬というには、随分と大きい気がする。

「もしかして……狼？」

『バウ！』

――私の言葉を理解している？　まるで返事をしたみたい。

恐る恐る狼の頭を撫でると、狼は黙ってそれを受け入れた。

「この狼はこの城で生活……いえ、飼っているのですよ。温厚なので、ルイザ様を傷つける恐れはありません」

どこから現れたのか、背後から声をかけてきたのはブリジットだった。

「ブリジット。もしかして……私、ずっと寝ていた？」

「はい。丸一日眠っておりました。その間、ずっとエルは側を離れようとしなくて。……きっと心配だったのでしょうね」

「この子、エルっていうのね。ありがとう、エル」

『バウ』

キリッとした目元に、涼しげな表情。ベッドの上で座るエルは、尻尾だけは私への好意を表すようにブンブンと大きく振っている。

「可愛い。狼というより大型犬みたいね」

クスッと笑う私の手に、エルは自分の頭を押し付けた。まるで、まだ撫でて欲しいと言っているようで、その可愛らしさに思わず頬が緩む。

「綺麗な黄緑色の瞳をしているのね。あなたを見ていると、なぜか昔から一緒にいたような懐かしい感覚がするわ」

「普段は人に大人しく撫でられるような性格をしていないのですけどね」

「そうなの？　こんなに人懐っこいのに」

「ルイザ様は特別ですから」

特別とはどういうことだろうか、と首を傾げる。すると、ブリジットはフフンと胸を張った。

「何といっても！　エルにとって、ルイザ様は……」

『グルル』

「あら、怒られちゃった。はいはい、言いませんって」

『バウッ』

さっきまで穏やかだったエルが、ブリジットの言葉を理解しているように反応を見せた。

「この子、人の言葉を理解できるの？」

「えぇ、そうなんですよ。エルはお利口さんですね」

『グルッ、ガウ！』

ブリジットの何が気に障ったのか、エルは歯を剝き出しにして唸った。だが、そんなエルの反応に、ブリジットは慣れたように「はいはい、すみませんでした」とクスクス笑みを零した。

——ブリジットやエルの様子を見ていると、ここが本当にリプスコム城だということを忘れてしまうわ。

気安い雰囲気に流されてしまいそうになるが、そうはいかない。折角、運良くここまで辿り着

いたのだから。

　いくら心の準備ができていないからといって、要件を先延ばしにすることはできない。

　私は胸の前で拳を握ると、心の中でよしっ、と自分を鼓舞する。そして、意を決してブリジットの方へと顔を向けた。

「……リプスコム公爵はこの城にいるのよね。一度、お礼を言いたいのだけど」

「いるにはいるのですけど、お会いになるかどうか」

　ブリジットは、困ったように眉を下げた。

「ルイザ様の頼みは、私としても何でも叶えて差し上げたいのですが……」

「そう……。尋ねたいことがあって、ここまで来たから。だから、どうしても会いたくて」

　私の言葉に、ブリジットは大きな目を更に見開いた。

「クライド様にお会いになるために、リプスコム城まで来たのですか？　はるばる王都から？」

「えぇ、そうなの」

「まさか、そんな展開があるだなんて。なんでこんな辺境の地に、ルイザ様がいるのかとずっと疑問に思っていましたが。まさか、目的がクライド様だったとは」

　腕を組みながら、独り言のように小声でブツブツと言うブリジット。だが、「うーん？」と唸りながらしばらく考え込むと、無理やり自分を納得させるように引き攣った笑みをこちらに向けた。

「た、確かにクライド様は……性格は捻じ曲がっているし、恐ろしい魔力をお持ちの魔王で、呪いのせいで唯一長所ともいえる美貌も失われておりますが……お、お金持ちですものね！」

「お、お金持ち？」

確かにリプスコム公爵領は、王国の中でも特殊な場所だ。土地柄か、この地域の人柄も閉鎖的で、作物も育つのが難しい。王都ではほとんど見ることがない魔獣も、うじゃうじゃといる。

それでも王国の五大公爵家の一つだ。ダイヤモンド鉱山や魔獣から獲れる魔核（まかく）、魔石により領内の財政は悪くはないだろう。

――でも、何でいきなり公爵が金持ちだという話が出てくるのだろうか。

「な、なるほど。まさか……そっちに行くパターンもあるのですね」

「リプスコム公爵は、あなたの主人よね。かなり散々な物言いだけど……」

ブリジットが何に納得しているのかわからないが、幼い侍女は随分と呪われ公爵に対して辛辣だということだけはわかった。

この子は幼いからこそ、リプスコム公爵の恐ろしさを知らないのかしら。それとも、私が知らないだけで、公爵はこの振る舞いを許すほどに寛大な人物だったりするのかしら。

そう疑問に思っていると、ブリジットは「わかりました！」と明るい声で私に告げた。

「ルイザ様の頼みとあらば、クライド様とルイザ様の仲を取り持たせていただきます」

「あの、多分かなり勘違いをしていると思うのだけど」

「いいえ、私こう見えてもかなり有能な侍女ですから」

グッと力こぶを見せるブリジットは、愛らしく笑みを浮かべながらウインクをした。

「こうはしていられません。まずはお食事に……あぁ、湯浴(ゆあ)みも。あとはドレスとメイクの準備ですね」

張り切り始めたブリジットの勢いに圧倒され、私はポカンと口を開けた。

姿見に映るのは、本当に自分なのだろうか。

いつも王都では周りの令嬢たちに負けないようにと、メイクは厚くドレスの色味も濃く、フリルやレースをふんだんに使用したものばかりを身につけていた。そうしなければ、自分の弱い内面が暴かれてしまうかもしれないと怖かったからだ。

だが、ブリジットが用意したものは全く違う。

彼女の用意したティールブルーのドレスは、落ち着きがありながらも地味ではない。所々に繊細で美しい刺繍が施(ほどこ)されているからだろうか。

髪型もまた、腰まである髪を流し、ハーフツインにしただけ。それだけなのに、メイクが薄づきだからか、キツそうに見える私の顔がいつもよりも柔らかく見える気がする。

「ルイザ様！　お綺麗です！　流石は我が推し。あぁ、何でこの世にはカメラがないのかしら。絵師を今すぐ呼びたい。この瞬間のルイザ様を後世に残さなくてはいけないのに」

「……ブリジット」

「はい、ルイザ様」

ブリジットはウキウキとしながら、鏡越しに私をじっと見つめた。

「あなた……本当に凄いのね」

頬に手を当てる。ふんわりと入れたピンクのチークが白い肌に馴染み、血色がよく見える。

――私の青白い肌は、いつだってスティーナに不健康そうだと馬鹿にされてきた。だからこそ、その肌を隠すようにファンデーションを厚く塗り、濃いチークやリップで誤魔化してきた。

それなのに、ブリジットはファンデーションも薄く塗って優しく粉をはたき、リップも元の唇の色を活かした淡いローズ系を薄く塗っただけ。

「まるで自分ではないみたい」

「いいえ、ルイザ様の元々のポテンシャルを活かしただけですから。それに、あるもので揃えただけですので……私にとっては、不完全燃焼です」

10歳程度の少女が、まさかオーブリー家の侍女よりもテキパキと動いていたなんて。おそらく、王城にいるベテランメイドと同等……もしくはそれ以上に無駄のない動きだった。

――この子、本当に何者なの。

「濃いメイクも素敵ですが、今回はルイザ様に合う化粧品も揃っていないので。ルイザ様の元々の美しさ頼りです」

私の戸惑いに気づかぬまま、ブリジットは未だ鏡の中へ熱い視線を送っている。

その時、大人しくジッとこちらを見つめていた黄緑色の瞳に気がつく。

「エル、どうかしら？」

『クゥ』

その場にしゃがみ込んでエルの頭を撫でると、エルは曖昧な反応しか見せない。

そんな私たちの様子に、ブリジットはおかしそうに吹き出した。

「ふふっ、ただの脳筋に女性を褒めることなど難しいですよ！」

「え？　脳筋？　狼が？」

「えっ、いえ……。ですから、狼にはちょっと難しいかなっと思っただけです。人間とは感性が違うかもしれませんから」

「ま、まぁ……そうよね」

「そうです、そうです。そんなことはさておき、準備もできたことですから、参りましょうか」

慌てたように顔の前で両手を振ったブリジットは、そのまま私の背に回ると、私の腰辺りを押してドアの方へと向かうように合図した。

「待って、どこへ行けばいいの？　このまま公爵に会えるのかしら？」

だとしたら、まずは深呼吸をしたい。しっかりと気持ちを整えて、魔王と対峙する強さを持たなくては。

だが、ブリジットは「いえいえ」と私の言葉を否定した。

「まずは、食事を取らなくては」

◇

ブリジットに案内されるまま連れて行かれたのは、大きな食堂だった。中央に置かれた長机は、おそらく20人は座れるほどの大きさだろう。

天井は高く2階まで吹き抜けになっており、2階部分の窓からは綺麗な弓張月が見える。多数の燭台に立っている蠟燭の火や大きな暖炉に焚べられた薪の炎が、室内全体を温かいオレンジ色に包み込む。

何より、テーブルの上に並んだ食事に目を奪われる。籠に綺麗に並べられたバゲットに、色合いが美しい焼き野菜。ミートローフに、チーズクリームのヴァロヴァン、エビやマッシュルームのアヒージョ。魚のポワレに、色鮮やかな野菜のテリーヌまである。

中央には、大きな丸焼きのチキン。香ばしい焼き目が食欲をそそる。

「素敵……。今日はパーティーがあるの？」

「えぇ、もちろんです」

「そんな忙しい日に私の世話をさせてしまって申し訳ないわ。それに私は招待客ではないから、パーティーには参加出来ないもの」

月明かりを見るに、かなり良い時間だろう。ここにいては招待客と鉢合わせてしまうかもしれない。慌てて踵を返す私に、ブリジットは首を横に振った。

「ふふっ、勘違いなさってますね。この食事は、ルイザ様に食べていただくために用意したものです」

「私に？」

「随分と長い間、食事をちゃんと取っていないのではありませんか？　あまりお顔の色が良くありませんもの」

確かに、リプスコム公爵領に入ってからまともに食事を摂っていない。いや、今が16歳の私なのであれば、オーブリー伯爵家にいた時から栄養状態はあまり良いとはいえなかっただろう。

何しろ年々私への扱いは悪くなり、お兄様が家を出た翌年には食事も使用人たちと同等……いえ、それ以下のものしか出されなかった。ミヒル殿下の婚約者として、王宮に入ることができてようやく、食事の心配がなくなったのだから。

昔を思い出し暗くなる私に、ブリジットは何かを感じ取ったのか、優しく私の背中を撫でた。

「さぁ、ここに座ってください」

暖炉の前の一番良い席。その場所の椅子を引いたブリジットに促されるまま、私は席に着いた。

「どうぞ、何でも好きなものを召し上がってください」

まるで年上の女性のような優しく穏やかなブリジットの佇(たたず)まい、声色に、ほっと安心感がある。

私はスプーンを手に取り、目の前の湯気が上るカボチャのクリームスープを一口掬(すく)って飲んだ。

「……美味しい」

カボチャの甘味が口に広がり、全身が温まる。それに、ただ美味しいだけでなくホッとする優しい味わいだ。

「こんな美味しい料理、久しぶりに食べたわ」

「そう言っていただけると、腕を振るった甲斐があります」

ブリジットの満足気な声に、スープを持っていた手がピタリと止まる。

「もしかして、この料理はブリジットが作ったの？」

「はい。この屋敷にはほとんど人は住んでおりませんから。料理人も庭師もおりません。侍女も私一人です」

――こんなにも大きな城に、侍女がこの少女一人ですって？

言葉を失う私に、ブリジットはにこやかな笑みを浮かべた。

「城は古びているし、修繕が必要なところだらけで、とてもお客様をお呼び出来るような立派な場所ではありません。街の子供たちは、この城のことをお化け屋敷呼ばわりすることだってあります」

　そう言われてみると、薄暗さとセンスの良さでしっかりと見えていなかったが、この食堂も2階の角などは蜘蛛の巣が張っている。

　まだ客室とこの食堂ぐらいしか歩いていないから、この屋敷の全体像はわからない。それでも、この食堂まで来るのにも随分と歩いたし、公爵家ともなれば本館だけでなく別館や離宮、騎士たちの練習場、おそらく神殿などもあるだろう。庭園だって何ヶ所あることか。

　それを一人で担当させるなど、本当に悪魔の所業だ。

「食事も手を込んだものを作っても、誰も美味しいなんて言ってもくれないんです。それどころか、いつだって簡単に食べられる質素な物を望まれます。……きっと仕事の片手間に、栄養を摂っているぐらいのものです」

　こんな小さな手で一生懸命に作ってくれたのかと思うと、思わずウルッと涙腺が緩んでしまう。

「だからルイザ様が喜んで食べてくださるのが、とっても嬉しいんです」

　どこまでも好意的な程度に、胸の奥がジンと熱くなる。

「ブリジット……ありがとう。とっても……とっても美味しいわ」

「ゆっくり召し上がってくださいね」

　私の言葉に、ブリジットは嬉しそうに破顔した。その健気な姿がさらに胸を打つ。私は、バケットを手に取ると、それをスープに浸して口に入れた。

するとブリジットはまるで母親のように、私の食事する姿を嬉しそうに微笑みながら見守った。

食事に夢中になっていると、急にゾワッと全身に鳥肌が立つ。

——えっ、何？

次の瞬間、食堂の扉が勢い良く開かれた。

「誰だ」

顔を上げたその先には、あの魔獣に襲われた時に助けてくれた仮面の男が立っていた。

「……あなたは、あの時の」

——この人が……クライド・リプスコム公爵。

突如現れた公爵に悪寒が走り、鼓動が速くなる。

彼はあの雪の中にいた時と同様、上下黒い軍服を纏い、美しい顔の半分に白い仮面をつけていた。

ガタッと慌てて席を立った私は、公爵に対し頭を下げた。

「この度は危ないところをお助けいただき、本当にありがとうございます」

「……助けた、だと？」

公爵はピクッと眉を顰めた後、心底不快そうに目を細めた。

「今すぐ摘まみ出せ」

「えっ、あの」

公爵のすぐ側にはエルがいた。今の指示は、おそらくエルにしたものだろう。だが、エルは公爵の指示に従うことなく、その場に姿勢良く座った。

私はもつれる足を必死に動かしながら、食堂の扉まで足早に進む。

「私、お礼を言いたくて。魔獣に襲われていたところを助けていただき、こちらまで連れて来てくださったと聞きました」

私の言葉に、公爵はチッと舌打ちをする。

「あぁ、あの邪魔な女か。俺はお前を助けたつもりはない。元々魔獣退治をしていたところに、たまたまお前がいて、俺の邪魔をしていただけだ」

チラッと向けられた視線は、あまりにも冷え冷えとしており、全身が凍えそうになる。

ただそこに立っているだけで放たれるオーラは、今まで私が経験したことがない程に禍々しいものだ。ドレスの中で必死に踏ん張る足は徐々に震えが強くなり、今すぐこの場から立ち去りたい。

「魔獣の亡骸のついでに城の外に捨てていたはずだが……誰かが城に招き入れたのだな」

静かなこの部屋では、公爵のさほど大きくない声もよく響く。

――城の外に捨てていた？　私を？　魔獣から助けてくれた公爵が、この屋敷に連れ帰ってくれたのでは？

疑問に思いながらブリジットに視線を向けると、彼女は困ったように眉を下げて微笑んだ。

『グルルッ』

「……お前か」

公爵はため息を吐くと、コツコツと足音を鳴らしながら私の横を通り過ぎた。先ほどまで私が座っていた席に迷いなく腰を下ろし、長い足を組んだ。

「ブリジット、食事の準備を。……この食べかけは今すぐ下げろ」

「……ですが、クライド様」

「いつまで突っ立っているつもりだ」

食堂内はピリッとした空気が漂い、さっきまで朗らかに笑っていたブリジットも、穏やかで人懐っこいエルもその場から動こうとしない。

公爵はもう一度ため息を吐くと、左手の人差し指を真っ直ぐ扉へと指差した。と同時に、先ほど入ってきた食堂の扉が自動で開かれた。

「この城に部外者は不要だ。一刻も早く、ここを立ち去れ」

公爵はこちらへ一切の視線も向けずに、テーブルに置かれたワインの瓶からグラスへ赤ワインを注ぐ。それを口にする公爵の姿を見ながら、私は緊張感からかカラカラになった喉に潤いを与えるように、ゴクッと唾を飲み込む。

——このまま、帰る訳にはいかない。……私の望みを叶えるには、魔王のようなこの男に立ち向かわなければ。

震える足に可能な限りの力を入れ、一歩前へと進む。

「そ、そうは参りません！　私、あなたに用事があってここまで来たのですから」

「……俺に用事だと？」

公爵はワインを飲む手を止め、ピクリと眉を動かす。

「ライナス・オーブリーをご存知ありませんか？」

意を決して告げた言葉に、公爵は涼やかな目元をこちらに向けた。

「知っているが？」

「ライナス・オーブリーの……兄の居場所を教えてください」

――こんな恐ろしい人物がいる辺境にわざわざ訪ねたのは、全ては兄に会うため。そのために、私は一度ならず二度も死にかけてここまで来た。

いくら最強の魔術師といえど、引き下がる訳にはいかない。

公爵はグラスをテーブルへ置くと、私の目の前まで歩み寄った。目の前に立たれると、その人外のような美しさと、常時放たれる威圧感に圧倒される。

それでも、上から下へと私を観察する視線を逸らさず、真正面から受け止める。

「ライナスの妹か。……なるほど、よく似ている」

父似の兄と母似の私は、外見も内面もそこまで似ていないだろう。公爵は何を見て、私と兄を似ていると言ったのか。

だが、とても口を挟める空気ではなく、その疑問を口にするのは止めた。

「騎士の任務に家族の口出しは無用だ。居場所も明かすことは出来ない」

「どうしても兄の居場所が必要なのです」

「あいつは、ここにいない」

「兄の任務というのは……リプスコム公爵の騎士なのではありませんか？　……であれば、兄は……そのうち公爵の元に戻ってくるはずです」

公爵は、私の言葉の真意を探るように眉を顰めた。

――否定しない。ということは、やはり兄の機密任務とはクライド・リプスコム公爵の護衛騎士だったんだ。

王家の剣であるオーブリー家は、代々王族に仕える。兄もまた、騎士に任命された時から将来は父のようにこの国の騎士団長となり、王族を守ることを期待されていた。

だが、今の世の王族には大きな困り事があった。それが、目の前にいる呪いを受けたクライド・リプスコムの存在だ。彼は公爵家に養子に出されたとはいえ、この国の第一王子であり、王位継承権を持ったままだ。

魔力暴走を度々起こすというクライド・リプスコムの護衛を務めるのは、並大抵の騎士では無理だ。それこそ、王家からの信頼が厚く、騎士としての能力がある者。例えば、幼い頃から神童と謳われ、剣にオーラを込めることができる数少ない能力者であるライナス・オーブリーでないと難しいだろう。

王族の護衛騎士は、基本的に護衛対象者から離れることはない。ということは、用事で屋敷を離れていたとしても、兄は必ず主人であるクライド・リプスコムの元に戻るしかない。

――だったら、私がすることはひとつ。

「兄が帰ってくるまで、ここを離れません」

ポツリと呟いた声は、食堂内にいやに響いた。

公爵もまた、驚いたように僅かに目を見開いた。

「……馬鹿げたことを。それまで面倒を見ろと？　ふざけるのも大概にしろ」

静かな怒りの感情が声に乗せられた。ビクッと肩が跳ねる。

「お、お願いします……。何でもやります。侍女でもメイドでも……庭師でも！　お願いします。ここに置いてください」

「伯爵令嬢が庭師だと？　冗談はよせ」

「じょ、冗談なんかではありません！　私、本気です！」

「エル、摘まみ出せ」

公爵の全く感情の入っていない声は、私を冷たく突き放した。

だが、命令されたエルは公爵の声など聞こえていないという風に、座ったままの姿勢を保っていた。

「命令が聞けないのか。エル」

『グルッ』

「主人に楯突く気か」

エルが命令を聞く気がないと知ると、公爵は苛立ちながらこちらを見下ろした。

「死にたくなければ、今すぐ出て行け」

「あ……兄に会うまでは、出ていきません」

舌打ちをした公爵は、黒い手袋をつけた右手を私の首に添わせた。

「だったら、今すぐ死ぬか」

先ほどまでよりも更に強い、刺すような視線。公爵の手は力を込めている訳ではない。それなのに、まるで力一杯に首を絞めてくるような苦しさがある。

——苦しい……。あの毒を飲んだ時の苦しさに似ている。息ができなくて、勝手に涙が溢れてくる。

公爵はそんな私の苦しむ表情を目の前にしながらも、表情を一切変えない。喜怒哀楽などない、人形のような美貌を保ったまま。

——このまま、またこの人に殺されるの？　恨み言も言えないまま？

そんなの嫌よ！

私は力の限り、公爵の胸を押した。すると、公爵は驚いたように目を見開き、その反動か手が緩んだ。その隙に、私は公爵から数歩下がって距離を取る。

「コホ、コホ」

滲む涙を拭いながら、大きく咳き込む。

「……今のは？」

公爵は自分の手を凝視し、不思議そうに呟く。

だが、私はそんな公爵を深く観察する余裕もなく、荒くなった息を整えるべく深呼吸を繰り返した。

「お前、死ぬのが怖くないのか？」

「こ、怖いに決まっているじゃない！　でも、どうせ死んでいるようなものですもの。どうぞご勝手に！」

混乱と恐怖で自分が何を口走っているのかよくわからない。敬語も取れてしまっている。それでも、私はこの男の怖さを身をもって経験している。

怖さも極限を超えると、ある種開き直りに近くなるのかもしれない。

「なるほど、勝手に……か。であれば……」

公爵は右手を胸の前で開き始めた。すると、公爵の右手から禍々しい黒いモヤが立ち上る。

――こ、今度は何をする気なのよ。

そのモヤは形を変え、蔓のように変化し、地面を這って私へと向かってきた。

「な、何よ。これ」

黒い蔦が私の足に巻きつき、その蔦は私を覆い尽くすように複雑に絡みついて、あっという間に全身を覆う。抵抗するため、必死に体を動かし続ける。だが、私が抵抗するたびに蔦はキツく締めつけてくる。

「離して！　やめて！」

「勝手にしろと言ったのはお前だろう？」

「う、売り言葉に買い言葉よ！」

蔦の間から公爵を睨みつけるが、公爵はめんどくさそうに腕を組んだまま、その場から動かない。

――待って。これ、どうなるの？

「このまま外に放り出す」

まるで私の心の声を読んだような公爵の冷ややかな声が、私をより焦らせる。

「随分と威勢は良いようだから、魔獣も喜ぶだろうな」

「えっ？」

「俺が直接手を下すまでもなく、すぐに魔獣の餌になるだろう」

公爵は僅かに口角を上げると、くるりと踵を返した。そして、後ろ姿のまま人差し指を上へ向ける。すると、私の体は蔦に持ち上げられた。

「きゃっ！　お、降ろして」

「もちろん、降ろす。屋敷の外にな」

蔦は私を持ち上げたまま、ズズッと引き摺るように扉の外へと連れ出そうとした。

——やだ、やだ！

「ま、待って！　私、どうしても兄に会いたいんです！」

——このまま公爵邸を追い出されて、運良く王都に帰ったとしたら？　またミヒル殿下やスティーナと顔を合わせなきゃいけないの？

お兄様がどんな状況にいて、クーデターを起こしたのか一切わからないまま？

——そんなの絶対に嫌。

「……して。……離して！」

そう叫んだ瞬間、私の体から白い光が吹き出した。その光は、蔦を一瞬のうちに吹き飛ばした。

その直後、私の体を這っていた黒いモヤ全てが光の粒になり、私の周囲をキラキラと舞った。

あまりの美しさに思わず見惚れてしまう。

——何が起きたの？

呆然としながら、光の粒が徐々に消えていくのを見ていると、部屋の隅に立つブリジットと目が合った。彼女は驚いたように瞠目(どうもく)し、両手で口元を押さえていた。

「ルイザ様が……今、クライド様の魔力を跳ね返した？」

確認するようにポツリと呟いた声にいち早く反応したのは公爵だった。彼はズカズカと大股でこちらまで歩き寄ると、私の肩をグッと力強く掴んだ。

「痛っ」

掴まれた肩の力に抗議しようと公爵を見上げる。眼光鋭い視線とぶつかり、思わず口を噤む。

「……お前、今何をした」

「えっ？　な、何も……」

公爵の勢いに押されるまま答えると、公爵は顎に手を当てながらしばし考え込んだ。

「……なるほど。オーブリー家の血筋か」

そう呟いた公爵は、観察するようにキツい視線を向けた後、そのまま乱暴に私の腰を持ち上げた。そして、公爵の肩に荷物のように背負うと、そのままスタスタと食堂の扉を通り過ぎていく。

「きゃっ、な、何」

「また魔力を吹き飛ばされては困るからな」

「だから、私は何もしていません！」

公爵の出した黒いモヤを吹き飛ばしたのは、私だと思われているのだろう。だが、私は何もしていない。それでも公爵は私の言葉など全く耳に入っていないというように、そのまま入り口の大きな扉前まで運んでいく。

「運び難い。おい、暴れるな」

大人しく外に出されるなんて真っ平ごめんだと、手足をバタつかせる。だが、力の強さでは全く歯が立たず、公爵は玄関扉を開けると、そのまま私を外へと放り出した。

「っ、痛っ……」

城の外、私が投げ飛ばされたところは新雪の上だった。積もった雪がクッションとなり怪我はない。だが、暖炉のある温かい部屋から氷点下の雪空の下に出された私は寒さに震える。

「……ブリジット、お客様がお帰りだ」

――本当にこのまま放り出す気？

寒さに腕をさすりながら身を縮こませると、慌てたように城から飛び出してきたブリジットが、私の体に毛布を掛けた。

「クライド様、こんな薄着のルイザ様を外に投げ捨てるなんて！　これでは、最悪死んでしまいますよ！」

「関係ない。ライナスの妹だろうが、俺にとっては無関係の赤の他人だ。どこでのたれ死のうがどうでも良い」

「ですが！」

「ライナスを探したいのであれば、他を当たれ」

冷たく言い放つ公爵に尚も詰め寄ろうとするも、彼の冷え冷えとした視線に体が固まる。

「確かにライナスは俺の護衛騎士だ。だが、俺はあいつよりも強い。だから、護衛騎士の任を解いた」

「えっ……そんな」

「何度も言わせるな。ここに、お前の兄はいない」

そう言って踵を返した公爵の前を、グレーの毛が横切ると、そのまま私目がけて真っ直ぐ走り寄ってきた。

――そういえば、公爵と話していた途中から食堂にエルの姿がないと思っていたけど、どこかに行っていたのかしら。それに、何かを咥えている？

『グゥワウ！』

エルは咥えていたものを私の膝の上へと乗せると、大きな声で鳴いた。

「エル？　……これは」

膝に置かれた指輪を手に取り、それをよくよく見つめる。指輪の台座には大きなペリドット。その中に刻まれた家紋に、ハッと顔を上げる。

「リプスコム公爵、あなたは兄はこの城にいないと、この城に戻ってくることはないと仰いましたよね」

私の声に、公爵は足を止めた。そして、大きなため息を吐きながらこちらを振り返った。

だが、私の顔を見た瞬間、公爵は僅かに目を見開いた。

「それは嘘です。兄は必ず、この城に戻ってくるはずです」

「……なぜ、そう思う」

「この指輪は代々オーブリー伯爵が受け継ぐもの。兄はオーブリー家を誰よりも大切にしていた人ですもの。この指輪をなぜ外しているのかはわかりません。……ですが、戻らない場所に、このような大切なものを置いていく人ではありませんから」

兄の性格ならばよく知っている。愚直な程どこまでも真っ直ぐな人だ。特にオーブリー伯爵家と王家に関わることに関して、彼は信念を曲げることは決してない。

例外などない。

——裏切られた恨み言を言うためにここまで来た。にもかかわらず、こんなところで兄を信じられるのだから。兄妹の情というのは本当に恐ろしいものだ。

でも、これで公爵様の発言は嘘だということがわかった。

「公爵様！　どうか、しばらくこの城に滞在させてください！　お願いします！」

雪に埋もれる程低く、私は頭を下げる。寒さで悴む手は力が入らない。それでも、精一杯の力を込めて、指輪を握り締めた。

「嫌だと言われても、何度放り出されようと、必ずこの城に何度でも戻ってきます。兄に会うまでは！」

「なぜ、そこまでライナスにこだわる」

――自分がなぜ死ななければいけなかったのか。それを知りたいから。

目の前のこの人物が、なぜクーデターを企てたのか。どうして兄がそれに賛同したのか。それを知らなければ、兄を恨むことしか出来ない。

憎しみと恨みだけで、全ての思い出を全部捨ててしまわなければならない。

「知りたいんです。兄が、何を考えているのか。……4年後に何が起こるのか」

「4年後？」

私の言葉に、公爵は眉を顰めた。

「私の人生を、死に際を、他人に決められるなんて真っ平ごめんなんです。私が自分の人生を後悔しないために、どうしても兄と話すことが必要なんです！」

公爵はこちらを観察するように、鋭い視線を向けた。その瞳を逸らさず受け止める。

すると、公爵は「兄妹揃って面倒な奴らだ」とポツリと呟いた。

「では、この城に滞在することを許せば、お前は俺の言うことを聞く……ということか」

「はい、何でも」

「……であれば、どんな対応をされても文句は言わないんだな」

「は、はい！　もちろんです！」

公爵の言葉の意図を考えることもなく、私は反射的に首を何度も縦に振った。すると、彼はこめかみに手を当てながら一つ舌打ちをした。

「……勝手にしろ」

不機嫌そうにそう呟くと、公爵はそのままマントを翻し、城の中へと入って行った。

――ど、どういうこと？　勝手にしろって……。それって。

「……ブリジット？」

隣に座るブリジットへと顔を向ける。すると、ブリジットは嬉しそうに頬を上気させながら、毛布の上から私に抱きついた。

「良かったですね、ルイザ様！　クライド様からこの屋敷に住む許可が出ましたよ」

『ワゥ！』

「やった……。良かった」

エルもまた、はち切れんばかりに尻尾を振りながら私の膝に頭を乗せた。

「ルイザ様！　大丈夫ですか？」

「えぇ、大丈夫よ。ただ、少し力が抜けてしまって」

公爵の圧に晒されていたからだろう。体は思うように力が入らず、雪の上だというのに寒さも感じずにその場に座ったまましばし動けなかった。膝の震えが止まらないのは、張り詰めた糸が急に緩んだせいなのか。

それでも、城への滞在が許されたことに安堵でほっと息を吐き出した。

私の口から漏れた白い息が、吸い込まれるように暗闇へと消えていった。

——ここが……私の部屋。

翌日ブリジットが気まずそうに案内したのは、本館3階の端にある小さな部屋だった。

先程まで寝泊まりしていた部屋とは何もかもが違う。この部屋には寝心地の悪そうな小さなソファー程度のベッドと、積み上げられた木箱が部屋のほとんどを埋め尽くしている。

空いたスペースはほとんどなく、足の踏み場もないとはこのことだろう。

小さな窓には、破れたカーテンが掛けられている。カーテンを引くと、ブワッと埃が舞った。

「ゴホッゴホッ」

——随分と埃っぽいところね。……暖炉もなし、か。

西向きのこの部屋は、日当たりも良いとは言えなそうだ。灯(あかり)がなければ昼間でさえどこか薄暗い。

窓を開けようと鍵に手をかける。随分と建て付けが悪いのか、窓枠がガタガタと鳴る。この分では、夜間は隙間風も多く寒さは厳しいだろう。

でも、文句は言えない。ここに滞在するための条件だもの。

おそらく、公爵はこの部屋を与えたことに私が激怒するのだろうと考えたのかもしれない。普通の令嬢では我慢できないような部屋だ。追い出す良い理由になる。

――そんな手には乗るものですか。

このぐらいは想定内。幸い、ブリジットが沢山の毛布を運んでくれた。それに食事だって、パンにスープだけという質素なものだが、牢屋にいた時に比べたら十分過ぎるほどだ。何より、3食付きなのだから。

あまり表情の変化しないあの呪われた公爵が、ただの小娘と侮っている私にしてやられるのだ。そう思うと、随分と気分が良い。

窓枠に力を込めるとガタンッと音を鳴らしながら窓が開いた。その瞬間、外からの風によりカーテンが柔らかく舞う。

窓から顔を覗かせて軽く深呼吸する。相変わらず、今日もどんよりとした雲に覆われた空は、今にも雪が降り出しそうだ。

――それでも、空気の入れ替えをするだけで気分が少しは晴れるわ。

窓枠に手を添えながら、外の眺めを確認する。すると、木々に隠れるように建つガラス張りの建物が目に入る。

「あれは……温室かしら」

最初に泊まらせてもらっていた部屋では、窓から景色を見る余裕さえなかった。だからこそ、改めて城の中から外を眺めることで、リプスコム城の広さを実感する。

──城の門があんなに遠くに……。この城は一体、どれほど広いのかしら。

「……ここから庭園も見えるのね。きっと整備すれば、綺麗な景色になりそうだわ」

今は見るも無残な枯れ果てた庭。だが、雪に埋もれた噴水や、アーチに絡まった枯れた蔦を見るに、少し前まではしっかりと整備されていたことが見て取れる。

しばらくぼんやりと眺めているも、風の冷たさにブルッと身震いする。慌てて窓を閉めながら、毛布を被る。

とりあえずは、この部屋で寝泊まりできる状態にしなければ。

だがその時、グゥッ、と腹の音が鳴った。

──何をするにも、お腹が空いては力が出ないわ。

さっきブリジットが扉の外に食事のワゴンを置いておくと言っていた。まずは腹ごしらえをしようと、部屋の扉を開ける。

すると、ワゴンの上には小さな白ウサギが座っていた。片目にモノクル、胸元に黄色の蝶ネクタイを着けたウサギ。

「ウサギ？　あなた、どこから来たの？　もしかして、ぬいぐるみ？」

あまりの愛らしさにワゴンの前にしゃがみ込み、じっくりと眺める。微動だにしないウサギは、おそらく本物によく似たぬいぐるみなのだろう。

──私が寂しい思いをしないように、ブリジットが用意してくれたのかしら。

クスッと笑いながら、チョンッとウサギの頬を突っつく。すると、ウサギは身を捩って、私の指に齧りつこうとした。

「きゃっ！」

慌てて指を引き寄せるが、ウサギは興奮したようにワゴン内を飛び跳ねる。その拍子に、皿に乗ったスープがバシャンと私のスカートに掛かってしまった。

幸いスープがそこそこ冷めていたことで火傷は免れた。

ウサギは無事だろうかと慌てて視線を向けると、ウサギはピョンとワゴンから飛び降りて、ジッとこちらを見ていた。

真っ白なウサギの綺麗な毛並みには、一切汚れは見当たらない。ウサギに火傷はなさそうだと、ホッと胸を撫で下ろす。

その時、バタバタと慌てたようにこちらに駆け寄ってくるブリジットの姿があった。

「ルイザ様！　どうされたのですか？　まぁ、スカートが！」

ブリジットは私の惨状に顔色を青くする。すぐにワゴンの上の清潔な布巾を手に取り、私のスカートにベッタリと付いたスープの汚れを拭き取っていく。

「ブリジット、ありがとう。自分で拭くわ」

ブリジットから布巾を受け取り、ポンポンと汚れを布巾に染み込ませるように叩く。その間にブリジットは手早くワゴンの上を整理しながら、こちらを振り返った。

「それで、何があったのですか？」

「あの、ちょっとウサギが……」

そこまで口にし、ハッとする。そうだ、ウサギ……。

キョロキョロと辺りを見渡すも、ウサギはもうどこにもいない。

「ウサギ？　デレク様がどうされたのですか？」

――デレク様？

初めて聞く名に、首を傾げる。だが、ブリジットは腕を組みながら「なるほど」と小さく呟くと、ムッと苛立ちを露わにした。

「あの性悪ウサギが」

「えっ？」

「説明は不要です。デレク様の意地悪ですね。あの性悪が、ワゴンをめちゃくちゃにして、わざとルイザ様のスカートを汚したのですよね。見なくてもデレク様の行動は目に浮かびますから」

「いえ、たまたまよ。私がウサギさんを驚かしてしまったから」

「デレク様がそんな繊細な心を持っている訳ないじゃないですか！　断言します。ぜーったいにわざとですよ。ルイザ様、これからもデレク様には十分注意してくださいね」

ブリジットのあまりの力説に口を挟めずに、コクコクと何度も頷く。すると、ブリジットは満足気ににっこりと微笑んだ。

――ただの……ウサギ、よね？

頭に何度も疑問符が浮かびながら、先ほど見たウサギの姿を思い出す。私の両手にすっぽりと収まるような、愛らしい子ウサギ。

「あのウサギは、公爵様のペットなの？」

「……ペット。……そう……ですね。そのようなものです」

そのようなもの？　歯切れの悪いブリジットの物言いから、これ以上ウサギの話をするのは止めておこうかと考える。ギュッと寄った眉からも、ブリジットはあのウサギに随分と手を焼いているのかもしれない。

「この屋敷には、随分と動物が多いのね」

「えぇ、まぁ……そうですね。あっ、ルイザ様の馬も新たに仲間に入りましたものね」

「あの子、見つかったの？」

「はい。クライド様がこの城にルイザ様を連れて来られた時、馬も一緒でしたよ」

「そう……。心配していたから、安心したわ。ありがとう」

魔獣に遭遇した時にいなくなってしまってから、もう会えないものと思っていた。それが公爵が保護してくれていたとは。

――怖い人だけど、そこまで悪い人ではないのかもしれない。

とはいえ、何度も殺されたのだもの。できればあまり顔を合わせたくはない。

「でも……お礼は、ちゃんと伝えるべき、よね」

仮面をつけた美貌の公爵を思い浮かべると、重苦しく複雑な気持ちになる。

だが、ブリジットの「あっ！」という高い声に沈んだ心はどこかに吹き飛ぶ。顔を上げると、ブリジットは深刻そうにワゴンの上を見つめていた。

「それよりも、ルイザ様のお食事が……。今すぐ新しいものを」

「良いのよ。私の不注意だもの。それに新しいものを用意しては、あなたが公爵様に叱られてしまうでしょう？」

ブリジットの行動は公爵には筒抜けのようだ。必要以上に私の味方をして、ブリジットが責められるのは私としても不本意だ。

ブリジットも私に肩入れし過ぎることで、私が公爵の怒りを買うことを恐れているようだ。

「私、公爵様との約束は守るつもりなの。ここに滞在することを許していただいた条件だもの。どんな扱いをされたとしても文句は言えないわ」

「……ルイザ様」

シュンと肩を落としたブリジットは、何かを考え込むように沈んだ面持ちのまま、空になってしまったスープ皿を見つめていた。

♤

執務室の机の上、書類の束(たば)を一枚一枚確認しながらサインをしていく。もうかれこれ数時間はこの作業をし続けている。霞む目をなんとか堪えながら、仮面の位置を手で直す。

その時、扉の外から騒々しい足音が聞こえてきた。

俺はため息を吐きながら、書類から顔を上げた。

「クライド様、あんまりです！」

「ブリジット、仕事中は許可なく部屋に入るな」

案の定、形ばかりのノックをした後に、嵐のような突風を起こしながら入ってきたのは侍女のブリジットだった。

俺の諫(いさ)める声を気にも留めずに、ブリジットは執務机の目の前までズカズカとやって来た。

「いいえ、緊急事態ですから」

こんなにも怒った表情が怖くないことはあるのだろうか。そう思えるほど、ブリジットの表情はただ駄々を捏ねている子供にしか見えない。

これでも、こんなに広大な城を一人で管理できるほどの有能な侍女であるのだから、不思議なものだ。

まじまじとブリジットを眺めていると、彼女は俺が何の反応も示さないことに痺れを切らしたのか地団駄を踏む。

「なぜルイザ様の部屋を、あんな物置などにしたのですか。あのような寒い場所では、ルイザ様が凍え死んでしまいます！　食事だって、パンとスープのみだなんて……。ルイザ様が可哀想です」

――やはり、そのことか。

俺は興味を失ったとばかりに、もう一度書類へと視線を向けた。すると、ブリジットから「クライド様！」と、抗議の声が頭上から降りかかった。

「それで良い」

「せめて、食事をもっとまともなものに」

「駄目だ。それが嫌なら、城に滞在する許可は出さない」

ブリジットに出した指示は、三つ。

一つ、ルイザ・オーブリーの部屋に口出しをしない。

一つ、ルイザ・オーブリーの食事は、1日3食、野菜スープとパン一つのみ。

一つ、これを守れないようであれば、滞在の許可を撤回する。

「ブリジット、お前も条件をつけることは認めただろう？」

「ですが……とても伯爵令嬢が耐えられる場所では……」

悲しげに眉を下げるブリジットの様子を視線に捉えながら、僅かに口角を上げる。

そうか、やはり貴族のご令嬢にはとても耐えられる環境ではないのか、と。

「まぁ、いくら変な女だとはいえ、由緒あるオーブリー伯爵家のお嬢様だからな」

ライナスの妹、ルイザは変わった奴だった。

正直、最初の出会いなどというものは覚えていない。たまたま魔獣の跡を追い、倒した後に魔核をいただいた。

魔獣の亡骸もまた金になる。それを持ち帰る際、女が倒れていることに気がついた。だから、魔獣のついでにその女も城の外へ捨て置いただけだった。

そうすれば、ブリジットがすぐに面倒ないように処理するだろうと思っていた。

誤算だったのは、なぜかブリジットとエルがルイザ・オーブリーに肩入れしていることだ。エルはまだわかる。だが、なぜブリジットは出会って間もないルイザに、ここまで熱心に世話を焼いているのだろうか。

そうするほどの価値があるのだろうか。

「で、あの女はもう音を上げたのか?」

そうであるのなら、話は早い。と、ブリジットへ視線を向ける。

「いいえ、文句も言わずに耐えておられます」

ブリジットは悲痛な面持ちで、鳩尾の前で組んだ両手をギュッと握りしめた。

「……耐えている、か。いつまで保つのか、見ものだな」

フンッと鼻を鳴らす俺に、ブリジットは苛立ったように口をへの字に曲げた。

「まぁ、あと1日……せいぜい3日保てば良い方、だろうな」

俺が恐ろしいのだろうに、強情にも何度も立ち向かって来ようとした。だが、所詮は貴族令嬢だ。蝶よ花よと大事に育てられた令嬢には、あのような粗末な扱い方は、耐えられるものではない。

衣食住に満足ができなければ、強い心もあっという間に崩壊するだろう。

貴族というものは、何よりもプライドを大切にするものなのだから。

「……クライド様、あなた……ルイザ様がリプスコム城から逃げ出すように仕向けていますね」

「俺は俺の好きなようにする。逃げ出すのであれば、それは俺の問題ではなく、あの女の問題だ」

いくらライナスの妹といえど、情などない。この城に残って体調を崩そうが、逃げ出して魔獣の餌になろうが。彼女が辿る運命の通りに、王都に戻ろうがどうだって良い。

――そもそも、ルイザ・オーブリーがこの城にやって来たこと自体がおかしな流れなんだ。

あいつに構っている余裕も時間も、今の俺には到底ない。

「ブリジット、お前もあまりあの女に肩入れするな。所詮はすぐにお帰りいただく客人に過ぎない」

俺の素っ気ない言葉に、いつだって献身的な侍女はいたく不満を持ったようだ。

「この悪魔！　人でなし！」

顔を真っ赤にさせて、肩を震わせたブリジットは、とても使用人が主人に吐くような言葉とは思えない言葉を、躊躇なく吐き捨てた。

「どうとでも言え」

「……っ！」

怒りを爆発させながら、ブリジットはまた嵐のように部屋を立ち去った。

――いつも冷静に対処するブリジットが、主人である俺に楯突いてまでルイザ・オーブリーを庇う、か。

握ったペンを止めながら、俺は頭を何度か横に振る。

――まぁ、良い。どの道、数日後には俺の視界から消える人物だ。

さて、と俺は何事もなかったように、仕事を再開させていくために目線を書類へと向ける。

だが、普段であればすぐに戻る集中力も今日はなかなか切り替えるのが難しく、書類にサインしていた手を止める。

こういう時こそ、ブリジットに茶を頼むべきだ。だが、先ほど怒り心頭で出て行ったばかりの侍女に頼むのも、どうにも気乗りしない。

グッと一つ伸びをしながら窓際に立つ。

すると、今はとても庭園とは呼べない枯れ果てた広場が目に飛び込む。雪は積もり放題で、かつて冬であっても綺麗に整備されていた光景がまるで夢のようだ。

そうして覗いていると、一人の女が屋敷から出てくるのが見えた。

「あいつ……何をするつもりだ？」

防寒具をしっかりと着込んで、手袋をつけた手に持っているのは、彼女の背ほどはあるスコップ。

屋敷から出たは良いものの、雪の多さに戸惑っているようだな。どこに行きたいのか、ルイザは屋敷を出て西側の歩道の雪を、一心不乱に掬っては捨て、掬っては捨て、と繰り返す。

――雪掻きのつもりか？　あんな軟弱そうな体で？

三歩進むのに、こんなにも時間がかかっては、目的地に着く頃には日も沈んでいるだろうな。

しかも、あの歩道を進んだ先にあるのなんて、木々に囲まれて隠されているように捨て置かれた温室ぐらいだ。

「……あんな手つきでは、行きたい場所に着く頃には、元来た道も再び雪が積もっているだろうな」

雪掻きをしようとしたところで、雪の重さに慣れない人間には難しい。スコップの重さに耐えきれず、尻餅をつく姿に、ほら言わんこっちゃないと思わずクスッと笑みが漏れる。

そんな自分に思わず目を見開く。

——今、俺はあれを見て笑ったのか？

生まれた時から表情がないだとか、人形のようだと陰で言われていることには気がついていた。面白いと思えることもなく、最後に笑ったのはいつだったのか。それさえも覚えていない。

それが、あんな無鉄砲で考えなしの女で笑うだと？

俺は自分の中に生まれた変化に気づかぬまま、なぜだか目が離せないルイザという女を、雪掻きを彼女が諦めるまでの1時間、ぼんやりと眺めていた。

3
公爵の呪い

部屋の前の窓を雑巾で拭く。一拭きで雑巾は真っ黒になってしまった。それをバケツの水で洗っていると、目の前からミルクティーベージュの揺れる三つ編みが目に飛び込んできた。

「ブリジット、おはよう」

「おはようございます、ルイザ様。……って、一体何を?」

「あぁ、この城の侍女があなた一人だと言っていたでしょう。だから、少しでもお手伝いしたくて」

「ルイザ様は、こんなことしなくて良いんです」

慌てたようにブリジットは私の手に持つ雑巾を奪おうとする。だが、それに私は首を横に振った。

「良いのよ。元々、実家でもやっていたことだし」

「……伯爵令嬢が、掃除を?」

「私の専属侍女は皆、従妹(いとこ)のスティーナに取られてしまって。伯爵令嬢なんて形だけのもの。誰も部屋の掃除をしてくれないのだから、自分でするしかなかったのよ」

　オーブリー伯爵家の内部を暴露するのは恥ずかしい。だけど、おそらくこの可愛らしい侍女であれば、私の話を聞いて蔑むようなことはない。そう思ったからこそ、初めて家の内情を告白した。

「家の中での立ち位置は、あまり良いものでもなかったの」

「確か、ご両親を亡くされて、ライナス様が騎士団の任務で家を空けられてから、領地にいたお父上の弟様ご一家がオーブリー家に入られたとか」

「ええ、よく知っているわね。兄の業務の補佐を叔父がするために、王都のタウンハウスに叔父と叔母、それに従妹のスティーナが。……でも、兄が帰ってこないことを良いことに、叔父はまるで自分が伯爵にでもなったように振る舞い始めて」

　初めこそ大人しく兄の代理として振る舞っていたが、社交界に出るにつれて叔父は本来の欲深い性格を露わにしていった。

　それに伴い、叔母もスティーナも屋敷内では大きな顔をし始めた。仲の良かった使用人たちは、領地の屋敷に移された。屋敷の使用人たちは一新され、叔父が子爵家から連れてきた使用人や、新しく雇った者たちばかり。

　それに抵抗し私に味方してくれていた使用人たちは、一人また一人と叔父夫婦が解雇していった。叔父の振る舞いに初めこそ不満を持っていた使用人たちも、徐々に伯爵家の変化を受け入れ出した。

元いた使用人たちは、自ら伯爵家を去る者もいれば、傍観者に徹する者もいた。更には、叔父に擦り寄り、私への対応をおざなりにする者も後を絶たなかった。

自分の生まれ育った家にもかかわらず、最早その場所は私にとって、地獄になっていった。

兄が帰ってこないことを良いことに、叔母は母の形見であるアクセサリーを勝手に身につけ、ドレスを売り払った。

私を守ってくれる人もおらず、叔母やスティーナの悪意を跳ね返すだけの力を私は持ち合わせていなかった。

蔑まれた伯爵令嬢は、使用人たちからも馬鹿にされた。私付きの侍女は外れ仕事を放棄し、叔母に媚びを売るばかり。自然と自分のことは自分でする、ということを覚えた。

伯爵令嬢ではあり得ない掃除だって、メイドたちのやり方を見よう見まねで始めただけだった。

「そんなことを悟られたくなくて、友人と会う時や社交界では無理して去勢を張って……。叔父も面子(めんつ)があるのか、外では仲睦まじい家族として振る舞っていたわ。スティーナだって、あまり親しくない人には、従妹ではなく本当の妹だと勘違いされていたほどだもの」

「……許せません。子爵令嬢のはずのスティーナ様は、ご自分の立場を忘れて伯爵令嬢のように振る舞っていたってことですよね？」

「えぇ、そうね」

顔を暗くさせながら俯くブリジットは、私が説明せずとも私の置かれた環境をすぐに理解してくれているようだった。

自分のことでここまで心を傾けてくれる人がいる。そのことを心強いと思うと同時に、出会ったばかりのこの少女をどうにか喜ばせてあげたいと思ったのだった。

だが、もっと別の方法を試した方が良いのかもしれない。

「ブリジット、お花は好き？」

「えっ、えぇ大好きです。でも……」

気まずそうに視線を窓の外へと向けるブリジット。おそらく放置されたままの庭園が気にかかったのだろう。

「庭園……いいえ、ここには温室があるのよね？　行ってみても良い？」

先日、雪の中でこの屋敷の外を少し見て回った。庭園は窓からもよく見えるが、西の外れにある温室には、自力では辿り着くことができなかった。

「……それは構いませんが、何もありませんよ？」

「うん、それでも行ってみたいの」

私はあえてにっこりと微笑んだ。

◇

「ここが温室です。とはいえ、今はこのように枯れた植物の残骸しかありません」

「かなり昔から放置された温室なの？」

「いえ。元々、クライド様のお祖母様である前リプスコム公爵夫人の温室でした」

「公爵夫人……リプスコム公爵の母方のお祖母様ね」

ブリジットが連れて来てくれた温室に足を踏み入れた瞬間、まず感じたのは心地良さだ。おそらく魔術で温室の温度管理がしっかりとなされているのだろう。

全面ガラス張りで天井の高いこの場所は、まるで王宮の大ホールのような広々とした空間だ。中央には巨大樹が天井まで伸びている。

植物のほとんどは手入れされておらず、枯れ果てている。けれどこの木だけは、まるで時間が止まっているように生き生きと美しい銀色の葉でいっぱいだった。

「銀色の葉なんて、珍しい。……綺麗な木ね」

「はい。この木は前公爵夫人が嫁いできた際に、ご実家から運んだ特殊な巨大樹のようです。それを、この温室を建てられた時に植え変えたと聞いております」

「前公爵夫人は、確か……8年ほど前に亡くなられたとか」

「えぇ、そうなのです。前リプスコム公爵は随分と悲しんで、思い出の多いこの場所を封鎖してしまったのです」

美しく大切な思い出も、故人を思い出すという理由から遠ざけてしまったのかもしれない。その気持ちはわかるような気もする。

亡くなってしまった事実を信じたくなくて、思い出すのさえも辛い。私も両親が亡くなった後、その死を受け入れるのに随分と時間がかかった。

「だから、この温室だけでなく、城の庭園も手入れされていないの？」

「いいえ、それは違います。お恥ずかしい話、ただ単に人手が足りなくて……クライド様は元々いた使用人たち全てを解雇してしまったので。私とライナス様、そしてクライド様の側近。その3名しか、この城の滞在を許可されていないのです」

随分と寂しい城だとは思っていたが、まさか本当にそんなにも少ない人数しかいないとは。この広大な城を思うと、まさかの事実に目を丸くする。

「なので、ルイザ様が4人目ですね！」

明るく振る舞うブリジットも、この城の管理を一人で任されるなど、どれほどの苦労をしているのだろうか。ブリジットの手をギュッと両手で包み込むように握る。すると、その手は私の想像以上に小さく、思わず涙ぐむ。

「ブリジット、私ができることは何でもするわ」

「そ、そんな。私、これでも生活魔法は得意なので……流石に城全てを管理するのは難しいですが、生活空間ぐらいなら十分大丈夫ですから」

ワタワタと慌てるブリジットの健気さに、更に胸が詰まる思いだ。

ブリジットは困惑気味に周囲をキョロキョロすると「あっ！」と声を上げた。

「ところで、ルイザ様はこの温室の何が気になったのですか？」

「あぁ、そうね。伝えていなかったわね。私、植物を育てるのが趣味なの」

「そうなのですか？　それは知りませんでした。そんな大事な情報、ちゃんと記載しておいて欲しかったです」

「記載って……どこに？」

「もちろん、公式ファンブック……い、いえ。何でもありません」

首を傾げる私に、ブリジットは誤魔化すように微笑んだ。

——この子、時々不思議なことを言うわね。

「すみません、どうぞルイザ様のお話を続けてください」

「えぇ、そうね。あの、こんなお願いをするのは図々しいとわかっているのだけど……ここの管理を私がしてしまったら、まずいかしら？」

ブリジットは私の申し出に、キョトンとする。あら可愛いと思いながらも、続くブリジットの反応を待つ。

「ここで植物を育てたい、ということですか？」

「えぇ、もし良ければ」

ドキドキと返事を待っていると、ブリジットは微笑みながら、ゆっくりと頷いた。

「城の管理は全て私が権限を持っておりますので、クライド様の許可を取らずとも問題ありません」

「それは良かったわ！」

顔の前で両手を合わせながら、私は喜びの声を上げた。

だが、ブリジットはこの温室をぐるりと顔だけで見回すと、首を捻った。

「ですが……流石にここをお一人で管理するのは無謀かと。庭師もおりませんし、私もお手伝いしたいのは山々ですが、植物に関しては知識がないもので」

「私、一つだけ特技があるの」

えっへんと胸を張りながら、コホンと一つ咳払いをする。

瞼を閉じて、自分の体の中を張り巡る魔力へと意識を集中させる。その魔力を一点に集めるため、両手を胸の前に重ねる。そして集まった魔力を床へと向けながら呪文を唱える。

「凄い！　温室が！」

ブリジットの感嘆の声に瞼を開ける。すると、温室全体がキラキラと白い光に溢れていた。その光は土へと潜り込み、枯れ果てていた植物たちがみるみるうちに青々とした生命力溢れる姿へと変化していく。

どこからか美しい蝶が私の前を横切り、吸い寄せられるように花へと近づく。

「まるで時間が巻き戻ったみたいです！」

「ふふっ、元々はこんなにも美しい温室だったのね」

赤、ピンク、黄色に紫。緑に囲まれた中、色彩鮮やかな花々が咲き誇り、温室内は一気に華やかになり、甘く爽やかな香りが鼻を掠める。

バラにスズラン、ラベンダーにアジサイ。区画ごとに温湿度管理がなされているようで、この温室内だけで十分四季を楽しめるようだ。

植物たちの美しさにキラキラと輝く瞳を向けたブリジットは、弾けんばかりの笑顔でこちらを振り返った。

「このような魔術もあるのですね」

「私の魔術は生活には役立つかもしれないけど、兄や公爵様のように身を守ったり、攻撃したりすることはできないの」

「素晴らしいことです。……それに、魔力が強いことが幸せだとは限りませんから」

僅かに俯くブリジットが、誰のことを思い浮かべているのかなんてわかりきっていた。

「公爵様のこと？」

「はい」

口では悪態を吐きながらも、ブリジットがこの城を、そして公爵のことをどれほど大事に思っているかは態度からもわかる。

世間からは呪われた〝仮面公爵〟と忌み嫌われている公爵。その魔力の凄まじさを身をもって知っている私としても畏怖を感じる。だが、ブリジットにとっては、それだけが公爵の全てではないのだろう。

私の知らない公爵を、ブリジットはたくさん見ているのだから。

「ブリジットは、この城に暮らしてから随分と長いの？」

「……私は、元々ここの執事長の娘なのです。代々リプスコム公爵家に仕えております。クライド様との付き合いも彼が養子に入ってからなので……もう10年ほどでしょうか」

「それじゃあ、生まれた時から公爵様と一緒なのね！」

「え？」

ブリジットはどう見ても10歳そこらだ。だから自信満々にそう言うも、ブリジットは不思議そうな顔をした。

予想だにしない反応に、お互い顔を見合わせて首を傾げる。

「だって、あなた……10歳ぐらいでしょう？」

「……あぁ。……いえ、私の年齢は……まぁ、追々」

——何か事情があるのかしら。

歯切れの悪い物言いに、内心気になりつつ、あまり追及しない方が良いのかと口を噤む。変な空気にしてしまっただろうかと冷や汗をかく私に、ブリジットは何かを考え込むように唇をギュッと噛み締めた。

そして意を決したように顔を上げたブリジットの、強い意志を感じさせる視線とぶつかる。

「ルイザ様は、クライド様のことをどれぐらいご存知ですか？」

「……そうね、噂程度かしら。呪いを受けて生まれ……その……」

「クライド様の魔力暴走に巻き込まれた王妃様が命を落とされて、扱いに困った王家がクライド様を養子に出された……ということでしょうか」

「……えぇ、その通りよ」

なんと言うべきかと言葉を選ぶ私に、ブリジットは直球で答えた。

王都では、公爵が王妃様を魔力暴走に巻き込んだ挙句に命を奪ったことは、公然の秘密のようなものだ。皆知ってはいるが、王家が隠そうとしている以上、誰も口にはしない。

だからこそ、ここまであっさりとその事実を認めたブリジットに、私は動揺した。

「このリプスコム公爵家は、亡き王妃様の生家なのです」

「えぇ。あの事件の後すぐに第一王子であったクライド様をリプスコム公爵家の養子に、と望んだのは前公爵様だと聞くわ」

前リプスコム公爵は、クライド・リプスコムの母方の祖父にあたる。

孫が娘を殺した、ということは祖父である前公爵にとって、辛い事実だっただろう。それでも、クライド・リプスコムがそのまま第一王子として王家に残っていたとしたら、彼自身今よりももっと辛い状況に置かれていたはずだ。

呪い持ちの王子が生まれた世は、いつだって波乱の時代になるといわれている。

そこに王子が親を殺したのだから、王家への不信感を招き、この巨大なスキャンダルの渦中で随分と苦しめられただろう。

その点リプスコム公爵領は、王都から離れた辺境の地。噂話から耳を塞ぐにはこれほど適した場所はない。

「……前公爵様は、クライド・リプスコム公爵様を守ろうとなされたの？」

ブリジットは神妙に頷いた。

「その通りです」

「クライド様にとって、味方と呼べる方は王宮に誰一人いなかったのです。ですが、前公爵夫妻は違います。あの事件が起こる前から、ずっとクライド様のことを見守っていたのです」

「優しい方々だったのね」

私個人に前公爵夫妻との面識はない。けれど、ブリジットの言葉や表情から、如何に前公爵夫妻の人柄が素晴らしいか、伝わってくるようだった。

「王宮からこのリプスコム城に移られたクライド様は、最初は部屋に閉じこもったままでした。

ですが、この地の魔獣の多さを知ってからは、積極的に魔獣退治に参加されるようになりました」

「やはり昔から公爵様はお強かったの？」

「それはもう。その当時、リプスコム公爵家には立派な騎士団があったのですが、その騎士団が一丸となっても敵わない魔獣を、たった12歳のクライド様が恐れもせずお一人で倒されたほどです」

たった一度だけ対峙(たいじ)した魔獣。あの恐怖は今後も忘れることができないだろう。だが、公爵は12歳という若さで、あのような魔獣たちと日々闘っていたのか。

「クライド様はとても強いです。ですが、それはクライド様の苦しみと共に持ち合わせたもの。皆はそれを、呪われた力だと言います」

「呪われた力……」

「前リプスコム公爵様と夫人は、随分と孫であるクライド様を心配なさって、呪いを解呪(かいじゅ)できないものかと様々な方法を取りました。滋養に良いものを取り寄せ、時には内密で怪しい術師まで呼んで祈禱(きとう)してもらったことも。……それでも、呪いはどうにもなりませんでした」

ブリジットの顔に暗い影が差す。その横顔を眺めながら、ふと疑問が湧く。

「……王家の呪いって、そもそも何なの？」

もちろん、多少の知識ぐらいはある。光の象徴である王家の闇を一身に背負う存在。それが数百年に一度、王家の男児に生まれてくる呪われた子だ。

生まれながらに痣を持ち、恐ろしいほどの魔力と美貌で国を揺るがす存在。

それほど恐れられている存在だというのに、彼らの存在はどの世でも隠された存在だった。息を殺すように生き、ひっそりと死んでいく。

誰かは、彼らのことを《孤独で悲しい人ならざる者》と呼んだ。

「そうですね。呪いとは、大きな代償を払い、悪魔の力を持つ者……でしょうか」

「悪魔？」

「普通、魔力持ちといえば、水・火・土・金・風の5属性の中の一つのみを授かりますよね。私もまた水の属性を持ち、使用できる魔術も生活魔法ぐらいです」

ブリジットの言葉に、私は頷いた。私もまた、土の魔力のみを持つ。その力のおかげで、植物を育てることができる。

「ええ、そうね。私もそうよ。でも、それがどうしたの？」

「ですが……クライド様は、全属性を持って生まれました」

「全属性……まさか……」

――全属性なんて、そんなこと聞いたこともない。

愕然(がくぜん)としながらブリジットを見るも、深刻そうなその表情はとても嘘を言っているようには見えない。

「膨大な魔力は、魅力的なものです。ですが、人間という器には過ぎた力だったのです。あまりに強い魔力は、持ち主を苦しめるものです。制御できない力は常に他者を攻撃し、自身をも死に至らしめます」

自分自身を死に至らしめる魔力。その言葉に、ゴクッと唾を飲む。

「他人だけでなく、本人も？」

私が20歳で死んだ原因は、公爵の血でできた毒だった。彼は死後も尚、他者を殺すほどの恐ろしい呪いを持っている。そう思っていた。

それが、まさか公爵自身をも殺す力があるとは。

「はい。クライド様は肌を出すのを嫌います。それには理由があるのです」

「では、あの仮面にも理由があるのね」

私の言葉に、ブリジットは神妙に頷いた。

「クライド様の全身には、痣があります。生まれた時から心臓の上にバラの痣が。その痣は年々、イバラの形で全身に広がっていき、今はもう足先から首、そして左目にまで伸びてきているのです」

——生まれてすぐに呪われた王子だとわかるのは、胸にあるバラの痣が理由だったのか。

「その胸のバラから伸びたイバラの痣は、終始クライド様に痛みを与え、意識のある時はいつでも苦しみと共にあるのです。もちろん寝ている時もまた、痛みの発作で起きることもあります」

「そんな……。痣を止める術は……」

まさかの事実に、私は言葉を失う。

あの無表情の下では、常に痛みを持っていただなんて。そんな素振り、一切なかった。

「見つかっていません。クライド様自身も呪いを解明しようとしておりますが……もうあまり時間がないのです」

「時間がない？　どういうこと？」

「呪いを受けた人物は皆、25歳という若さで亡くなるのです。例外はありません」

例外はない、その言葉の衝撃にズキンと胸が痛くなる。

「では……公爵様も？」

「はい。クライド様は、現在21歳です。寿命という話であれば、あと4年で亡くなる……ということになります」

――あと……4年？　それって……。

時を遡る前、公爵は王家へクーデターを起こした。戦火の中でクライド・リプスコムは王家の騎士の剣により亡くなったと聞いた。

それは確かに、今から4年後……つまりは、公爵が25歳の時だ。

死期が一致しているのは、おそらく偶然ではないのだろう。

ブリジットから聞く初めて知った事実に、私は心と頭がズシンと重くなるのを感じた。

「ブリジット、城に何か細工したのか？」

定期的に行っている魔獣退治から帰宅し、数日ぶりに城へと帰ってきた。いつもと同じように、広間にはデレクやブリジットが待ち構えていた。

彼らは数日前と何も変わっていない。それなのに、なぜだか魔獣退治に出る前と今では、何かが微妙に変わっているように思える。

この妙な変化は何だろうか。辺りを見渡して、その変化に気がつく。

「……これは一体、何の真似だ」

「綺麗ですよね。バラにコスモス、アザミまでありますよ」

棚の脇に置かれた小テーブルの上、何年も飾られることがなかった花が花瓶に生けられている。

俺は眉を顰めてブリジットを見遣る。すると、ブリジットは嬉しそうに花を眺めながら、微笑みを浮かべた。

「この季節、この辺りにそんな花は咲かない。どこから持ってきた」

「あら、クライド様でも花にご興味があるのですね！　季節の花をよくご存知で」

俺の不機嫌さに気づいているだろうに、ブリジットは明るい声ではしゃいでみせた。

「気温の変化で領地に何かあったら困るだけだ」

そう言った俺に、ブリジットはニコッと口角を上げた。

「ぜひ、温室をご覧になってください」

「温室、だと？」

まさか温室なんて言葉を再び聞くことになるとは。俺はニヤニヤと嬉しそうなブリジットに背を押されるまま、久々に温室に足を踏み入れた。

その瞬間、驚きに息を飲んだ。

なぜなら、遠い過去にタイムスリップしたのではないかと思う光景が、目の前にあったのだから。

「……まるで、遠い昔に戻ってきたようだ」

最後にこの場所を訪れたのはいつだったか。

遠い記憶で、記憶も朧げだ。

確かまだ幼さが残る少年だった頃、俺は杖をついた祖母に促されながら、この場所をよく訪れていたのだったな。

植物なんて興味はないのに、俺専用のテーブルと椅子を用意し、いつでもここで読書をすると良い、と祖父が笑っていた。

記憶を頼りに温室内をぐるりと歩くと、今も尚、記憶通りの場所にそのテーブルは存在していた。

その場所から周囲を見渡すと、中央の巨大樹がよく見える。

巨大樹は、昔と同じように美しい銀色の葉を揺らしながら、天井まで真っ直ぐに伸びている。

彼らがまだ生きていた時、次はここにイチゴなんて育てるのはどうだろうかと俺に尋ねた声が、この瞬間にも聞こえてくるようだ。

「前リプスコム公爵夫人の温室と似ていますか？」

その声にハッと振り返る。

すると、そこにいたのは思い浮かべていた祖父でも、祖母でもない。ここに連れ出したブリジットでもない。

ルイザ・オーブリーが穏やかに微笑んで、その場に立っていた。

「あ、あぁ。もうあまり覚えてはいないが……似ている気がする」

――これは何が起きているんだ。なぜ、記憶の中の温室に俺がいて、そこにこの女がいるんだ。

「これは、お前がやったのか」

「はい。勝手をしまして申し訳ありません」

俺に叱られると思ったのだろう。ルイザは、感情が一切乗らない冷たい俺の声に、ビクッと身を縮こませた。

「いや、構わない」

怯えさせるつもりはなかったが、俺の口から出たのは随分と素っ気ない言葉だけだった。人を気遣う言葉も、気持ちを表現する方法も、俺は知らない。

本来ならば、すごく驚いている。まさかもう一度、この場所に来ることができるだなんて考えもしなかった。ただ、素直にそう言葉にすれば良いのだろう。

だが、俺には自分の気持ちを言葉に、態度に表すということ。更には、人を怯えさせないという、それだけのことが何より難しいことだった。

「どうやって、元に戻した」

「少しでも撤去されていれば、元に戻すことはできませんでした。ですが、土に残っていた植物の痕跡から、私の魔力で元の姿に戻したのです」

「そうか。……お前の魔力か」

——魔力にもこのような使い道があったとは。考えもしなかった。

しゃがみ込んで、近くの花壇の土を握る。たっぷりと水が含まれた土は、ポロポロと簡単には崩れず、まるで雪のようにふわっとした空気を含んだ柔らかさがある。

立ち上がり、一つ一つ記憶を確かめるように温室内をゆっくりと歩く。後ろからちょこちょこと歩いてくるルイザの気配を感じながらも、それを咎めることはしない。

「ここは、こんなにも温かい場所だっただろうか」

ここの天井は普通の屋敷でいう3階ぐらいだろうか。ガラスを通して、陽の光が優しく降り注ぐ。沢山の緑の葉が視界を覆い、毎日雪の白い世界で生きている俺からすれば、まるで別世界のようだ。

『クライド、あなたの力はあなたのせいではないわ。いつか、永遠とも思える苦しみも、必ず癒える日がくる。信じることを止めてはいけないわ』

繰り返し俺にそう言い聞かせた、祖母の声が聞こえてくるようだ。

その言葉があったから、俺はどんなに苦しもうが、生きることに疲れようが、呪いを解くことを諦めなかったのかもしれない。

「……公爵様も、幼い頃はこの場所によく来られたのですか？」

背後から、おずおずと小さな声が聞こえてきた。その声に足を止めて振り返ると、ルイザは肩を揺らしながら目を見開いた。

「す、すみません。うるさいですよね」

「……お前は俺を怖がっているくせに、なぜそのように関わってこようとする」

単純な疑問だった。昔から知っているデレクやブリジット、それにどこまでも真っ直ぐな騎士であるライナスとは違う。こいつは、俺と関わってもなんの得にもならない。それどころか俺と一緒にいれば、危険が増すだけだ。それなのに、なぜ今もついて来るのだろうか。

ルイザは不思議そうに首を傾げると、考え込むように口を閉ざした。そして、ゆっくりと口を開く。

「……なぜでしょう。私、関わってこようとしてますか？」

「違うのか？」

「あの、確かに公爵様のことを怖いか怖くないかで言えば……怖いです。ですが、私がそう思うのは、公爵様を表面上でしか知らないからですよね」

「さぁな。お前が見ている俺が、俺の全てかもしれない」

「それがわからないから、知りたいのです」

俺の顔から視線を逸らさずに、真っ直ぐこちらを見るルイザの瞳に、俺は息を飲む。

「俺を知りたい？」

「ダメですか？」

——そんなこと、言われたこともない。

皆、俺がどういう人間かということには関心がない。呪われた王子、悪魔公爵。近づけば殺されるかもしれない。

普通の人間であれば、そう考えるはずだ。

「……変な女だ」

ポツリと呟いた言葉は、いつもより若干声のトーンが上がっていたような気がする。

意図せずに僅かに上がってしまった口角を隠すように、コホンと咳払いをする。

俺の返事ともいえない返答を、彼女は肯定と捉えたようだ。

パッと嬉しそうな明るい顔をしたルイザに、俺は気まずさから顔を背ける。そして、再び前を向くと止まっていた足を動かす。

だがそんな俺に、ルイザは先ほどよりも僅かに距離を詰めながら後ろをついて来た。

「花がお好きなのですか？」

「……どちらでもない」

「そうですか。……私は植物も動物も大好きです」

何が嬉しいのかニコニコと楽しそうに俺の後ろを歩いてきたルイザは、俺が植物に目を留める度に、この花は王国の南端にあるシウニス地方にしか咲かないやら、この植物は傷に良い、だとかいちいち説明をしてくる。

俺はその説明に、「そうか」とだけ返事をする。すると、ルイザはまた嬉しそうに目を細めた。

「美しいものを見ていると、心が安らぎます」

ガラス越しに差し込む、陽の光を浴びた紫の髪の毛が、いやに目に入る。

花に顔を寄せて目を閉じる姿を、俺はそっと視界の端に入れる。

「俺には美醜(びしゅう)などわからない。……見た目の美しさなど、何も意味がないからな」

だが、コロコロと表情を変え、キラキラと輝く瞳で真っ直ぐ見つめるルイザは、世間一般から見たら美しい、と表現するのだろう。

そんならしくもない考えが、頭を過(よぎ)った。

◇

「昼間は天気が良かったのに、また雪が降ってきたわ」

窓から外を覗くと、暗闇の中で大きな雪の粒が止むことなく降り続けている。

――やっぱり、雪が降ると寒いのね。

『グゥ、ウォン』

「ええ、あなたがいるから寒くないわ」

この部屋を与えられてから、夜間の寒さをしのげているのは、必ず就寝前になるとエルがやって来てくれるからだ。エルの毛皮に包まれて隣で上下する背中を摩っていると、いつの間にか満たされる感覚で眠れる。

いつものように小さなベッドに潜り込むと、エルも一緒にベッドに乗ってくる。古いベッドは、少し寝返りを打っただけでキィと軋む音がする。

今日はエルの温かさを感じても、どうしてもいつものように眠ることができない。

――どうしても、ブリジットの話や、今日の公爵の様子が頭に浮かんでしまう。

ブリジットから呪いの話を聞いてから、何かがおかしい。

公爵のことが気にかかって、目が離せなくなる。

彼の身につけている手袋や仮面が気になって仕方なかった。

あの下に、イバラの痣があるのか、と。

——私、どうしたんだろう。あんなにも恐ろしい人なのに……。

でも、昼間に温室で見た公爵は、随分と気安い雰囲気があった。いつだって無表情で不機嫌な表情しか見たことがなかったから意外だった、というのが本音だ。

「ダメだわ。……全然眠れない」

ガバッと布団を捲りながら起き上がった私に、エルは不思議そうに首を傾けた。

「エル、少しここで待っていてくれる？　眠る前に温かいお茶をもらってくるわ」

『クゥ？』

黄緑色の瞳が心配そうにこちらを見つめる。まるで自分も行こうか、と言ってるようで、クスッと笑みが漏れる。

「本当、あなたってまるで人間みたい」

『ワフッ!?』

「ええ、わかっているわ。あなたが頭の良い狼だってことは」

驚いたように飛び上がったエルに、笑いながら頭を撫でた。

「ふふっ、大丈夫よ。すぐ帰ってくるわ」

——少し城の中を散歩すれば、気分転換になって眠りやすくなるかもしれない。

心配そうにこちらを見つめながら、扉の前でお座りをするエルに手を振る。そして、ランタンを手にひんやりとした薄暗い廊下を進んで行く。

――確か、この廊下を右に進んだ先に厨房があったはず。ブリジットが、ここの厨房であれば好きな時にお茶を飲みに来て良いと言っていた。

きっとお茶を飲めば、体の芯から温まってゆっくりと眠れるはず。

そうすれば、こんなにも頭の中を占める公爵のことも、少しは冷静に考えることができるのかもしれない。

「えっと……ここよね」

厨房の扉を開けると、そこはこぢんまりとした場所だった。シンクが一つにコンロが三つ、中央には調理台が置かれている。

『カシュ、カシュ』

――ん？　何の音？

『カシュ』

何かを刻むような小さな物音に、ランタンを持つ手を伸ばし、室内を注意深く確認する。すると、ランタンの光は白くぼんやりとした物体を浮かび上げた。

「キャッ！　な、何！」

思わず叫ぶと、その白い物体が動き出した。

「えっ、あっ！　ウサギ！」

調理台の上、果物が入ったカゴの中からひょっこりと顔を出したのは、先日見た小さな白ウサギだった。

彼の近くにあるリンゴには齧（かじ）られた跡があり、先ほどの物音の正体が目の前のウサギによるものだと理解する。

ホッと息を吐きながら、私は調理台にランタンを置くと、白ウサギに視線を合わせるように腰を屈めた。

「ウサギさん、こんばんは。確か……デレクさん、だったかしら」

私の声に、モノクルをつけたウサギは口の中いっぱいに頬張っていたリンゴを咀嚼した後、ぴょんっと私の前までやってきた。

――あぁ、可愛い！

その見た目は、まるで絵本から飛び出て来たような愛らしさで、思わず目尻が下がる。だが、ウサギは何かに苛立っているように、足でバタンバタンと調理台を蹴り上げた。

『おい、そこの女。……様をつけろ、様を』

「す、すみません！」

どこからともなく聞こえたテノールの声に、思わず頭を下げる。だが、すぐにハッと顔を上げた。

「って……あれ？　今、あなたが喋ったの？」

ジッとウサギを見つめると、そのウサギはツイッと小さな手でモノクルの位置を直す。まるで人間のような行動に、ポカンとしてしまう。

そんな私に『間抜け面(づら)だな』と冷たく言い放ったのは、間違いなく目の前のウサギ……のようだ。

『僕とお前以外、誰がいるっていうんだ』

「ウサギが……喋った。あれ？　これって夢？」

頬を思いっきり抓(つね)るも、やはり痛い。

ということは……本当に、このウサギが喋ったということで間違いなさそうだ。

『随分呑気な女だな。喋るウサギがそんなに珍しいかよ』

「……かなり珍しい……ウサギかと」

『さっきから黙って聞いていれば、ウサギウサギ、と連呼しやがって』

「……黙って聞いて？　いたようには……見えませんでしたが」

「っ！　いちいちうるさいやつだな！」

不機嫌そうに胸の前で短い腕を組むウサギに、私は唖然(あぜん)とする。

『今何時だと思っているんだ。こんな夜中に城を彷徨(うろつ)くな。迷惑だ』

「も、申し訳ありません。……眠れなくて、少し散歩をしようと思いまして」

『勝手にうろちょろしやがって。……そもそも。、僕はお前がこの城に滞在している理由がよくわからない。なんでクライド様は、お前なんかを住まわせているんだか。……っておい、聞いているのか』

「は、はい！」

こんなにも可愛い見た目をしているのに、口から出るのはチクチクと厳しい言葉たち。そのアンバランスさに、ほうっと聞き入ってしまうと、ウサギはキッと厳しくこちらを睨んだ。

「もしかして、ウサギさん……私のことがお嫌いですか？」

『だから？』

フンッと顔を背けるウサギに、ハッとする。

「ここ最近、私の部屋が荒らされていた気がしたのですが……もしや？」

『今頃気づいたのかよ。本当にめでたい頭をしているんだな』

「……口が悪いウサギ」

ポツリと呟いた声は、しっかりと聞こえていたようで、小さな足で私の頭を蹴った。

「痛っ」

『何度言わせるんだ、デレク様と呼べ』

「は、はい。デレク……様」

デレク様は私の返事に渋々頷くと、調理台からぴょんと床に飛び降りる。そして厨房の扉に手をかざす。

すると、一切触っていないはずの扉がキィッとゆっくり開く。

「す、すごい！　デレク様、魔術が使えるのですか？」

『魔術が使えるのがそんなに珍しいかよ』

そもそもウサギが魔術を使えることが凄いのだが、そこに触れればおそらくデレク様の怒りを買うだろう。

「い、いえ。扉を開ける魔術は、かなりの使い手でないと難しいですよね！　素晴らしいことです！」

「ふんっ、煽(おだ)てても何も出ないぞ」

つれない態度を取りながらも、丸い尻尾は嬉しそうにピコンと揺れた。

だがそのまま出て行こうとするデレク様の姿を、私はランタンを手に慌てて追いかける。

「ところで、デレク様はどちらに？」

『クライド様に頼まれて、別館に行くところだ』

「リンゴを食べながら？」

『……少し立ち寄っただけだ！』

揶揄(からか)うと楽しい。口にはしないが、デレク様の反応はいちいち可愛らしく、ついつい要らないことを口走ってしまう。

それにしても、別館か。ブリジットに案内してもらったのは、この本館と温室ぐらいだ。この広大な城を考えると、本館以外にも色んな建物があることは想像していた。

デレク様の後を追いながら、ランタンで暗い廊下を照らす。すると、廊下の途中の扉の前でデレク様が立ち止まり、再び魔術で扉を開けた。

すると、石造りの階段が出現した。階段は螺旋状に上へと伸びている。

「別館？　もしかして、この階段の先ですか？」

『そりゃあ、この先は階段しかないからな』

扉から顔を覗かせると、ヒヤッとした冷気が流れ込む。デレク様が魔術を使うと、壁に設置された蠟燭（ろうそく）に一気に灯（あかり）がともる。それでもかなり薄暗い。

——なんだかお化け屋敷みたい。

ホラー小説に出て来そうな雰囲気に、恐怖感はありながらも興味が湧いてしまう。

「あの、私もついて行っても良いですか？」

『はぁ？　お前が行って良い訳ないだろ』

デレク様はツレない態度でフンと顔を背けた。だが、途中で考え込むように言葉を止めて

『……いや、待てよ』と呟く。

そして、またピコンと尻尾を揺らすと、私の方を振り返った。

『良いだろう。ついて来い』

顔をクイッと振って、デレク様は私に合図した。

その返事に、私はまるで深夜の探検に出かけるようでワクワクと胸が弾んだ。

軽快に階段を上っていくデレク様と違い、階段を上りきった頃には私は肩で息をしていた。

「随分と上りましたね。ここからが別館ですか？」

階段を上りきった先には、頑丈な石の扉があった。そこもまたデレク様は魔術で開ける。その扉の先には、石造りの廊下があった。薄暗く窓は所々がひび割れ、天井には蜘蛛の巣が張られている。

「ブリジットから城の中は案内してもらいましたが、この棟に来たのは初めてです。ここは本館よりも随分と寂れた……古風な雰囲気ですね」

『正直にボロいとでも言えよ』

窓からこの建物が見えるかと、上を覗き込む。すると、この建物はすべて石造りのようで、ここから更に上に塔のような三角屋根が見えた。

階段がどこかにあるかと辺りを見渡すと、この廊下を右に曲がった先に見えた。

——この最上階まで上ったら、かなり景色が良さそうね。

この薄暗く恐怖感を覚える空間にも慣れ始めた頃、デレク様が一つの扉の前で足を止めた。

『俺はこの書庫に用事があるから、ここから先はお前一人で散歩していろ。……気が済んだら勝手に帰っておけ』

「あっ、はい！　デレク様、ありがとうございます！」

――この先……といっても、どこに行けば良いのだろう。

困惑しながらも、さっさと扉の先に消えてしまったデレク様に口を挟む余裕もなく、私はその場に立ち竦んだ。

「か、帰った方が……良いわよね」

流石にエルも心配するだろうし、と私は来た道を戻るために踵を返した。

だが、どうしてもあの階段の先、上の階が気になって仕方がない。

――少し。少しだけなら、散歩しても良いわよね。ちょっと覗いて帰るだけだもの。

そう自分に言い聞かせて、ランタンを両手でギュッと握りながら私は右へと曲がり、ゆっくりと階段を上って行った。

「この部屋は一体……」

階段を上った先には、一つの部屋があった。扉は半分だけ開いており、中を覗いた先に見えた光景に、私は息を飲んだ。

灯もない部屋なのに、壁に掛けられている巨大な砂時計は、それ自体が光を放っていたからだ。

まるで光を詰め込んだような金色の砂が一粒一粒ゆっくりと下へと落ちていく。

「綺麗。砂時計？」

魅入られるように、自然と足は砂時計の前へと進んでいく。

近くで見ると、その大きさに驚く。おそらく私の身長と同じか、それ以上か。巨大な砂時計は、下の空間に3分の2ほどの砂が溜まっている。

「何の時間を表しているのかしら……」

砂は既にかなり下に溜まっていて、残り4分の1ほどの僅かな砂が窪み部分へと吸い寄せられているようだ。

——砂自体に、何か魔術がかけられているのかしら。

魅入られるようにその砂時計を眺めてどれくらい経っただろうか。キラキラと輝く砂は、落ちそうで一粒も落ちない。

「あっ！」

だがその瞬間、窪みから小指の爪ほどの一粒が、ガラス瓶の中でパチンと弾けた。

その粒は更に細かい光の粒になり、サラサラと舞うように落ちていった。

——なぜか懐かしさを感じる。昔どこかで見たような……。そう、あの絵！

子供の頃にどこかで見た絵画。どこに飾られていたのかも覚えていない。それでも、何度も夢に見たあの絵。

それは、妖精たちの光の踊り、というタイトルだっただろうか。

ピンク、黄色、赤、水色。色鮮やかな服を着た小さな妖精たちが、光の中で踊っている絵。妖精たちが舞う姿は、今にも絵の外へと飛び出してきそうなほどに生き生きとしていた。そして、彼らを囲う光は虹のように色鮮やかでありながら、この世のものではないような神々(こうごう)しく眩(まばゆ)いものだった。

砂時計と妖精の踊りなど似ても似つかないだろうに、なぜだかあの時感じた惹かれる感情を思い出す。

その光に誘われるように、私は砂時計へ手を伸ばした。

だが、その瞬間ハッとする。

「ダ、ダメ……よね」

勝手に部屋に侵入して、挙句に人のものに触れるなど……。普段の自分であれば、しない行動だっただろう。だが、目の前の砂時計は、まるで甘く誘惑するように思考を鈍らせる。

——不思議な魅力だわ。……少し、冷静にならなくては。

ふうっと、大きく深呼吸をする。そして、この部屋全体をぐるりと見渡すようにランタンの灯を掲げる。

すると、先ほどまで気がつかなかったことが気にかかる。

——この部屋、随分と荒れ果てているわ。

私の部屋の3倍はあるだろうこの部屋で、最初に目に入るのは壁の中央に立て掛けられたこの砂時計だ。

だが、その砂時計の両隣には本棚やチェストが置かれており、そのどれもがまるで強盗に入られた跡のように、荒らされている。本は所々床に落ちて埃を被り、チェストには剣で斬られたような傷が無数にある。ティーテーブルは倒れ、割れたポットもそのまま放置されている。

埃もなく綺麗な状態を保っているのは、この砂時計と目の前にある大きな椅子ぐらい。

まるで、この部屋に必要なのは、この砂時計とそれを眺めるための椅子のみ。そう言わんばかりの異様な光景に、私は恐ろしさを感じた。

——部屋を出ないと……。今すぐに……。

この部屋に入ったことはきっと口外してはいけない。そう頭の中で自分自身に警告する。

踵を返そうとしたその時、背後からガタッと何かが動く音がした。

ハッと振り返ると、壁際に飾られていた絵画の留め具が外れたのか、ユラユラと揺れていた。

——あっ、危ない！　あの絵画が外れれば、隣の砂時計にぶつかり、割れてしまうかもしれない！

慌てて近寄り砂時計を庇うように手を伸ばす。

その時——。

「それに触るな！」

大きな怒声に、ビクッと肩が跳ねる。

「えっ、公爵様？」

振り返った先にいたのは、息を切らしながら大股でこちらに歩み寄る公爵の姿。彼の表情は半分しか見えなくとも、かつてないほどに怒りを露わにしているのがわかる。

「何をしている！」

「あの、絵画が……」

手を伸ばした先にある絵画へと目を向ける。すると、先ほどまで揺れて落ちそうになっていた絵画は、まるで私の幻覚かのようにきっちりと壁に飾られている。

「えっ……」

——さっきまで外れかかっていたはずなのに……どうして？

戸惑う私の様子など気に留めることなく、公爵は目を鋭くさせて唇を僅かに震わせた。

「なぜ、この部屋にいる」

「あっ、申し訳ありません。入ってはいけないと知らなくて……」

心臓がバクバクと音を立てる。公爵の吊り上がった目元が、ピクッと怒りで揺れる。圧を放った彼の魔力の影響なのか、窓がビリビリと震えた。

私はサァッと血の気が失せていくのを感じる。

「ライナスの妹だからと大目に見ていたが、随分と自由にさせ過ぎたようだ」

「あの……扉が開いていて。砂時計があまりに美しかったものですから」

地雷を踏んだのか、私の言葉に公爵はドンッと近くの壁を力いっぱいに殴った。その音に、私は思わず悲鳴を上げた。

だが、公爵の怒りは一切収まることなく、壁についたままの拳が怒りで震えていた。

――な、なんてことをしてしまったのだろう。

「す、すぐに部屋を出ます……」

私は後悔と恐怖に後ずさりし、部屋から出て行こうと踵を返す。だが、すぐさま公爵に肩を掴まれ、足を止める。

振り返ると、公爵の顔が目の前にあった。血走った目に、噛み締めた唇。あまりの恐ろしさに、私は掴まれた肩の痛みも忘れ、ガチガチと歯の音が鳴った。

「これを見たことを即刻忘れろ。さもなくば、今すぐ魔獣の餌にしてやる」

「わ、忘れます。忘れますから……」

――どうか許してください。

そう続けようとした言葉は、口にできなかった。なぜなら、公爵の怒りの強さに、私の行動が、公爵にとって許し難い事実だったということが理解できたから。

それを許せなどと、どうして軽々しく口にできるだろうか。

だが、公爵は何かを堪えるように目を閉じた後、私の肩を掴んでいた手で、今度は私の背を押した。

「……てけ。……出て行け！　この城から。すぐに！」

「そんな……」

「俺が怒りでこの城を吹き飛ばす前に、早くここから出ていくんだ」

「キャァ！」

その怒りの叫びと共に、私は風に乗って、遠くに吹き飛んだ。経験したこともない速いスピードで、何かに引き摺られるように私は空中に浮かびながら、ここまで来た道を戻っていく。

階段を下り、本館まで風に押されるように引き摺られるも、私の体はそのまま止まることなく進んでいく。

「止めて！　いや！」

私の絶叫などお構いなしに、その風は通り道全ての扉を一つ一つ開けていき、そのまま大きな玄関扉から私の体を城の外へと放り投げた。

雪の上にドサッと落ちた体は、さっきまでの制御できない力が嘘のように軽くなる。だが、慌てて玄関扉の中へと入ろうと体を起こした私を嘲笑うように、目の前で大きく重い扉が閉まってしまった。

「待って、待ってください！　公爵様！　公爵様、話を聞いてください！」

扉を開けようとするも、びくともしない。ガンガンと扉を叩くが、中から返答はない。

その時、背後でドサッと何かが落下した音がした。ハッと顔をそちらに向ける。すると、そこにあったのは、私が与えられた部屋に置いておいた私の肩掛け鞄と防寒具だった。

それはまさに、公爵から拒絶を告げられたようなものだった。

♤

ルイザを追い出した俺は、苛立ちを落ち着かせるために、砂時計の部屋からしばらく立ち去ることはなかった。それでも、どうにも気持ちが落ち着くことはない。それどころか、なぜ勝手をしたのかと怒りは増すばかりだ。

おそらく、これは失望だ。この僅かな期間、ルイザ・オーブリーという人物に、関心以上の若干の好意を感じてしまっていたからなのだろう。

だからこそ他でもないルイザの、自分の触れられたくないものを無遠慮に踏み躙る行動に、こんなにも憤りを感じるのだろう。

――ここにいても落ち着かない。……一度、冷静になるためにも執務室に戻るか。

怒りを隠すことなく、俺はドカドカと執務室へと戻って来た。

苛立ちをぶつけるように、乱暴に扉を開ける。すると、扉の前には俺を待ち構えていたであろうブリジットがいた。

「クライド様、どういうことですか！　ルイザ様を追い出したって」

既に就寝中だったのであろうブリジットは、寝巻きにエプロンという格好をしている。その姿を見るだけで、慌ててここまで来た様子が窺える。

だが、そんなブリジットに対し、俺は冷たく視線を向けた。

「あいつを別館に入れたのは、お前か？」

「い、いえ……。別館に？　ま、まさか！　デレク様、あなたでしょう！」

ブリジットは、ルイザが別館に入ったことに驚いたように目を見開いた。そして、すぐにソファーの上で優雅に小さなカップでお茶を飲むデレクに詰め寄った。

デレクは人形用の小さなカップをテーブルへと置くと、深くため息を吐いた。

『あいつが勝手について来たんだ。僕は関係ない』

「ルイザ様に随分と意地悪をしていると思ったら……」

ブリジットはデレクの返答に、わなわなと肩を震わせた。

「クライド様、罰を与えるのならば、デレク様にも罰をお与えください」

『僕は関係ない！』

ぎゃあぎゃあといがみ合う二人に、俺は頭が痛くなる。

先ほどまで怒りで冷静になれなかったが、このくだらないやり取りを見て、ようやく少しは頭がクリアになってくるようだ。

「デレク、お前への罰は後だ」

ため息混じりに告げた言葉に、デレクは『はぁ？　なんで僕が！』と文句を言ってきた。だが、それに構っている余裕もなく、俺は執務机まで歩いていくと椅子にドカッと座る。

机に肘をつき、額を手で覆う。

――ルイザの滞在を認めたのは俺だが、まさかこんなことになろうとは。

この城に残った者は俺の気心が知れた者ばかりだ。ルイザという他人が一人増えたところで、あんな力のない小娘にできることなどないと侮っていた。

それがまさか、あのように大胆な振る舞いをするとは。

「……ともかく、あれを見てしまった以上、ここには置いておけない」

「ルイザ様に別館の説明をしなかった私の責任です。ルイザ様は悪くありません！」

ブリジットの言い分は理解できる。だが、今回のことを許したとて、また同じようなことが起きないとは言い切れない。なぜなら――。

「あいつは危険過ぎる。あまりに勝手気ままで、自由に振る舞う。いつか、本当に俺の魔力暴走で命を落とすことになるだろう」

今回はまだ怒りを制御することができたから良かった。だが、もしも俺の怒りがあと少し大きかったら？　その時は、自分で自分を抑え切れるのか。

俺は、自分自身を信用することができない。

もしもまた怒りで我を失ったとしたら、おそらく俺は、本当にこの城を吹き飛ばすことが可能だろう。そうすれば、目の前にいるブリジットやデレクの命をまた奪うことになるかもしれない。

額から手を離して、自分の右手を見る。常に身につけた手袋は、自分の心の闇を映し出すような漆黒だ。

「俺だって考えなしに放り出した訳ではない。ちゃんと防寒具と一緒に、あいつの馬も置いておいた。……今は雪も止んでいる」

「だからと言って、こんな深夜に！」

「周辺の魔獣は退治したばかりだ。順調に行けば……今頃は安全に街に下りた頃だろう」

流石に女一人をそのまま放り出す真似はしない。ちゃんとルイザの荷物も帰る手段も用意しておいた。本人もそれはすぐに気がついただろう。

あそこまでしたんだ。あの強情な女でも、これ以上この城に留まろうとはしないだろう。

——そうだ。これで良い。

カッと怒りに任せてあいつを怒鳴り散らしてしまった。だが、ルイザに変な情が生まれる前にここから追い出したのは、良いことだったんだ。

あいつの運命はここにはない。そもそもが、——ルイザがこの城にいること自体がイレギュラーなことだったのだから。

ただ少し、変な女だと思っただけなんだ。あいつを追い出したところで、俺の生活は変わらない。そう……何も。

なぜだか、胸がモヤモヤと変な気分がする。

だが、俺はそれに気がつかないふりをしながら、心のモヤを晴らすように乱暴に髪を掻いた。

『閣下』

その時、執務室に一匹の狼が入ってきた。その狼はいつもと同様にキリッとした真っ直ぐな瞳をこちらに向けてくる。

その瞳は、まるで先ほど追い出したあの女を思い出すようで、自然とため息が出た。

――やはり、兄妹か。

『閣下、私は妹を迎えに行きます』

狼――の姿をしたライナス・オーブリーは扉の前で姿勢良く座ると、淡々とした声でそう告げた。

「ライナス、話を聞いていなかったのか。今頃はもう城から遠く離れているはずだ。あの女だって、こんな城はもう懲り懲りだろう。それに……狼の姿のお前が行ったところでどうなる？　お前の兄は狼の姿になってしまった、とでも説明するのか」

そう言いながら、ハッと鼻で笑う。だが、ライナスはそんな俺の言葉にも、表情を変えずにただ静かにその場に座ったまま俺の方を真っ直ぐ見つめた。

『必要であれば』

ライナスの返答に、俺は眉を寄せた。この男が冗談など言わないことは、俺がよく知っている。

「……正気か？　お前が自ら言ったのだろう？　妹には自分が狼であることを告げないで欲しいと」

わざわざエルなどという偽名まで使って。それなのに、なぜ今になって狼になったことをルイザに告白しようとするのだ。

俺の視線に、ライナスは目を伏せた。

『閣下はご存知ないかと思いますが、妹は随分と負けん気が強いのです』

「だから？」

『今もきっと、あなたに許しを乞うために、扉の前にいることでしょう』

ライナスの言葉に、俺は顔を顰めた。

――こいつはさっきから何を言っているんだ？　許しを乞うために、今も屋敷の扉の前にいるだと？

「……まさか。何時間経ったと思っているんだ」

リプスコム領の出身でもないただの貴族令嬢が、こんな寒空の下で耐えられるはずがないだろう。令嬢というのは、寒さなど知らないような美しく白い手で暖炉の前で茶を飲むものだ。

そんな生活をしていたような女が、俺のような悪魔の怒りに触れて、それでも許しを乞うだと？

「あり得ないだろう」

『それが、王家の剣であるオーブリー伯爵家なのです』

建国時よりこれまで、王家への忠心を誓うオーブリー伯爵家。その忠誠心を疑ったことはない。だとしても、あの女は……ルイザは貴族令嬢だ。

だが、ライナスの凪いだ瞳が嘘を言っているようには見えない。

疑心を抱きながら、俺は部屋を出た。まさか、そんなことはあり得ない。そう考えながらも、玄関扉へと向かう足は速くなるばかり。

1階へと下りる階段に辿り着いた頃には、無意識に走っていた。

そうして、その勢いのまま扉を開ける。すると、そこには信じられない光景が待っていた。

コートを着ながらも、俺が追い出したそのままの姿でルイザは雪の中、倒れていた。

『ルイザ！』

俺の後ろからついて来たであろうライナスが、慌てたようにルイザに走り寄った。だが、ルイザは雪に埋もれた状態で、目を開けることはない。

ルイザの元へと近寄り、体を起こす。

——随分と冷たい。

どれだけの時間、この状態だったのか。紫色に変色した唇に耳を寄せると、弱々しいが息はしている。

「生きてはいる、な」

ホッと胸を撫で下ろしながら、ルイザの体を横抱きにし、すぐに城の中へと連れて行こうとする。

「コホッ」

動かした反動だろうか、ルイザは苦しそうに眉を顰めながら咳き込んだ。

必死に目を開けようとしているのだろう。真っ赤に腫れた瞼が僅かに開くが、すぐに力なく閉じてしまう。

「こ、しゃ……ま」

弱々しい声に、ルイザの顔を覗き込む。

「なんだ」

俺の返事に、ルイザの表情は更に苦しそうに歪められた。

「こう……しゃく、様。申し訳ありません……。私には、帰る場所がありません。……どうか、兄に会うまで。……この城に……」

ライナスへと顔を向けると、ライナスは何かを堪えるように『クゥン』と悲しそうな声で鳴きながら、首を下げた。尻尾も耳も垂れ下がって、俺の後ろをトボトボと歩いてくる。

「……温かい」

ルイザはそう呟くと、俺の胸に顔を埋めた。

「おい！」

こんなにも近距離で他人を感じたのは初めてで、ルイザの行動に心臓が跳ね上がる。だが、ルイザは少しでも暖を取ろうと、更に体を縮み込ませながら顔を擦り寄せた。

「わ……たしの……名は、ルイ……ザ……です」

こんなにも弱り切って、今にも意識を失いそうにもかかわらず、主張するのは自分の名なのか。そんなルイザに、思わず目元が緩む。

「……ルイザ、すまなかったな」

俺の小さな呟きは彼女の耳に入っただろうか。いつの間にか、寝息を立て出したルイザを抱えながら、俺は執務室の前で心配そうに佇むブリジットに声をかけた。

「あぁ、ルイザ様」

ブリジットはルイザの顔を覗き込もうと背伸びをする。だが、俺が抱き上げているせいで、身長の低いブリジットがルイザの顔を確認することは難しいだろう。

「たった数時間外にいただけだ。今は寝ているだけだろう」

俺がそう言うと、ブリジットは怒ったように顔を真っ赤にして両方の拳をギュッと握った。

「クライド様、たった数時間。慣れない真冬のリプスコム領の外にいただけで、普通の女性は簡単に死んでしまいますよ」

——死んでしまう、だと？　たった数時間、外にいただけで？

「死ぬ……のか？」

「あと少し発見が遅ければ、取り返しのつかない事態になっていたかもしれません」

涙まじりの鼻声でそう言ったブリジットの言葉に、俺は視線を下ろす。

ルイザの顔は、いつも赤く染められた頬や唇も今は青白く血色が悪い。それに、抱き上げた時もあまりの軽さに驚いたほどだ。

それでも、弱々しくも威勢の良い言葉を俺に向けていた。だから、どこか安心していたのかもしれない。

「こんなにも弱い生き物なのだな」

まじまじとルイザを見つめながら、ポツリとそう呟く。すると、隣にいたブリジットは驚いたように目を見開いた。

「知らなかった」

自分の口から出た声は、想像以上に弱々しいものだった。

人間は呆気なく死ぬものだということは理解していた。だけど、それは自分の魔力に対してだ。だから、自然の脅威というものにあまりに鈍感過ぎたのかもしれない。

『……閣下』

急かすようなライナスの声に、俺はハッとする。

「……ブリジット、カトレアの間を用意しろ」

「カトレアの間……ですか？」

キョトンと首を傾げたブリジットは、俺が告げた部屋の名前を理解するのに時間がかかっているのだろう。

何せ、カトレアの間だ。俺が生きているうちに、再び使用することになるなど思いもしなかったのだろう。

「あぁ、カトレアの間だ。大至急だ」

「は、はい！　ただいま」

念を押す俺に、ブリジットは弾かれたように走り出した。

◇

頭がぼうっとする。

暖かくて、ふわふわした場所。

ゆっくりと瞼を開けると、視界がぼんやりとする。瞼を擦ると、徐々にクリアになっていき、自分が大きなベッドに寝かされていることに気がつく。

「ここ……どこ？」

随分と寝心地が良い。こんなに気分良く眠れたのは久しぶりかもしれない。パリッとしたシーツに、温かい寝具。何より、こんなに寝やすいベッドは初めて。

寝転んだまま天井を見上げると、頭上には天井いっぱいに夜空の絵が描かれている。まるで、夜の海辺で砂浜に寝転んでいるような開放感。

——だけど、どうして私はここに？　確か、公爵の怒りを買って……城を追い出されて……。

そこまで思い出して、ハッと体を起こす。

すると、今ここにいる部屋の豪華さに言葉を失う。

ミヒル殿下の婚約者として王宮で暮らしていた時の部屋も豪華だった。だが、それとは少し違う。室内のカーテンやソファーは、ピンクや白といった淡い色が多い。それに、クリーム色のチェストやテーブル、ベッドは温もりを感じさせながらも、パッと見ただけで作りが良いことがわかる。

そんな可愛らしさと上品さを兼ね備えたこの部屋に、一つ違和感があるとすれば……。それは、ピンクの一人掛けソファーで足を組みながら目を閉じている公爵の姿だろう。

「公爵様？　どうして、ここに？」

全身黒の装いをしている公爵は、この部屋においてミスマッチだった。

——幻でも見ているのだろうか。

ベッドから降りて恐る恐るソファーへと近づく。目の前には、目を閉じたままの公爵。こうしてみると、やはり異次元な美貌に魅入ってしまう。

長い睫毛に、形の良い唇。美しい顔の半分を覆う仮面でさえ、人間らしさを消す道具の一つのように思える。どこからどう見ても、精巧な人形だ。

「起きたか」

長い睫毛が揺れ、ゆっくりと目が開かれる。はちみつ色の蠱惑(こわく)的な瞳が、私を捕らえた。

「きゃっ」

至近距離に感じる公爵に驚いて尻餅をつく。すると、公爵は僅かに目を見開いた後、口角を上げた。

「フッ……。お前、床に転がるのが好きなのか？」

「そ、そんなことはありません！」

勢い良く立ち上がると、私は公爵の向かいのソファーに腰掛ける。だが、羞恥で火照(ほて)った頬に、恥ずかしさから俯く。

途端に、私たちの間には長い沈黙が生まれた。だが、その沈黙を破ったのは意外にも公爵の方だった。

「……すまなかった」

ポツリと呟かれた言葉に、私は弾かれるように顔を上げた。

「え？　えっと、え？」

——今、公爵が……謝った？　えっ、私に？

空耳だろうかと目を丸くする私に、公爵はバツが悪そうに顔を背けた。

「だから、悪かったと言っているだろう。……別にお前を見殺しにするつもりはなかった」

やはり、本当に公爵は謝ってくれていたらしい。あまりの混乱に、頭の整理がつかない状態のまま私は「えーっと」と首を傾げた。

「ここに来てから、もう何度も公爵様に殺されかけている気がするのですが……」

「そ、それは！」

不機嫌そうに声を荒らげた公爵に、私はビクッと肩を揺らす。すると、公爵は「ウッ」と言葉に詰まりながら、フイッと視線を私から外して表情を曇らせた。

「別に最初から本気でお前を殺そうとしたつもりはない。何回か脅せば、すぐに去っていくと思っていたんだ」

「つまり……公爵様の魔力で首を絞めてきたり、この寒空の中で外へ放り出したのも……殺すつもりではなかった……と？」

記憶を辿るも、流石に脅しにしては少しやり過ぎな気も……と少々納得がいかない。だが、そんな文句を言えるはずもなく、「うーん」と唸るばかり。

「死なないラインはちゃんと見極めていたつもりだ」

——いやいや、今回も前回も死が頭を過りました。

「……とはいえ、俺の見極めが甘かったらしい。ブリジットから下手したらお前は死んでいたと随分責められた」

ブリジット、私の天使。よく言ってくれた！　と心の中で、ブリジットに感謝の言葉を告げる。

「高熱に浮かされて、昨夜ようやく熱が下がったは良いものの……なかなか目を覚まさないから、本当に死ぬのではないかと」

「熱……？　もしかして、1日ずっと寝ていたのですか？」

窓へと顔を向けると、カーテンの隙間から眩い陽の光が差し込んでいる。ということは、今は早朝ということだろうか。

「いや、2日だ」

「私、2日も寝ていたのですか？」

よく寝たと思っていたが、まさか2日も経っていただなんて。驚きの声を上げる私に、公爵は眉を下げた。

「そうだ。だから……その、今回のことは……あれだ。……悪かった」

太々しい態度ながら、何度も謝罪の言葉を告げてくれるあたり、今までの言葉は全て公爵の本心なのだろう。私を脅して追い出したいだけだったのも、本当のことなのだろう。

人との関わりを最小限に留めていた公爵にとって、物差しは自分か周囲の人間だけだろう。人がどれほど弱く脆いものかを理解するのは難しかったのかもしれない。

ただ、いつだって強気な態度を崩すことのない公爵がここまでしてくれた。何より、私が目を覚ますまで、ずっと待っていてくれたのだろう。

公爵をここまで困らせて、迷惑をかけてしまったのは全ては私の責任だ。

「公爵様が私を追い出したいのは理解していました。無理を言って、この城に留まらせていただいたのは私の方です。なので、謝るのは私の方です」

公爵の目を真っ直ぐ見ながらそう告げた私に、公爵は息を飲んだ。

「あの、私の方こそ申し訳ありませんでした」

姿勢を正して、深く頭を下げる。

こんなにも我儘を通し、寛大な対応をしていただいたにもかかわらず、公爵の逆鱗(げきりん)に触れた。

全ては私の浅はかな行動のせい。

公爵よりも誰よりも、謝罪しなければならないのは私の方なんだ。

「あの砂時計……あっ。いえ、もう忘れたのですが……公爵様の大切な部屋に無断で立ち入ったこと。大変失礼しました」

あの砂時計の件に触れるのはおそらく禁忌なのだろう。にも関わらず、口にしてしまった私に、公爵はどんな反応をするのか。

恐る恐る様子を窺うと、公爵の意外な表情に目を見開く。

なぜなら、砂時計の話をしたにもかかわらず、公爵は穏やかに目を細めたのだから。

「お前の滞在を許可しておきながら、別館のことを話さなかったのは、俺の落ち度だ。お前が悔いる必要はない」

公爵の言葉に、私は驚いてポカンと口を開けた。

――本当に、今日の公爵はどうしたのだろう。

あの怒りようからも、公爵にとってあの砂時計がどれほど大切なものなのか、付き合いの浅い私にも十分理解できる。それなのに、こんなにも穏やかな顔をするなんて……。

公爵は深いため息を吐いた後、組んだ膝の上に両手を置いてこちらへと視線を向けた。

「……あれは、私にとって命と同じものなんだ。お前だけでなく、誰であっても触れて欲しくはないんだ」

命と同じ。その言葉の重みに胸が軋む。

「そんなに大切なものを……許可なく……」

絵画が砂時計の方へと落ちそうになったからと、私は無我夢中で手を伸ばした。だが、それ自体が私の見間違えだったのかもしれない。

結果として、私は砂時計に許可なく触れそうになったのだ。

だが、反省の言葉を口にする私に、公爵は首を振った。

「デレクが仕組んだことだというのも聞いた。それに、いくら頭に血が上ったとはいえ、お前を一方的に責め立てた俺の責任だ」

「いいえ……そんな。というか、あの……デレク様が……仕組んだ？」

「あぁ。俺がルイザを邪険に扱うから、あいつもお前の存在を鬱陶しがったのだろう。俺の機嫌を損ねて、お前を追い出そうと思ったのだろうな」

ということは、公爵が部屋に立ち入る瞬間に、絵画が揺れたのも……全ては公爵に勘違いさせるためのデレク様の罠、ということ？

ポカンと口を開ける私に、公爵は申し訳なさそうに眉を寄せた。

「デレクもお前が寝込んでいる姿を見て、随分と反省したのだろう。お前を部屋に誘導し、砂時計に触れさせるように仕向けたのは自分だと白状した」

「……そうでしたか」

「デレクにはお前が許しを出すまで、自室にて謹慎するように言い渡してある」

「そ、そんな！　私は大丈夫ですから、謹慎を解いてあげてください」

「……良いのか？」

「はい。私が別館に行きたいと言わなければ、デレク様もそのような行動には出なかったはずです。……全ては浅はかな私が原因です。ですから……」

デレク様が私のことを嫌っているのは態度からも十分わかっている。だが、私の振る舞いによってデレク様の魔が差したというのなら、やはり原因は私だ。

もしこのことでデレク様が公爵の怒りを買ってしまっているというのなら、全ては私の責任だ。

顔を青くさせる私に、公爵は息を漏らした。

「では、デレクの謹慎はすぐに解くことにしよう」

「そ、そうですか……」

あからさまにホッと胸を撫で下ろした私に、公爵はおかしそうに目を細めた。

「……今後、あれに触れさえしなければ、俺は何も口出しはしない」

——砂時計のことだけ気をつければ、それで良い？　ということは？

てっきりすぐにでもこの城を出て行かなければいけないと思っていた。だが、公爵の口振りからして、もしかして……。

「え？　では、ここにいても良いのですか？」

淡い期待を胸に公爵の表情を伺う。

「あぁ。……好きにしろ」

そっけない言葉だが、表情はどこか晴れ晴れとして見える。

「これからは、この部屋を使え」

「あ、ありがとうございます！」

慌てて頭を下げると、公爵は満足気に頷く。そして、ゆっくりと立ち上がると私に背を向けて、扉へと向かった。

だが、ドアノブに手を掛けた瞬間、口元に手を当てながら肩を僅かに震わせながら、こちらへ視線だけを向けた。その表情は笑いを堪えているようにも見え、今日何度目かの驚きに私は目を丸くした。

「こんなにも強情な女は、お前が初めてだ」

「えっ、それは……どういう意味でしょうか？」

ポカンと口を開けた私は、おそらく鏡を見たらかなりの間抜け面をしているのだろう。その証拠に、公爵は「クッ」と顔を背けながらまた肩を震わせた。

「さぁな」

それだけを言うと、公爵はそのまま部屋を出て行った。

残った私は一人、今起きていたことが本当に現実だったのか。それとも都合の良い夢だったのか。それを判断するまで、随分と時間を有した。

なぜなら、部屋を出る前の公爵は、私を面白がるように笑っていたように見えたのだから。

4 癒しの力

〝カトレアの間〟という部屋を与えられてからというもの、私の生活はかなり変化した。

大きく変わったのは、暖炉のある部屋のふかふかなベッドに毎日寝ることができること、そして、毎日の食事が豪華になったことだった。

これにはブリジットも大喜びで、「ようやく腕を振るうことができます！」と毎食楽しそうに配膳をしてくれる。

何より、城の中で公爵様に会ったとしても、無視されなくなったのだ。

挨拶をすると、数秒の間があった後、「あぁ」と返事をしてくれるようになった。この変化はとても大きいように思う。

今日もまた、朝から温室に行き、植物の様子を観察して本館へと戻ってきた。その際、広間で公爵様と鉢合わせた。

「公爵様、おはようございます」

「……」

いつものように挨拶をするも、今日は沈黙が長い。

「どうかされましたか？」

機嫌が悪いようにも見えないし、どうしたのだろうか。公爵様は顎に手を当てて何かを考えながら、こちらをジッと観察するように見つめてきた。

「お前はいつもどこで食事を取っているんだ？」

「いつも部屋でいただいていますが……」

「今朝はもう食べたのか？」

「……いえ、まだです」

「……来い」

公爵様はそれだけを言うと、さっさと廊下を進んでいく。

――来いってことは、ついて行けば良いのよね？

疑問が浮かびながらも、公爵様の長い足で進む歩幅に置いて行かれないように、足早で後を追いかける。すると、辿り着いたのは以前一度だけ足を踏み入れた食堂だった。

「そこに座れ」

暖炉の前に座った公爵様は、自分の左斜め前の席を視線で指す。食堂の入り口で立ち尽くし、戸惑う私に「早くしろ」と急かした。

混乱しながらも、恐る恐る椅子へと座る。

「ブリジット」

「はい、クライド様。……って、え？　ルイザ様？」

呼ばれてすぐに食堂に入ってきたのは、ブリジットだった。ブリジットは公爵様の分の食事を用意していたのだろう。運んできたワゴンには一人分の朝食が乗っていた。

だが、私の姿を確認すると、クリッとした大きな瞳を更に見開いた。

「ブリジット、こいつ……ルイザの分も頼む」

「えっ！」

「は、はい！　ただいま用意いたします」

公爵様の言葉に、ブリジットだけでなく私も驚きに声を上げる。だが、当の本人は素知らぬ顔で、優雅に紅茶のカップに口をつけていた。

「あの、私もご一緒してよろしいのですか？」

「……お前は細過ぎる。もっと沢山食べろ」

間違いなく私は今、鳩が豆鉄砲を食ったような顔をしているだろう。

——今、公爵様は……何と？

じわじわと公爵様の言葉を理解していくと、徐々に笑いが込み上げてきた。それを誤魔化すように何度か咳払いをすると、公爵様は不審気にこちらを見た。

「何がおかしい」

「だって、公爵様。この間から、言っていることが以前と全く違うから」

この間まで、冷めたスープにパン以外は出さない。それが滞在の条件だと言っていたのに。今は私の体の心配をしてくれるなんて。

公爵様の不器用な優しさに触れて、思わず頬が緩んでしまう。

だが、そんな私に公爵様はムスッと顔を顰めた。

「……食べたくないなら別に良い」

どうやら機嫌を損ねてしまったらしい。とはいえ、少年のように唇を尖らせて拗ねる公爵様の姿は、全く恐ろしさを感じない。

それどころか、益々笑みが深まるばかり。

「違います。嬉しいんです」

「……そうか」

私の言葉に、公爵様はたっぷりの沈黙の後、満足気に頷いた。

◇

ブリジットが用意してくれたのは、焼きたてのパンにオムレツ、コーンスープにサラダ。そして沢山の果物だった。

葡萄を口に運んでいると、公爵様もまた私と同じように、葡萄を手に取った。

だが、そのまま葡萄の粒を眺めた切り、食べる様子がない。不思議に思い「公爵様？」と問いかけると、公爵様は穏やかな瞳でこちらへ視線を向けた。

「誰かと一緒に食べるのは久しぶりだった」

「私もです。一人で食べるより、誰かと一緒に食べる方が美味しく感じます」

「……俺とでも、か？」

自嘲の笑みを浮かべる姿は、いつもの孤高の公爵様と一致しない。

他者に拒絶されることに慣れていなければ、今のような発言は出ないはずだ。そんな公爵様の姿に、私はギュッと胸が締め付けられる。

「もちろんです」

私は、しっかりと公爵様の方へと体ごと真っ直ぐ視線を向ける。そして、にっこりと笑みを浮かべた。すると、公爵様は僅かに目を見開いた。

「よければ、また一緒に食べていただけますか？」

「そうだな」

公爵様の素っ気ない言葉の裏にある感情に、私は少しずつ気づき始めていた。

沢山の壁を築いて他者を排除する。それは、他人だけでなく自分をも守る術（すべ）なのかもしれない。

けれど、公爵様は決して人が嫌いではないのだろう。

その証拠に、言葉とは裏腹に今の返事はとても優しい声だったのだから。

「約束ですね！」

「……時間が合えば、な」

少しずつ、少しずつ公爵様の素の表情が見えてくる。その度に、私は胸が震えるほど嬉しく感じてしまう。

――やっぱり私、公爵様のことをもっと知りたい。

本当の公爵様のことを、もっと見てみたい。今日この日、この時間、そう深く感じた。私にとって、特別な朝食だった。

◇

この城に来て、もうどれだけ経っているのだろうか。1ヶ月……いや、もうすぐ2ヶ月かもしれない。

未だお兄様の顔を見ることはできていないが、今はそれよりも日々の生活が充実していて、最早ここに来た日が遠い過去のように思える。

スティーナやミヒル殿下への復讐心、お兄様への怒りの感情も忘れ、このままこの城で穏やかに暮らしたい。そう思ってしまうほどに、平和な日々だった。

――もちろん、苦しみも怒りも悲しみも。癒えることはないし、今再びあの二人を前にしたら、復讐心に取り憑かれてしまうだろう。

それでも、優しく愛らしいブリジットや懐いてくれるエル、そして意地悪だけど憎めないデレク様。何より、不器用な優しさを持つ公爵様。

彼らと過ごす時間を、心地良く感じているのは事実だ。

今日もまた、リプスコム領は朝から猛吹雪だ。外へ出ることもなく、暖炉の前で刺繍をしていた。

いつも静かなリプスコム城。だが、今日はいやにその静けさが気にかかる。私は針を持つ手を止め、お茶を入れるブリジットへと顔を向けた。

「ブリジット、何だか城の中が静かだと思わない？」

「そうですか？　いつもこんなものかと」

確かにそうなのだけど、なぜだか無性に変な胸騒ぎがする。

そういえば、ここ最近公爵様と顔を合わせていない気がする。忙しいからと最後に一緒に朝食を取ったのも、もう3日も前だ。

「……公爵様はどこかに出かけられたの？」

「はい。魔獣退治に」

「この前も出かけたばかりなのに」

つい1週間前も、公爵様は数日城を空けていた。その時も魔獣退治に出かけていたはずだ。

「リプスコム領は随分と魔獣が多いのね」

「この国の魔獣が他の地域で出没しないのは、リプスコム領の多大な犠牲あってこそですから。特に今はクライド様がお一人で対処しているので、余計負担が大きいのかと」

ブリジットは悲しそうに視線を下げた。

「王都の貴族も民たちも、クライド様の呪いのことばかり噂して……どれほど国のためにご尽力されているのか目を向けもしないのです。私はその辺りが歯痒くて仕方ありません」

「そう……よね。私も魔獣と遭遇することがなければ、あの恐ろしさは知らなかったもの。ましてやこんなにも魔獣が出ることも、公爵様お一人で魔獣退治をしているなんて知ろうともしなかったわ」

――如何に私が自分のことしか考えていなかったか。王子の婚約者という立場になったにもかかわらず、この国が誰によって守られているのか。そんなこと、一切考えもしなかった。

「私は、どこまでも自分しか見えていなかったのね」

ポツリと呟きながら、窓の外へと視線を向ける。

暴風で窓が鳴り、大粒の雪が横殴りに吹き荒れる。この吹雪の中で公爵様は日々、誰かに感謝されるでもなく讃えられるでもなく、淡々と自分を罵る者たちを守り続けている。

――なぜ、公爵様はそんな聖人のような振る舞いができるのだろう。

それでも、功績を認められないことに憤ったからこそ、前回は王家へのクーデターを起こしたのだろうか。そう考えると腑に落ちるのだろうけど、実際の公爵様を知れば知るほど、本当にそんな単純な動機だったのだろうかと疑問は深まるばかりだった。

◇

夕食後、広間の暖炉の前でエルの背を撫でていると、どこからかガシャンッと何かが割れる大きな音がした。

慌てて広間を出て音のした玄関の方へと向かう。すると、玄関前に置いていた花瓶が割れて、花は散らかり、周囲は水浸しになっている。

だがそんなことよりも、大きな衝撃を受けた。

「公爵様！」

割れた花瓶の近く、フラフラとよろけながらこちらに歩いてくる公爵様の姿だ。公爵様は私の声に反応するように顔を上げるも、すぐに力なく側の壁にもたれかかった。

黒髪は濡れ、黒いマントには雪が払われずに積もったままになっている。

「公爵様！　どうされたのですか！」

「……騒ぐな。大したことではない」

「そんな、だって……」

公爵様は苦痛に顔を歪めながら、右腕を押さえている。

「もしかして、怪我をしているのですか？」

黒い服でよく見えなかったが、よくよく注視してみると、指の先からポタポタと赤いものが滴(したた)り落ちている。真っ赤な血が大理石を赤く染める。

「来るな！」

手を伸ばし、公爵様へと走り寄ろうとする私を、公爵様は凄まじい形相(ぎょうそう)で止めた。ビクッと立ち止まった私に、公爵様は深いため息を吐(つ)いた。

「俺の血に触れるな」

「でも……」

「普通の人間にとって、俺の血は毒だ。少量でも触れれば、その部位が壊死(えし)する可能性がある」

私は知っている。彼の血がどれほど恐ろしいものなのか。身をもって知っている。

――それでも……。怪我をして苦しむ公爵様を放っておくことなど……。

だけど、一歩踏み出す勇気がない。私の足は鉛(なまり)がついているように重く、心とは裏腹にピクリとも動かない。

公爵様はそんな私の気持ちなどお見通しなのか、苦痛を滲(にじ)ませた顔をこちらに向けると、僅かに口の端を上げた。

「気にするな。それで良い」

ドサッとその場にしゃがみ込んだ公爵様は、器用に片手でボタンを外していくと、マントと上着をその場に投げ捨てる。

「クライド様、薬箱をお持ちしました」

その時、急ぎ足でやって来たブリジットとデレク様が公爵様を囲んだ。

クライド様はブリジットから薬箱を受け取ると、真っ赤に染まった白いシャツを腕まくりし、そこにボトボトと消毒液を振りかける。

——随分と傷が深い……。

手袋をつけたブリジットがテキパキと片付ける中、私はジッと公爵様の様子を見守る以外できなかった。未だその場から逃げることも、ブリジットを手伝うこともできず、私はその場に動けずにいた。

『おい、邪魔だ』

「あっ、すみません」

デレク様の不機嫌そうな声に、私は咄嗟に後退る。すると、先ほどまで動けなかったのが嘘のように、体の硬直が解けた。

公爵様へと視線を向けると、彼は傷にガーゼを当ててその上に包帯を巻こうとしている。だが、片手だからだろう、包帯は上手く巻けずに公爵様の手から床へと滑り落ちた。

「じっとしていてください」

私は公爵様の側へ駆け寄り、薬箱から新しい包帯を手に取る。

「おい。……っ！」

公爵様が私を避けようと体を捻った瞬間、痛みに顔を歪ませた。

「寄るなと言っただろう。俺の回復力は他の人間とは違う。こんな傷、数日で塞がる」

「包帯を巻くだけです。血には触れません」

「だが……」

「気をつけますから。……それに、痛いのでしょう？　我慢は良くないですよ」

公爵様があまり動けないことを良いことに、私はガーゼの上から包帯を巻いていった。すると、始めは腕を引っ込めようとしていた公爵様も、私の強行突破に無言で腕を差し出した。

「上手いものだな」

「……我が家は騎士の家系です。男性には強さが求められ、女性には癒しの力が求められるのです」

「……そうか。不思議と、自分で手当した時よりも痛みが抑えられている気がする」

包帯が巻かれた腕をジッと見つめた公爵様は、右手を開いたり握ったりと手の感覚を確かめているようだ。

「オーブリー家では、早く治りますようにと強く願いながら手当をするのです。子供騙しのおまじないのようなものですが、私のおまじないはよく効くと、父や兄にはいつも褒められたものです」

　兄が家を出てから誰かの傷の手当をすることなどなかった。それでも、記憶にはしっかりあるのだと、懐かしさに頬が緩む。

「だから、公爵様の傷が治るのが早ければ、それは公爵様の回復力というよりも……私のおまじないのおかげかもしれませんね」

　公爵様は他の人間とは違う。そうやっていつだって線を引きたがる。だから、私はあえて冗談めかしてそう言った。すると、公爵様は驚いたように目を見開いた。だが、すぐに僅かに笑みを浮かべた。

「そうか。おまじないのおかげ、か。……人に手当をしてもらったのは、初めてだ」

　腕に巻かれた包帯を見ながら、公爵様はポツリと呟いた。

「そうなのですか？　でも、すぐに慣れますよ」

「……お前、また俺の手当をするつもりか？」

「えっ？　もちろんですよ。あっ、でも！　怪我をしないことが一番なんですからね。体は大切にしないと！」

　公爵様の顔にビシッと人差し指を立てる。すると、公爵様は唖然(あぜん)とした表情でこちらを見た。

そして直後、おかしそうに吹き出した。

「ははっ、何だそれ」

声を上げて笑う公爵様は、顔をくしゃっとさせて額に左手を当てた。

――公爵様が……笑った。それも、笑い声を出して。

「あぁ、おかしいな。本当にお前は変な奴だよ」

目の端を滲ませながら、笑いが収まらない様子の公爵様に、私は視線を奪われる。

いつもの人形のような美貌ではなく、そこにはただの普通の年相応の青年がいたからだ。

楽しそうに目を細めた公爵様が、その笑顔を私に向けたその瞬間。私の胸はドキッと音を立てた。頬に熱が集まり、楽しそうに笑う公爵様から視線が逸らせない。

「ははっ……い、痛」

あまりに楽しそうにしていた公爵様は、急に顔を歪めながら身を縮こませた。

「ほ、ほら。無理してはダメですよ」

「あぁ、そうだな。お前と話していると、いつもの自分ではなくなるようだ。自分が怪我していたことも忘れてしまう」

「それはいけません。今日はゆっくり休んでください。何よりも大事なのは休養です」

頬の熱は急には冷めてはくれない。私は自分の中で起こる異変を感じながらも、顔を伏せつつ立ち上がる。このまま公爵様に今の自分の顔を見られれば、私が彼に見惚れていたことを悟られてしまうような気がしたから。

「で、では私は……」

「もう寝るのか？」

踵を返そうとした私の腕を、公爵様の手が阻んだ。

「いえ……まだもう少し刺繍の続きをしようかと」

「だったら、広間でやると良い。俺も着替えて広間に行く」

公爵様の提案に驚きながらも、私はコクッと頷いた。

シャツとスラックスという軽装で公爵様は戻ってきた。簡素な装いの公爵様は初めてで、先ほどから胸の高鳴りが収まる気配はない。

──私、どうしたのかしら。見慣れない公爵様の姿に驚いているのかもしれないわ。

暖炉の前のロッキングチェアーに座っていた私のすぐ隣に公爵様は椅子を運んでくると、そこに腰を下ろした。

「たった3日程度だというのに、久々に城に戻って来た気がする」

「……魔獣退治は今、公爵様お一人で担っているのですよね？　元々はリプスコム騎士団の方々が行っていたと」

人との関わりが少なかったからだろうか。公爵様の距離の詰め方は、私が知っているものとまるで違う。

当たり前のように近くに座る公爵様に、恥ずかしさから私は饒舌になってしまう。

「リプスコム騎士団か。あぁ、確かに優秀な人材を集めた騎士団は魔獣退治に慣れていた」

「その騎士団は今、どこに？」

「騎士団は、祖父が亡くなったと同時に解体した」

何でもないことのように、あっさりとそう言い放った公爵様に、私は驚きに声を上げた。

「なぜそのようなことを！」

騎士団の方々がいれば、公爵様が一人でこのように無茶をする必要はないだろう。それを自らが苦しくなるような選択を。

咎めるような視線を向けた私に、公爵様はばつが悪そうに眉を下げた。

「魔力暴走に巻き込みたくはない」

公爵様の切なそうな声に、私はハッと口を噤んだ。

――この人はどこまでも、自分を犠牲にしようとする。

他人を傷つけるのが嫌だから、自分が悪者になってまで、自分の元から他者を排除しようとする。なぜ、こんなにも優しさが不器用なのだろうか。

公爵様を知れば知るほど、胸が苦しくなる。

「それで、騎士団の方々は納得したのですか？」

「彼らは皆、王家所属の騎士団に推薦した。それでも……魔力暴走のことは承知で残りたいと懇願してきた騎士に関しては、リプスコム家の分家に所属先を変えた。……騎士たちも、俺のような呪いを持った公爵に仕えたくはないだろうからな」

——公爵様のような人に仕えたくはないですって？

私はリプスコム騎士団の方々のことを何一つ知らない。それでも、公爵様と少し関わっただけの私でさえ、彼の人柄に惹かれるのだ。だとしたら、私よりも公爵様を知る彼らが、そんな呪われているというだけで職務を放棄しようとするだろうか。

いや、絶対にないだろう。

「あなたは騎士のことを何一つわかっていません。彼らは皆、リプスコム家という主人に剣を捧げているのです。それを奪うなど」

「命を失うよりもマシだ！」

声を荒らげた公爵様は、まずいとでも言いたげに顔を歪めると、視線を暖炉へと向けた。

パチパチと火の粉を飛ばして薪が鳴る。しばしの沈黙に、私も公爵様もどこか気まずい空気が流れる。

「……魔力暴走は今も起きているのですか？」

「最後に魔力暴走が起きたのは、俺が16歳の時だ」

「では、5年も前なのですね」

「体が成長し切ったからだろう。身長が止まってからは、魔力の増幅も止まったようだ」

5年間一度もなかったからといって、今後も魔力暴走が起きないとは言い切れない。だが、公爵様の言葉の通りであれば、今後魔力暴走が起きる可能性は極めて低いのだろう。

「それでも、やはり心配なのですか？」

「……今まで多くの命を奪ってきた過去は消えない。僅かでも危険があるのならば、その危険は排除すべきだ」

他者を、そして実の母を魔力暴走に巻き込んでしまった過去は、公爵様の大きな傷になっているのだろう。だからといって、これからもこの大きな城の門を閉じたまま、息を殺しながら自分の身を削り続けるだけの人生で終えようと思っているのだろうか。

公爵様の残りの時間は、あと4年しかないというのに。

それに、もしもこの閉じこもった世界が、公爵様に影を落とし、結果として王家への反逆という形になったのだとしたら……。それを変えることこそが、公爵様には必要なのではないだろうか。

私は針を持つ手を止めて、公爵様へと視線を向けた。

「本人たちに選ばせてはどうでしょうか。城に戻ってくるか、今の所属先で勤務したいのか」

「だが、もう何年も経っている」

「長年支えてくれていた使用人たちも沢山追い出したのでしょう？　この際、皆に連絡を取ってみたらどうですか？」

「……戻ってくる奴なんているはずがない」

キッパリと言い切る公爵様は、未練も希望もなく、本当にそう思っているのだろう。自分は他者にとって大切な存在ではなく、ただの厄介者だと。

「だったら、賭けてみましょう」

私の言葉に、公爵様は眉をピクッと動かした。

「賭けだと？」

「リプスコム公爵家に仕えていた人々に声をかけ、一人でもこの城に戻ってくれば私の勝ち、というのはどうでしょう」

「そんなの賭けにもならない。初めから俺の勝ちは決まっているようなものだ」

「それはどうでしょうか？　やってみなくてはわかりません」

「では、何を賭けようというんだ」

公爵様の問いかけに、私はニヤリと笑みを浮かべた。

「では、こういうのは？　賭けに負けた方が、勝った方の言うことを聞く。……どうですか？」

公爵様は面倒臭そうにこちらを見ると、深いため息を吐いた。

「……わかった。良いだろう」

「良いのですか！」

「お前の強情な性格は、俺も理解してきた。……だが、俺が勝ったら、ちゃんとお前が言うことを聞くんだな」

「もちろんです！」

私の力いっぱいの頷きに、公爵様は呆れ半分に優しく微笑んだ。

◇

私と公爵様の賭けから数日後、リプスコム城は以前までの静けさが嘘のように、沢山の明るい声に包まれた賑やかな城になった。

「ブリジット！　まぁ、昔を思い出すぐらい可愛いわね」

「た、隊長……！」

「このウサギ……えっ、本当に？　デレク様はあの事件以降、出張で長く城を空けていたのでは？」

楽しそうな声や困惑の声。カトレアの間のバルコニーからは、城の正門から庭園までもが一望できる。朝食後から荷物を手に持ち晴れ晴れとした表情でこの門を通る者たちを何人眺めただろうか。

門の前でソワソワとしながら待ち構えていたブリジットやデレク様、それにエルたちを遠目で見ていると、彼らの喜びがここまで伝わるようで、思わず頬が緩んでしまう。

自室から出て、2階から玄関ホールへと続く階段へと向かう。

すると、ブリジットが数人の侍女と思われる女性たちと歓談しながら城の中へと入ってきた。

「こんなに埃だらけになってしまって。ブリジット、あなただけに任せてしまってごめんなさいね。今すぐ仕事に取りかかるわ」

女性たちとブリジットはキャッキャと楽しそうに城の中を眺めながら、奥へと消えていった。

次に入って来たのは屈強そうな男性陣だ。エルを筆頭に入って来た彼らは、皆帯刀していると
ころを見るに、騎士団の面々に違いない。

ピシッとした姿勢に引き締まった体。彼らの中で、一際体の大きな人物が元々このリプスコム領の騎士団長なのだろう。

「団長、これからどうされますか?」

「あぁ」

団長と呼ばれた人物は、男性陣を一瞥するとバリトンの声を響かせた。

「荷物を片付けたら、すぐに訓練場の雪搔き、草むしり、掃除だ!」

「はっ!」

エルもまた、ピシッと姿勢を伸ばして、彼らと共に城の外へと消えていった。

彼らの後ろ姿をぼうっと眺めていると、背後からコツコツと靴音が聞こえた。

「公爵様……」

公爵様は、どこか気まずそうにコホンと一つ咳払いをした。

「流石はリプスコム公爵家の方々ですね。まさか報せを出した翌日には、このように何人も戻ってくるのですから」

ふふっと笑うと、公爵様はばつが悪そうに眉を顰めた。

「信じられない。皆、どういうつもりなのか」

「……皆、公爵様から戻ってくるように言われる日を、ずっと待っていたのではありませんか?」

「違う。……と言いたいが、もしかしたら俺の考えが間違っていたのかもしれない」

公爵様は顔を顰めながらも、どこか弾んだ声で階段の下を覗き込んだ。

「旦那様」

その時、階段の下から初老の男性がゆっくりとこちらに近寄ってきた。その人を見るや、公爵様は僅かに目を見開き、嬉しそうに頰を緩めた。

「……あぁ。お前も戻ったのか」

「随分と大きくなりましたね。先代によく似て参りました」

「いや、俺はまだまだ……」

「旦那様。これまでリプスコム領を、この国を守ってくださりありがとうございます。また仕えることができ、これほど嬉しいことはありません」

初老の男性は、恭しく礼をするとにこやかに微笑んだ。

——あぁ、やっぱり。公爵様は不器用なだけで、彼の優しさは沢山の人に伝わっているんだ。この男性もまた、公爵様を大事に想う気持ちが伝わってくる。

初老の男性がふとこちらに視線を向けた。慌てて頭を下げる私に、男性は朗らかに笑みを浮かべて私に深々とお辞儀をした。

「あなたは……確か、カトレアの間に入られたという。そうそう、ルイザ様ですな」

「は、はい。ルイザ・オーブリーです」

「ブリジットの父のジュールズです。この城の執事長を務めさせていただいておりました」

——ブリジットのお父様……？　お祖父様ではなく、お父様？

確かに優しそうな目元がよく似ている気がする。だが、親子にしては随分と年が離れ過ぎている気もする。

心の中で首を傾げながらも、ジュールズさんに対し私はにこやかに微笑みを向けた。

「……戻ることを許された、ということは。私はまた執事長、ということでよろしいですか？」

「……あぁ、頼む」

「精が出ますな」

ジュールズさんは、ほほほっと愉快そうに笑いながら軽快な足取りで階段を降りていった。

「素敵な人たちですね」

「あぁ、そうなのだろうな。……俺は今までジュールズを含め、他の使用人たちともまともに接して来なかった。王都からこのリプスコム領に越してきて、彼らには沢山の迷惑をかけただろう。それなのに……」

言葉に詰まる公爵様は珍しい。それに、瞳からは困惑の色が滲んでいる。公爵様にとって今回のことは、よほど想定外だったのだろう。

私はクスッと笑みを零した。

「……公爵様は、リプスコム領が大切ですか？」

「あぁ、もちろんだ」

「侍女も、騎士も。他の使用人たちも。皆、このリプスコム領を、そしてリプスコム公爵家を大切に想っているのですよ。血の繋がりはなくとも、自分はこの家の一員だと、そう胸を張って言えるのだと思います」

「血の繋がりはなくとも、か。……そうだな。そうかもしれない」

2階のエントランスホールの窓の近くへと移動した公爵様は、窓から外を眺めながら表情を和らげた。

私も公爵様の隣で窓の外を眺める。すると、遠くに見えるのは騎士団の訓練場なのだろう。雪に埋もれ、草や枯れ木で荒れた場所を彼らは早速整備している。

騎士団長の側にはエルがいて、団長はエルの目線に合わせるようにしゃがみ込みながら真剣な表情で何かを告げているように見える。

――そういえば、エルは随分と騎士団の面々と仲が良さそうね。先ほど、騎士たちはエルのことを何と呼んでいただろうか。確か……隊長、と呼んでいなかっただろうか？

ふと先ほどのエルと騎士たちのやり取りを思い出し、首を傾げる。

「ところで、なぜエルは隊長なのですか？　騎士団のマスコット的な？」

長い沈黙の後、公爵様は気まずそうに私から視線を逸らす。

「まぁ……そのようなものだ」

なるほど、この反応はこの城でよく見るものだ。ウサギのデレク様が喋れることも、ブリジットが年齢を言いたがらないのも、エルが隊長なのも。

全ては秘密、ということなのだろう。

秘密を察する度に、まだまだリプスコム城の面々から信頼されていない気がして少し落ち込む。

だが、そんな嫌な考えを振り払うように私は公爵様に笑みを向けた。

「公爵様」

「あぁ、なんだ」

こちらを振り返った公爵様に、私はニヤリと笑みを深める。

「賭けは私の勝ち、ですよね」

公爵様は私の言葉に、深いため息を吐く。

「あぁ、ちゃんと覚えている。希望はなんだ。宝石か？　ドレスか？　何でも希望を言うといい。

……金ならあるからな」

尊大な態度でフンと鼻で笑う公爵様に、私は首を横に振った。

「違います。宝石もドレスも、お金で解決できるようなものは必要ありません」

「は？」

そうキッパリと言うと、公爵様は不審そうに眉を顰めた。

「公爵様の時間を所望します」

「時間？」

「今度、一緒にデートしましょう！」

私の言葉に、公爵様は意味がわからないというようにポカンと口を開けて「デート……だと？」と呟く。そんな珍しい公爵様の姿に、私はクスクスと肩を揺らす。

「はい、デートです。公爵様とお出かけがしたいです」

◇

デートの約束を無理やり取りつけた私だったが、その約束は1ヶ月が経った今も遂行されていない。何度か公爵様に「いつ行きますか?」「どこに行きますか?」と尋ねてはいるものの、はぐらかされてばかり。

——やっぱり調子に乗り過ぎてしまったかしら。

だからといって、避けられている訳ではない。騎士団が戻って来てからというもの、魔獣退治の負担も減り、以前よりも一緒に食事を取れる日も増えた。それに温室にいると、よく休憩中の散歩だと公爵様が顔を出してくれ、顔を合わせる機会も多い。

嫌われている気はしないのだけど……好かれる要素もない。となると、やはりお出かけではなく、あえてデートと言ってしまったのが問題だったのか。

カトレアの間は暖炉もあるし、部屋全体に魔術がかかっているのか、冬とは思えないほどに快適に過ごせる。とはいえ、今夜のようにあれこれと考え過ぎて眠れない日もある。

そんな日は、こっそりと温室内を散歩するのが一番だ。

今日も厚めのストールを羽織り、温室へと入る。すると、巨大樹の前にスラリと姿勢のいい男性が佇(たたず)んでいた。

「公爵様、こんな夜中にどうかされたのですか？」

「……あぁ。ルイザも眠れないのか？」

も、ということは公爵様も同じなのか。

「えぇ。少し散歩をしてから眠ろうかと思いまして」

「そうか」

「気に入りましたか？　この場所が」

公爵様の隣に並び、巨大樹を見上げる。銀色の葉が揺れる巨大樹は、見ているだけで心が安らぐ。どこか神秘的な樹だ。

「そうだな。この樹を眺めていると、懐かしい気持ちになる」

「公爵様のお祖母様が、ここに嫁がれた時に植えたのですよね」

「あぁ。祖母は……心の強い人だった。娘を殺し、王宮に居場所のない俺を恐れることもなく迎え入れ、普通の孫として接してくれた。……祖父も含め、不思議な人たちだったな」

娘とは、公爵様の母君である王妃様のことだろう。彼らのことを語る公爵様の表情は、どこか切なそうでありながらも、優しい目をしていた。

「大事な方たちだったのですね」

「……大事？」

「公爵様のことを大切にしてくださっていたのでしょう？」

「……もう昔のことだ。彼らの顔さえ思い出せない」

公爵様は巨大樹に近づくと、そっと樹の幹に手を這わす。

「この場所は、俺が初めて、そして最後に子供になれた場所だった。呪いを持って生まれた俺を、唯一愛してくれた家族。それが祖父母だったのかもしれない」

「では、やはり特別な方々だったのですね」

私の言葉に、公爵様は少し考え込むように沈黙した。だが、すぐに力なく首を横に振る。

「俺に特別なものなどない。人も物も。……思い出も。今ここに存在している俺でさえ、いつかは消えてしまうものなのだからな」

「なぜ、そのような寂しいことを」

「お前だってそうだろう？　ライナスに会って目的を果たせば、この城を出ていくのだろう？」

「それは……」

——お兄様に会った後？　そうだ。私は兄に文句を言おうと思ってここに来た。だけど、目的を果たしたその後は……ここにいる名目がなければ、私はまた悪意蠢く王都の社交界へと戻らなければならない。

最初は夢だと思ったからこそ、無謀な行動に出た。だけど、これが神から与えられたやり直しの機会なのだと信じた今、私はもうあんな世界には帰りたくもない。

「一度、聞きたいと思っていた。なぜ急にライナスにこだわるんだ？　今までのお前だったら、そんなことをしないはずだ。……それこそ、ライナスのために、オーブリー伯爵家のために社交界で良い縁談を探したのではないか？」

公爵様の鋭い物言いに、ドキッと心臓が跳ねる。

今までの私だったら、とはどういう意味だろう。公爵様は時を遡る前の私の人生のことなんて知らないはずだ。彼の弟であるミヒル殿下を利用しようとして婚約者になった。結果、彼やスティーナに裏切られ、殺されたことなど。

なのに、公爵様のはちみつ色の何でも見透かすような瞳で見られると、私の全てなどお見通しなのではないかというような錯覚を覚える。

「ライナス・オーブリーは私のたった一人の家族です。彼が、私を裏切ることが信じられないのです」

「ライナスがいつ、お前を裏切ったんだ」

「……過去の。いえ……未来の話、です」

「未来？」

——私は何を言っているのだろう。

公爵様にこんなことを言っても不審がられるだけだ。なのに何故だろう。私の口からは、意思とは別に奥底に隠した言葉が簡単に溢れ出る。

思わず口に手を当てる私に、公爵様は眉を寄せた。

「お前は、どこから来たんだ」

「何……を？」

どこから？　もしかして、公爵様は私の秘密を……私が未来から時を遡って来たことを知っているのだろうか。

冷や汗を掻く私に、公爵様は目を瞑りながら首を横に振った。

「いや、くだらない質問をした」

ふうっと息を吐き出した公爵様は、私が内心ドキドキと心拍が速くなったことなど気づかないようだった。だが、私は公爵様が何かに勘づいているのではないかと気が気ではなかった。

「あの……公爵様は、この国を恨んでいるのですか？」

「国を恨む？　なぜ？」

「だって、あなたの身を蝕む呪いは、王家に生まれたからこそ。それなのに、陛下は王家からあなたを追い出したようなものではありませんか」

だからこそ、公爵様は王家へのクーデターを起こしたのではないのでしょうか。率直に私はそう尋ねたかった。

彼が私の謎に迫ったように、私もまた彼の内心に一歩迫ってみても良いのではないか。そう思ったからだ。

公爵様は私の質問に、顎に手を当てて深く考える素振りを見せた。そして、ゆっくりとこちらを振り向きながら口を開く。

「この身に呪いを受けていなければ。そう思ったことは何度もある。だが、俺でなくとも呪いは受ける。もしかしたら、その呪いは弟のミヒルだったかもしれない。これもまた運命だということなのだろう」

公爵様の口から、私の過去に関わるミヒル殿下の名が出てきたことでドキッとする。

「そ、そうですね。……王家の男児であれば可能性はありますものね」

「あぁ。それもまた王家に生まれた運命だ。だが、私はこの運命をただ受け入れるだけではいたくない。抗いたいんだ」

「抗う？」

「この呪いで苦しむのは、こんな苦しみを抱えて死ぬのは俺で終わりにしたい。過ぎたる魔力を持ち、魔王と恐れられるのも。呪われた子供を持って心を病んだ末に、自死する母を見るのも」

公爵様の言葉に、私は「えっ」と思わず驚きの声が漏れる。

「……王妃様は、自殺だったのですか？」

王妃様は公爵様の魔力暴走に巻き込まれた。それは事故だったはず。

私の疑問の視線に公爵様も気づいたのだろう。公爵様は私から視線を逸らし、自身の手を見つめた。

「俺が魔力暴走を起こしたのは事実だ。だが、母は心が弱かった。呪いの子を産んでしまった自分に嫌悪し、そして悪魔に生まれた息子を愛することができなかった。あの人は、そんな自分を責めた。その結果、自ら巻き込まれに来たんだ」

「どういうことですか？」

「あの日……。俺が10歳のある日。原因は何だったか覚えてはいないが、今までにないほどに大きな魔力を自分の中に感じた。抑えきれない魔力はドス黒い竜巻のように建物でさえも吹き飛ばした。自分の胸を掻きむしりたいほどの痛み、苦しみに支配され、意識が霞んだ」

当時の記憶を辿るように、公爵様は静かな声で語る。

「その時、温かい何かに包まれた気がしたんだ。その何かは、俺の耳元で——もう楽になりたい、とそう呟いた」

公爵様の告白に、私は絶句した。

「生まれて初めて母に抱き締められたのは、母が死ぬ時だった」

感情の籠もっていない声で淡々と話す公爵様に私は胸が詰まり、目頭が熱くなる。

「なぜお前が泣くんだ」

「だって……公爵様が……公爵様が」

涙が溢れて止まらない。何でもないことのように語っている公爵様だが、それでも幼い頃の悲しみや苦しみを想うと、どうしても涙が止まらなかった。

自分の胸の中で息絶えた母に、どれほどの衝撃を受けたのだろう。

他人を傷つけることを嫌う公爵様はトラウマに苦しんだのではないだろうか。

「母は俺が自分の視界に入ることを嫌った。特に痣が少しでも目に入ろうものならパニックになり泣き叫んだ。リプスコム公爵家の令嬢として生まれ、王妃になり完璧な人生だったのだろう。そんな母の唯一の汚点が俺だ」

「汚点だなんて……」

「母は自分がバケモノを生み出したことが恐ろしかったのだろう。だからこそ、弟のミヒルのことをどこまでも完璧な王子として、手をかけて育てていた。俺から見た母とミヒルは完璧な親子だった。愛情深い母に、美しく思いやりのある息子」

公爵様の言う完璧な王子という言葉に嫌味はない。公爵様は、純粋にミヒル殿下をそう思っているのだろう。

「なぜ、ミヒルを遺して母が自死を選んだのかは俺にはわからない。それだけ俺という存在が憎かったのかもしれないが」

どこか他人事のような公爵様に、私は涙が止まらなかった。隣を見上げると、仮面により片方の目しか見ることは叶わない。だが、それでも公爵様の切な気に細めた目元が私の胸を締め付けてくる。

そっと公爵様の仮面に手を這わす。すると、公爵様は驚いたように目を見開いた。だが、拒否することもなく、私の行動を咎めることもない。

ゆっくりと仮面を外す。

首から伸びるイバラの紋様は左頬へと伸び、目の下で止まっている。

「怖くないのか？　この痣が」

「怖くありません。だって、仮面を外せば公爵様の綺麗な瞳がよく見えますもの」

いつも見る右目と同じはちみつを溶かしたような美しい琥珀色が、私を真っ直ぐ捕らえている。

濁りなど一切ない、魂を抜かれそうになるほどに魅了される瞳。

その瞳に魅入っていると、公爵様はまるで泣き笑いのようにくしゃっと顔を歪めた。

「……とことん変な奴だな」

そう言った公爵様の声はとても楽しそうな響きをしていた。

「通常、王家にはいないこの黒髪も全てが疎ましい。生まれてきて楽しかったことなど何もない。だけど、お前といるのは悪くないな。気分が良い」

流し目でこちらを見た公爵様の僅かに紅潮した頬がより色気を増す。その表情にドキッと胸が高鳴る。

だがその直後、公爵様は左胸を服の上からギュッと掴みながら苦しそうに顔を歪めた。

「クッ……」

「公爵様？　ど、どうされたのですか！」

膝を突き、呻きながら呼吸が荒くなる公爵様の背中を、私はただ必死に摩(さす)る。

「いつもの……ことだ。……お前は、部屋に……戻れ」

公爵様は悶え苦しみながらも、私を避けようと顔を背けた。

「ですが……公爵様をこのままにしておけません。薬は？」

「薬など……ない。……よく、ある……発作だ」

――よくある発作？　こんなにも痛々しい姿が、よくあると？

「公爵様！　ク……クライド様！」

荒い呼吸に苦痛に染まる表情。何度声をかけても最早返事はなく、公爵様は苦しみに唸るばかり。

この痛みを和らげたいのに、この苦しみから解き放ってあげたいのに、私にできることは何もないなんて。必死に呼びかけながら背中を摩るほか私にできることがない。

その時、視界の端に真っ白なものが横切った。

「デレク様……あの、クライド様が！」

デレク様は公爵様の近くまで寄ると、膝の上に小さな手を乗せた。パニックに陥る私とは違い、デレク様は極めて冷静だった。

『見ればわかる』

「そんな、なんでそのように落ち着いて」

『クライド様のいつもの発作だ。そのうち落ち着く』

デレク様もまた、公爵様と同じ発言をした。いつもと同じ、よくある発作。口を揃えて言うほど、公爵様のこの苦しみように慣れてしまっているだなんて。

言葉を失い呆然とする私を、デレク様は冷めた目で見上げた。

『クライド様はまだ死なない。寿命まで、まだ4年もあるからな』

――この発作を繰り返しても尚、寿命がくるまで楽になることさえ許されないだなんて。

呪いとはどこまでも公爵様を苦しみ続ける、恐ろしいものだ。発作を目の当たりにした私は、ただ震える体を自分で抱き締めることしかできなかった。

◇

発作を起こした公爵様は、デレク様が呼んできた騎士団長により寝室に運ばれた。

部屋を出るか悩む私だったが、公爵様の手を握ると眉間に寄った皺が和らいだ気がした。徐々に寝息を立てるようになった公爵様だったが、私の手を握ったまま離さない。

いつの間にか、手を握りながらベッドに頭を乗せて、そのまま自分も寝入ってしまったようだった。

カーテンから漏れる陽の光の眩しさに、頭が徐々に覚醒する。

「……んっ」

ゆっくりと瞼を開けると、体を起こして驚いたようにこちらを見つめる公爵様の姿があった。

「あっ、起きましたか？」

「なぜお前が」

「なぜって……。手をずっと離さなかったのは、クライド様ですよ？」

寝起きの公爵様は随分と可愛らしい。まだ覚醒し切っていないのか、繋いだままの手を不思議そうに見つめた。

「あっ、失礼しました。公爵様が……」

「良い。名前で問題ない」

昨夜、何度も呼びかけていたせいか、つい許されてもないのに名前呼びをしてしまった。だが公爵様……いや、クライド様は穏やかな笑みを浮かべた。

「不思議と頭がスッキリしている」

「えぇ、よく眠っておりましたものね」

「……久しぶりに眠れたと思ったが……お前のおかげ、なのか？」

クライド様は繋いだ手に僅かに力を込めた。まじまじと見ているクライド様の視線に、私は恥ずかしさから、手を引っ込ませようとする。

だが、それを阻んだのはクライド様だった。

「あの、クライド様？　手を……」

「待て。もう少し」

何かを確認するように、クライド様は繋がれた左手ではない、もう片方の手で首元へ手をやった。

「……痛みがない？　そんな……はずは」

困惑に瞳を揺らすクライド様に、私は首を傾げた。

ようやくクライド様から離された手は、どこか名残惜しさを感じる。だが、クライド様は左手を握ったり開いたりと確認した。

「なるほど……。やはり、そうなのか」

「何かありましたか」

そう問いかけると、クライド様は「いいや」と目を瞑りながら首を横に振った。

だが、次の瞬間真っ直ぐにこちらへと視線を向けた。柔らかい表情で微笑むクライド様に、思わずキュッと胸が音を立てる。

「ルイザ」

「は、はい」

急に呼ばれた自分の名に、体が跳ねる。すると、クライド様は楽しそうにクスッと笑みを深めた。

「今日の晩、空けておけ」

「今夜ですか？」

「まだ賭けの戦利品を渡していないだろう？」

ニヤリと笑うクライド様に、私は心拍が速くなるのを感じた。

◇

——今夜は三日月なのね。こんなにも月明かりが綺麗なのは、この土地の空気が澄んでいるからなのかしら。

「待たせたな」

「いいえ、私も今来たところですから」

約束通り外套を着て温室の扉の前で待っていると、コツコツという靴音と共にクライド様がやって来た。

「今日は約束通り、このリプスコム領であれば、どこにでも連れて行ってやる」

「リプスコム領はとても広いではありませんか。流石に行ける範囲は限られてますよ」

どこでも連れて行くと言われても、とクスッと笑う。

それに、クライド様と約束した時間は夜の8時。城下町はもう店仕舞い（じまい）の時間だ。

「もちろん馬を使ったところで、リプスコム領の端や山奥に行くには、夜のうちに帰ってくるのは難しいだろう。だけど、空を飛んで行ったら？」

「空……ですか？」

「あぁ。ルイザが高いところが苦手であれば難しいが」

「苦手ではありません！　私、空を飛んでみたいです！」

クライド様の提案に、前のめりで答える。だが、すぐに疑問が湧く。

「でも、そのようなことが可能なのですか？」

「……もちろん。俺の魔力属性が何か、まだ理解していないようだな」

自信満々にフッと鼻を鳴らすクライド様に、私は「あっ」と声を漏らす。

「……全属性」

「そうだ。さぁ、手に摑まれ」

クライド様が差し出した手の上に右手を乗せる。すると、私とクライド様の周囲をオレンジ色の光が包み込んだ。そして、ふわっと髪が舞うと同時に、私の体は空高く飛んでいた。

「本当に……空を飛んでいます！　すごい……もう城があんなに遠くに」

「寒くないか？」

「はい、大丈夫です！」

まるでシャボン玉の中に入ってしまったようだ。それでも光は割れることもなく、キラキラと輝きながら淡く色を変化させながら風に乗るように私たちを運んでいく。

——月がこんなにも近くに感じるなんて。

星の煌めきに魅了されながら、落ち着きなくキョロキョロと周囲を見渡す。先ほどまでいたリプスコム城の塔があんなにも遠くに見える。城下町の密集した光は、星とは違う美しさがある。

だが、それも徐々に遠ざかり、どんどん雪に覆われた森の上を移動していく。

「クライド様、どこに向かっているのですか？」

「もう見えてきた。あの森の奥深く。魔獣さえも近づけない神聖な場所だ」

城からいつも見ていた真っ白な雪に覆われた高い山。その山頂付近に近づくと、シャボン玉のような光はゆっくりとスピードを落とし、洞窟の前でパチンと割れた。

地面に降りた瞬間、シャクッと雪を踏む音がした。

光が割れると、一気に辺りが真っ暗闇に包まれる。だが、すぐさまクライド様は胸元のポケットから手のひらに乗る程度の魔石を二つ取り出す。その二つをカチッと合わせた瞬間、魔石はオレンジ色へと変化した。

「わっ、この魔石はライトなのですね！」

「あぁ。魔石ライトはリプスコム領ではよく取れる。暗闇の中でもまるで昼間のように明るいだろう？」

「えぇ、これであればランタンも必要ありませんね」

物珍しそうにクライド様の手の上の魔石を眺める私に、クライド様は左手を差し出した。

「この洞窟内は足場が悪い」

「ふふっ。えぇ、よろしくお願いします」

クライド様の手を握ると、気のせいでなければ、ほんのりと頬が赤くなったように見えた。クライド様はギュッと私の手を握り、ゆっくりと洞窟内へと入っていく。

――ピチャン、ピチャン。

ポツポツと雪解け水が頭上から落ちてくる。クライド様が言っていた通り、洞窟内は泥濘んだ水たまりやゴロゴロとした石も多く、随分と足場が悪い。

「まだ先に進むのですか？」

「あぁ、奥まで進むのは一苦労だ。それでも、ちゃんと良いことが待っているから楽しみにしておけ」

ニヤリと口角を上げるクライド様は、随分とこの洞窟内を知り尽くしているようだ。二手、三手に分かれた道も難なく進み、途中の天井の低い場所や人一人がやっと通れるような場所もスイスイと進んでいく。

「まっ……待って。ちょっと……休憩を」

もう数時間は歩き続けているのではないだろうか。この険しい道のりは、想像以上に体力が削がれる。休憩を申し出ると、クライド様は人差し指を真っ直ぐ指した。

「もう着く。ほら、あれを見ろ」

汗を腕で拭い、荒くなった呼吸を落ち着かせながら、クライド様が指差した方へと顔を上げた。

その瞬間、私は信じられないものを見た。

目の前には透明な池の中に浮かぶ大きな氷山があった。

「これは……魔晶石？　しかも氷だなんて」

感嘆の声を上げながら近づくと、足元からピチャッと水音がする。

「冷たっ」

「この池はかなり深い。魔晶石に魅了された者を池へと引き摺り込むと噂される」

「えっ！　そんな怖い話、早めに教えておいてください」

慌てて池から足を出して後ずさると、クライド様は私から顔を背けてクックックッと肩を揺らせて笑った。

「そんなに怖がるな。……冗談だ」

楽しそうにこちらに視線を寄越したクライド様は、まるでいたずらっ子のように口角を上げた。

「は？　冗談？」

クライド様が冗談を言うなんて思っていなかった私は、ポカンと口を開けた。

――クライド様が……冗談。

「これほど冗談が似合わない人、なかなかいませんよ」

「騙されやすいお前が悪い。……俺だって冗談ぐらい言う」

思わず呟いた本心に、クライド様は恥ずかしそうに僅かに頬を赤らめた。そしてコホンとわざとらしく咳払いをした。

「そんな作り話はない。だが、この池が深いのは本当だ。十分注意するように」

「ふふっ。はい、わかりました」

私はその場にしゃがみ込むと、池の水を両手で掬った。どこまでも透明な水は掬ってみると、僅かに青みがかっていることに気がつく。

両手に掬った水をじっくりと眺めると、三日月が映り込んだことに驚く。洞窟の天井を見上げてみれば、魔晶石のちょうど真上だけ、洞窟に穴が空いている。

「まるで月明かりが、この魔晶石を作ったみたい」

「……あぁ、あそこだけ穴が空いているのは不思議だろう。本当に月がこの幻を作り出したのかもしれないいな」

水に反射した三日月は、水面の揺れに合わせてゆらゆらと形を変える。このまま手で閉じ込めて持ち帰ってしまえれば良いのに。

「自然界にある魔晶石の塊を見るのは初めてか？」

「はい、初めてです。ましてやこんなにも大きな塊が存在するなど知りませんでした」

魔晶石を加工したアクセサリーは、貴族内でも流通している。それでも、魔晶石そのものが大変貴重であり、更には透明度により価値が変わってくる。

「ルイザ、お前にこれをやる」

右手に何かを握りしめたクライド様は、私が手を差し出すと、その上にビロードの布に包まれた何かを乗せた。

「開けてみろ」

「えっ……これっ！　そんな、こんな高価なもの受け取れません」

ビロードの布を開けると、そこには直径10センチメートルほどの大きな魔晶石が包まれていた。

魔晶石はほんの小さな塊でも流行(はやり)のドレスが何十着も買える価値はある。

それがこんなにも大きくて、しかもこの池の水のように透き通った石だ。我がオーブリー伯爵家では到底所持できない代物(しろもの)だろう。

「良いから受け取っておけ」

「ですが……」

「賭けの戦利品とでも思っておけば良い」

私から持ちかけた賭けにこんな高価なものをいただくような価値はないというのに。困惑する私に、クライド様は自身の口元に人差し指を当てた。

「そう大したものではない。父上も知らないだろうが、このリプスコム領では魔晶石は珍しくない。もちろん争いを生みかねないから、秘密ではあるが」

クライド様の父上といえば、この国の最も高貴とされるお方、国王陛下だ。その陛下でさえも知らない事実を私が知っても良いのだろうか。

複雑な心境になりながらも、クライド様から期待を込めた瞳を向けられると、頷く以外の選択肢など私には持ち合わせていなかった。

「あ、ありがとうございます。……あの、大切にします」

「あぁ。魔晶石は持ち主を守るといわれている。きっとお前の助けになるはずだ」

満足気に頷くクライド様に、私は魔晶石を月明かりにかざす。

「とても綺麗」

僅かに青みがかった透明な魔晶石越しに月を眺める。すると、先ほど願っていた月を閉じ込めて持ち帰りたいという願いが叶ったようだ。

これであれば、いつだって持ち歩ける。月が輝く夜は魔晶石越しに月を見ることができるんだ。

「ここに来ると、心が安らぐ。煩わしいものは何もない。水の音、風の音……耳に入る音は俺を否定しない。自分がちっぽけな、何でもない存在になった気がする」

穏やかな声に、隣を見遣る。凪いだ瞳がこちらを向いた。

「自分が悪魔だということを忘れられるんだ」

その表情、言葉にズキッと胸が痛む。

どうしてそんなに優しい顔で、残酷なことを言うのだろう。

いいえ、わかっている。クライド様は身体のみならず、心もズタズタにされてきた。呪いによって、他者も自身も傷つけたその痛みは簡単には癒えないだろう。

――クライド様は、悪魔なんかじゃない。

そう言いたい。だけどそう言ったところで、クライド様の自責の念は軽くはならないだろうし、困らせるだけだとわかる。

だから、私はただ穏やかな顔で魔晶石を見つめるクライド様の隣に立ち、側で寄り添うことしかできなかった。

少しの沈黙の後、クライド様が口を開く。

「この地を作ったのは、妖精だという言い伝えもある」

「妖精？」

蝶のような美しい羽を持つ、自然が大好きな妖精。幼い頃の私は妖精の出てくる童話がとても好きだった。いたずら好きで自由自在に飛び回るおとぎ話の世界。

「あぁ。だから、魔獣は入って来れないと」

「ふふっ、素敵な話ですね。……でも、こんなにも美しい森ですもの。妖精が本当にいると言われても信じてしまいそうですね」

森深くにある洞窟の中に、このような幻想的な世界があったのだ。もしも今、目の前で妖精がくるくると飛び回ることがあっても、その架空の存在を信じてしまいそうになるだろう。

「クライド様は信じているのですか？　その話を」

「まさか。妖精なんておとぎ話を信じるほど、俺は幼くもなければ純粋でもない。……だが、もしいるとするなら、お前に似ているのかもしれないな」

「私？」

「クルクル表情が変わって、見ていて飽きない。まるで嵐のようでもあり、女神のようでもある。不思議な奴だ」

　クライド様は私の方へ顔を向けると、琥珀色の瞳を真っ直ぐこちらに向けた。そして、私の髪の毛を一房取ると、指で遊ぶようにくるりと巻きつけて離した。

　そんなキザな振る舞いも様になってしまうほど、クライド・リプスコムという人間は美しい。

　自然と頬に熱が集まり、それがバレないように僅かに顔を俯かせる。だが、クライド様には気づかれていたのだろう。頭上からクスッと笑う声が私の耳に届いた。

「お前がずっと側にいれば、灰色の俺の世界も、色づくのだろうな」

「そのように揶揄（からか）わないでください」

　益々熱くなる顔を冷ますように、私は両手で頬を押さえた。

「揶揄ってなどいない。……もしもルイザがライナスに会えば……用事を済ませればリプスコム領にいる必要はなくなる。そうすれば、王都に戻るのだろうか。……俺は日々そんなことばかり考えている」

「クライド様……」

「ルイザは今後、どうするつもりだ？」

クライド様の問いに、私は視線を彷徨わせた。

「……わかりません。無鉄砲にここまで来てしまったので。……兄に会ったら、言いたいこと、聞きたいことが沢山あります。その答えが納得するものかどうかはわかりませんが。……私はただ、自分の人生を他人に委ねたくはないのかもしれません」

時を遡る前のように、自分の与り知らぬところで生死を決められるなんて、そんな人生はもう懲り懲りだ。

せっかく与えられたやり直す機会なのだから、それこそおとぎ話の世界の妖精のように、自分の好きなように生きていきたい。

「お前は、強いな」

眩しいものを見るように、クライド様は目を細めた。

「もしお前の用事が終わったとしても、ルイザさえ良ければ……そのまま城に留まってくれないか」

懇願するような真剣な瞳に、私は視線を逸らすことができなかった。

「それって……」

「もう少し、台風の目の中にいたい、ということだ」

優しく微笑むクライド様を見ていると、目頭が熱くなる。胸が締め付けられてクライド様の視線に捕えられた私は、クライド様へ向ける感情が自分の中で強くなっていくのを感じる。

だがそれを悟られないように、わざとフンと顔を背けた。

「私が台風だというのですね。クライド様、台風の目の中は穏やかなのですよ」

「知っているよ。俺はお前といると、この場所にいる時と同じ、安らぎを感じるからな」

そっとクライド様の左手が、私の右手に触れる。

「……このまま時間が止まってくれれば良いのに」

「クライド様……」

そのまま繋がれた手から、クライド様の熱を感じる。

「私……私も、クライド様ともっと一緒にいたいです」

意地っ張りな私の口から、不思議なほどするりと素直な言葉が溢れ出た。

「最初は、怖いし何考えているかわからないし、すぐ怒るし。兄を一発殴ったら、すぐに出ていってやるって……そう思っていました」

一度出てしまえば、堰を切ったように心の内に留めていた言葉がどんどん溢れていく。

「でも……あなたが不器用ながらも、他人を傷つけることを嫌うことを知りました。あなたの優しさに触れ、苦しみや孤独を知った。……今は、クライド様。あなたに幸せになって欲しい」

言葉にしてようやく、私は自分の気持ちに気がついた。

「私も、呪いを解く鍵を探したい」

——私は、この人を助けたい。

クライド様が苦しむことなく、ただの普通の幸せを手に入れる。そんな姿を隣で見ていたいんだ。

「ルイザ……」

私の言葉に、クライド様は大きく目を見開いた。

どんな些細なことでも良い。彼の助けになれるのならば。

クライド・リプスコム様の運命を……。王家への叛逆という運命。そして、25歳で死ぬという呪われた運命を変えたい。

全てを恨みながら死んだ私が、まさかやり直しの機会を与えられた先で、自分を殺した元凶であるクライド様の幸せを願うとは。

クライド様は私の言葉に信じられないというように言葉を失った。だが私もまた、自分の変化に驚いている最中だった。

クライド様への想いが増すということは、彼の死のタイムリミットをまざまざと思い知らされる悲しみに一歩近づくことだと、思いもしないまま。

今の私はただ熱に浮かされたようで、自分の中に生まれたこの変化に胸を高鳴らせるだけだった。

♤

『クライド様！』

執務机の上に乗って、足をバシバシと鳴らすのは俺の側近であるデレクだ。随分と立腹の様子で、ずり落ちるモノクルを小さな手で直しながら、こちらを睨んでいるつもりらしい。だが、そんな小さな体で怒ろうと怖くもなんともないことを、そろそろ理解した方が良い気もする。

『クライド様、正気ですか？　あの女に呪いを解く手伝いをさせるなど！』

「デレク、話が早いな。ルイザが手伝いたいと言ってくれた」

『クライド様は人が良いですから、騙されているのでは？　僕はいくらライナスの妹だからって、信じられませんね』

小さな腕を組みながら苛立ちを露わにするデレクに、ついため息が漏れる。

「……別館の件で、ルイザがお前を庇った恩は忘れたのか？」

『そ、それとこれとは関係ありません！』

デレクは気まずそうに口籠もるも、すぐに威勢良く声を荒らげた。

『だいたい、クライド様もクライド様です。もっと警戒心を持つべきです。最近やって来たばかりのくせにクライド様のことを受け入れるなんて調子の良いことを言って。……またミヒル殿下からの回し者かもしれませんよ』

デレクの言い分に、俺はフッと口角を上げた。

「……それでも良いさ」

そう答えると、デレクは丸い瞳を大きく開いて言葉を失った。

弟のミヒルにとって俺は、血の繋がった兄というよりも愛する母親を殺した憎悪の対象だ。ミヒルには母の死の真相を伝えていない。伝えたところで信じるはずもない。

それほど溺愛されてきたのだから。

ミヒルは俺がリプスコム家の養子になったところで、警戒を緩めることはなかった。なんとかこの屋敷に自分の手の者を送り込もうとしてくる。

デレクは俺の、この城の、そして自身の秘密を暴かれることを恐れているのだろう。

もちろん、俺だってライナスの妹とはいえ、突如(とつじょ)現れたルイザという存在に疑いを持った。だからこそ、この城から何度も追い出そうとした。

——俺を理解しようとしてくれ、寄り添ってくれる。そんな俺にとって都合の良い相手がいるはずがない。そう思っていた。

だけど、そうではなかった。俺を知り、手助けをしたいという人物が現れたのだから。

今の俺は、ルイザという存在に浮かれているのだろう。

「……俺がルイザと一緒にいたいだけなのかもしれないな」

『クライド様、そんな』

「それに、ルイザはライナス同様に俺の呪いの力が効かない。おそらく、呪いを解く鍵になり得るんだ」

『確かにライナスは唯一クライド様の魔力暴走を収める力を持っているし、あの女は痛みを消すことができる。それは認めます』

オーブリー家というのはエクルストン王家にとって特別な存在だ。王家の剣として忠誠心に厚く、決して裏切らないと信じられる者たち。

だが、まさか呪いを無効化する力を持つとは知らなかった。過去に呪いを持った者たちが、オーブリー家の者たちを側に置いたという記録もない。

ライナスが俺の魔力暴走を鎮める力を持っていることは理解していた。だが、それはあいつの持つ魔力の高さと騎士としての力の強さだと思っていた。

ところが、ルイザもまた俺の魔力を跳ね返し、呪いによる苦痛を和らげた。

――オーブリーの血筋には、俺の知らない何か……特殊な力が隠されているのではないだろうか。

『彼らの力を調べたいというクライド様のお気持ちもわかります。そのために、ある日突然現れて城に滞在させろと言い出すおかしな女を住まわせたことも。一応は理解しているつもりです。ですが、その女にあなたの弱みとなり得る……呪いに関して調べさせることは危険です。これまでもあなたの力を利用しようとした輩は……』

「デレクが俺のことを想ってくれているのはよく知っている。だが、ルイザはそういう奴らとは違う」

デレクの言葉を遮り否定した俺に、デレクは目を吊り上げた。

『なぜそう言い切れるのですか！』

「俺がそう信じたい。初めて、そう思えた相手なんだ」

確かに俺を利用しようと近づく者は少なくない。呪い持ちとはいえ、エクルストン王家の第一王子であり、未だ王位継承権は失っていない。更には全属性持ちという異質さ。

俺を傀儡にして王家を自分の手に、とくだらない野心を持つ者は多々いる。

『信じたいですって？　クライド様が……そのような』

「あぁ。俺にもこんな気持ちが自分の中にあるだなんて信じられないさ。……こんなにも側に置いておきたいと思う相手ができるだなんてな」

『クライド様……そんな、それではまるで……クライド様があの女を……ルイザ・オーブリーを……』

デレクが今、何を言わんとしているのかわかる気がする。それが信じられなくて、核心に迫れない気持ちも。

「あぁ、そのようだな」

なぜなら、俺だってそう思っているから。俺の中に、こんなにも穏やかで心休まる感情がある一方、強い執着心を伴う感情があるなんて知らなかった。

——おそらく、俺はルイザに惹かれているのだろう。

椅子から立ち上がり、窓際から外を眺める。すると、庭園を整備する者や騎士団の訓練場へと向かう者がちらほらと見えた。

随分と賑やかになったものだ。そんなことを考えていると、本館の玄関から外に出てきた紫の髪色に目を奪われた。

真っ白なコートを着ているせいか、まるで雪だるまのようで、クスッと笑みが漏れる。ルイザは外にいた使用人たちに朗らかな笑顔で挨拶をしているようだ。

——まるで陽だまりのようだな。あいつが笑いかけると、皆楽しそうに笑顔になる。

この城は長い間ずっと、人の笑い声もなく静かな場所だった。それを一瞬にして変えてしまった。

「……ルイザには、本当に不思議な力があるのかもしれないな」

ポツリと呟いた声は、自分にこんな声が出るのかと驚くほどに柔らかいものだった。

おそらくルイザは温室に向かうのだろう。執務机の方へと振り返り、残っている書類の束(たば)を確認する。この量であればあと1時間もすれば片付くだろう。仕事が終わり俺が温室に向かうまで、ルイザがいてくれると良いが……。と考えていると、未だ呆然とその場に座り込むデレクの姿が目に入る。

指でデレクの頭にチョンと触れる。すると、デレクはハッと顔を上げた。

「この姿では随分と不便も多いだろう」

『……僕の美しさも気品も、どのような姿になろうとも失われてはいませんから』

フンと顔を背けるデレクは、やはり素直になり切れない性格のようだ。ウサギと呼ばれることも、可愛いと言われることも、本当はとても嫌がっている。だが、それを正直に言うと俺が気に病むかもしれないと、気を遣ってくれているようだ。

何度失敗しても呪いを解くことを諦められないのは、デレクたちの存在があるからに他ならない。

「オーブリー家の呪いへの耐性を調べることで、お前やブリジット、それにライナスの呪いも解くきっかけになるかもしれない」

『……クライド様』

「俺に残された時間はそう長くない。せめて、俺が巻き込んでしまったお前たちの呪いだけは解きたいんだ」

右手の手袋を取ると、イバラの痣は爪の先までに伸びている。今はまだ両手とも問題なく使えるが、あと1、2年もすれば手の機能は失われるだろう。

そして、あと4年経てば俺は死ぬことになる。何が何でもタイムリミットまでに足掻(あが)かなければば、彼らもまた呪いを解く機会を失うだろう。

『僕は……この体でも』

「良いはずがない。次期エアハート侯爵がウサギの姿だなんて、良いはずがないんだ」

俺の側にいたばかりに不幸になる運命をもう止めたい。

本来であれば、ルイザだって俺の側にいない方が良い。だが、それでも……呪いを解くという名目があれば、側にいることを許される気がした。

あと少し。あともう少しだけ。

生まれて初めて感じた、この穏やかな時間が続くと良い。そう願ってしまうんだ。

5

縁談の報せ

「……ザ。……ルイザ」

誰かに肩を叩かれている気がする。優しく私の名を呼ぶ声に、ゆっくりとまどろみから覚める。目をこすりながら瞼を開けると、目の前に艶やかな黒髪があった。

「ルイザ、ここで寝ては風邪を引いてしまう」

「ん……？　クライド様？」

突っ伏していたテーブルから体を起こすと、肩に掛けられていた布が椅子へと落ちる。その布へと視線を向けると、それはよく見慣れた布。――クライド様のマントだった。

触り心地だけで上質なものとすぐにわかるそれは、クライド様の美しさによく似合う。

「あっ、お借りしてしまっていたのですね。ありがとうござ……」

「いや、良い。冷えるからそのまま掛けておけ」

返そうとする私の手を制し、クライド様はその手で私にもう一度マントを掛けた。

「……似合いますか？」

「あぁ、悪くない」

ふふっと笑いながら尋ねると、クライド様は僅かに頬を緩めた。

「だが……温室とはいえ、こんな場所で寝るのは感心しないな。また夜更かししていたのか？」

「いえ、少しお昼寝をしてしまっただけです。この温室は居心地が良いですから」

「気持ちはよくわかる。だが、お前の顔色が悪いと心配になる」

クライド様は隣の椅子に座りながら、私の頬に手を伸ばした。手袋越しからでも温かい手に、思わず頬を擦り寄せてしまう。

顔を上げると、クライド様の顔がよく見える。普段であれば美貌の公爵様を前に一瞬で目を奪われることになるが、今はそれよりも眉を顰めてしまう。

なぜなら、私のことが心配だという、クライド様の顔色の方こそ良くないからだ。

「クライド様、手を」

手を差し出すと、クライド様は手袋を外して右手を乗せた。

「どうですか？」

私の方は、何の変化もない。魔力が流れる感覚も何もなく、ただただクライド様の温もりを感じるだけ。

だが、クライド様の表情は徐々に変化していく。まるで湯浴みをしているように、青白い顔がほんのりと色づく。終始寄っている眉も、今はまるで子犬のように愛らしく下がっている。

「あぁ、痛くない。苦しみが癒えていくようだ」

無防備なクライド様の姿に、キュッと胸が締め付けられる。

「……私が側にいれば、クライド様の呪いのスピードを緩めることにはなりませんか？」

私の力がクライド様の癒しになるのならば。もしかしたら、呪いの力を弱めることになるかもしれない。もしかすると、呪いによりクライド様の命が奪われるのを防ぐことができるかもしれない。

期待を込めた私の視線に、クライド様は眉を下げた。

その表情だけで、私の期待は打ち崩されたと気づいた。

「……そうなってくれれば有難いが。そう簡単な問題ではなさそうだ。この首の痣は、今朝ここまで伸びてきた」

首までぴっちりと留まっているボタンを外し、クライド様の首が露わになる。白く美しい肌に似合わない黒く滲んだ痣は、胸から喉へ、そして首を半周するように伸びている。

その痣を見ているだけで、あまりに痛々しく目頭が熱くなる。

――憎い。王家の男児に生まれたというだけで、クライド様を苦しめる痣が。

悔しい。その呪いから解放する力を持たない自分に。

「この呪いをかけた者は、よっぽどエクルストン王家が憎かったのだろう。国内外の力ある魔術師たちは皆、恐れ慄いていたよ。何をすれば、ここまで深い憎悪を刻むことができるのかと」

「そんな……」

「呪い持ちが全属性を持って生まれるのも、嘲笑っているのかもしれないな。こんなにも強い力をもってしても、呪いに打ち勝つことはできないのだと。……エクルストン国が続けば続くほど、この呪いによる被害者は増えていくのだからな」

被害者というのは、クライド様のような呪い持ちの人たちだけを指すのではないのだろう。おそらく、王妃様のように呪いによって人生を狂わされた人たちも含んでいる。

そして、彼は知らないが……私も、呪いによる被害者の一人、ということになるのかもしれない。

「今は私の力では、痛みを和らげることが限界かもしれません。ですが……未来はわかりません。意識せずにクライド様を癒せるのなら、何かしらの魔力なり力なりをつけて……それで……」

どうにかできないか。何かできることはないか。気持ちばかりが先走って、今自分が何を言っているのかもわからない。

力ってどうやって？　自分の魔力を流してみてもクライド様への癒しの効果は変化なかったというのに？

そもそも、クライド様は長い期間呪いを解呪しようと試したはずだ。それを私のようなただの貴族令嬢が、気持ちだけでどうにかしたいと喚くことこそがよっぽど驕った考えなのではないだろうか。

焦燥感に今にも泣き叫びたい気持ちをグッと堪えてクライド様へと視線を向ける。

すると、クライド様はそんな私の心の内全てを知っているかのように、優しく微笑んでいた。

「あぁ、そうだな。……希望はどこかにあるはずだ」

どうして地獄のような中にいながら、こんなにも他者を思い遣れるのだろうか。

クライド様を知れば知るほど、彼の優しさに触れれば触れるほど、自分の小ささをまざまざと突きつけられるようだ。

それと共に、彼への想いが募っていく。

私はそんな複雑な感情がどうかクライド様には伝わりませんように。そう願いながらクライド様の手をギュッと握りしめた。

優しい沈黙がしばし私たちを包んだ。

だが、その沈黙を破ったのは、パタパタとこちらに走り寄る足音だった。

「ルイザ様！　ルイザ様！」

慌てたように駆け寄ってきたブリジットに、私は咄嗟にクライド様の手を離した。クライド様もまた、素早く手袋を着けると、私から距離を取った。

「あぁ、ルイザ様！　こちらにいらっしゃったのですね……って、えっ？　クライド様まで……」

ブリジットは私の隣に座るクライド様を見て、ギョッと驚いたように動きを止めた。だが、すぐにキラキラとした瞳で私とクライド様を交互に見る。

ウズウズと何か尋ねようかと思案していそうなブリジットを前に、私はすかさず「ブリジット」と声をかけた。

「そんなに慌ててどうかしたの？」

そう尋ねた私に、ブリジットはハッとしながら、手に持っていた手紙を私の前へと差し出した。

「そ、そうなんです！　大変です！」

「大変って……一体、何が」

「ルイザ様に手紙が届いたのです！」

ブリジットの言葉に、私は眉を顰めた。

「私に手紙？　ここにいることは誰も知らないはずだけど……」

怪しみながら、ブリジットの手から手紙を受け取る。差出人の名を見た瞬間、私は目を大きく見開いた。

すると、クライド様が心配気に私の顔を覗き込む。

「誰からの手紙だ」

「……叔父様から」

——なぜ叔父が。オーブリー伯爵家の屋敷を出る時、私は叔父には何も告げずに出て行った。

それが、なぜリプスコム領にいることを知っているの？

「ルイザ、お前まさか……誰にも告げずに、この城に来たのか？」

「は……はい」

クライド様は大きなため息を吐いた。

「貴族令嬢が長期間行方をくらませたんだ。大方、人を雇って調べさせたんだろう」

「えっ、人を？」

「金さえ払えば世間知らずな令嬢の足取りぐらい、すぐに見つけられるだろうな」

「……世間知らず？」

「それとも怖いもの知らず、とでも言おうか？」

テーブルに肘をついてこちらを見つめる目は、揶揄い混じりだ。

言い返そうとしようにも、勝手に夢だと思い込んで無鉄砲にここまで乗り込んできた過去の自分を考えると、何も言えずに言葉に詰まる。すると、クライド様は楽しそうに目を細めた。

「ですが、叔父様は私のこともお兄様のことも邪魔だと思っているのですよ？　勝手にいなくなったのですから、厄介払いができたと喜んでいるかと思っていました。それが、わざわざお金を出してまで探すなんて……」

そこまで口にしてハッとする。

クライド様も私の言葉に、不審気に手紙へと視線を向けた。

「わざわざルイザの行方を探し出すのだから、何かあったのだろうな」

「ルイザ様、一応手紙と一緒にペーパーナイフもお持ちしました」

「ありがとう、ブリジット」

嫌な予感に冷や汗を掻きながら、ブリジットからペーパーナイフを受け取る。

封から手紙を取り出すと、ブリジットやクライド様の緊迫した空気感がこちらまで伝わってきた。

たった1枚、それも2文のみの短い内容。勝手にいなくなった私への小言もなく、気遣う言葉がある訳でもない。用件のみが書かれたそれを、私は何度も何度も読み返した。

「で、手紙にはなんと？」

クライド様はしびれを切らしたように、黙っている私にそう尋ねた。

私は呆然としながら、その手紙から視線を逸らせないまま口を開く。

「……私の縁談が……決まったと」

その言葉に、ブリジットとクライド様の息を飲む音がした。

◇

カトレアの間に戻ってきた私は、気持ちが落ち着かないまま部屋の中をウロウロと歩き回っていた。そんな私を落ち着かせようと、ブリジットはお茶の準備をしてくれている。

「ルイザ様、手紙の件……どうされるのですか？」

カップにお茶を注ぎ、テーブルに置いてくれたブリジットに、私はようやく椅子に座った。

「もちろん、受ける気はないわ。でも……居場所も特定されている以上、ここで無視しては叔父様の勝手にされるだけ」

こういう時、無視をすればもっと状況は悪化する。そう経験でわかっている。叔父たちの欲深さは底がない。

――きっとこの縁談には、何かある。

「……一度、帰って話をしなくては」

カップを手に取り、ポツリと呟く。

「お相手は……。もしかして、ミヒル殿下ですか？」

ブリジットの言葉に、私は驚きながら彼女を見上げた。ブリジットはエプロンの裾をギュッと握りしめて俯いている。

「なぜそう思うの？」

「だって……。元々、ルイザ様が結婚されるのはミヒル殿下のはずですよね」

――私が結婚する相手が、ミヒル殿下？　なぜそれをブリジットが？

「ミヒル殿下？」

「はい」

聞き間違いだろうかと聞き返すも、ブリジットは悲し気に眉を下げながら頷いた。

「どういうこと？　私、ミヒル殿下とは話をしたこともないわ」

時を遡ってからは、だが。

「いえ……違うのであれば、別に」

ブリジットは、時々未来が決まっているかのような物言いをする。もしかして、私と同じように時を遡ったのかと思い、未来に起きる事件を何度か口にしてみたことがある。

リプスコム領からほど近い場所の橋が崩落すること。あと1年後に流行るオペラの題材。それに、クライド様による王家へのクーデター。

全てを冗談めかしながら口にした私に、ブリジットはそのどれもが初耳のような反応を見せた。

それらの結論から導き出した答え。それは、ブリジットが私と同じ過去に遡った者である可能性は低い、というものだった。

それなのに、なぜ時々ドキッとすることを言うのだろう。

「相手はわからないわ。手紙には何も書かれていなかったもの」

「であれば、相手はミヒル殿下かもしれませんよね。だって、ルイザ様はオーブリー伯爵家の長女ですもの。王子殿下の妃として申し分がありません」

「まさか……」

死ぬ前の世界でミヒル殿下と親しくなるきっかけだった王宮舞踏会。私はそこから彼の婚約者になるために、数多の令嬢たちを蹴落としたようなものだ。

彼好みの服装、仕草、会話。ミヒル殿下に気に入られるためだけに自分を殺し、そうしてようやく彼の婚約者の座を射止めた。

今回はそんな苦労は一切していない。だからこそ、私とミヒル殿下が再び婚約することなどあり得ない。

そう思う一方、あの叔父のことだ。何を仕出かすかわからない、と不安にもなる。

なぜなら叔母とスティーナとは違い、ミヒル殿下の婚約者に選ばれた私に、一番喜んだのは叔父だったからだ。

今となれば、私を使いスティーナとミヒル殿下を近づけるためだったのかもしれない。だが、王家と繋がる鍵を手に入れたことは叔父にとって好ましいことだったらしい。

「もしも、ルイザ様の縁談のお相手がミヒル殿下であったのなら……。もちろんルイザ様は受ける他ありませんものね」

「い、嫌よ！　絶対に嫌」

もう二度と、あの人には近づきたくもない。理想の王子然としながら、元婚約者相手に慈悲もない恐ろしい人。

また同じ未来を繰り返さなければいけないと、そう想像するだけで背筋が凍る。

「ルイザ様……」

大声を出した私に、ブリジットは驚いたように目を見開いた。

「あっ、ごめんなさい。……でも、私は王都には帰りたくないの。それに、王子妃なんて私に務まるとも思えないわ」

「では、公爵夫人であればどうですか？」

ブリジットの真剣な眼差しに、私はポカンと口を開けた。すると、ブリジットはずいっと一歩前へと近寄ると、拳をギュッと握った。

「私は……ルイザ様には、クライド様の方がお似合いだと思います」

「な、何を」

「だって、お二人が一緒に食事をされている姿を見ると、想い合った恋人のようで、とても微笑ましく思っていました」

ブリジットの瞳はどこまでも真っ直ぐで、本気でそう思っていることが伝わる。その熱量に思わず顔が火照る(ほて)のを感じる。

だが、クライド様をよく知るブリジットからそう言われたことは、私を浮かれさせた。

「ルイザ様には、ずっとこの城にいて、クライド様の側にいて欲しいのです」

そうできたらどんなに幸せだろう。

両親が亡くなって、お兄様が家を出てから、オーブリー伯爵家は私にとって居心地の良い場所ではなくなってしまった。

リプスコム城に来て、クライド様と一緒に過ごすようになって、どれほど穏やかで楽しい日々を過ごすことができるようになったか。

ここには、私の揚げ足を取ろうとする人たちもいない。常に居場所を奪われるのではないかと恐怖に襲われたり、自分をよく見せようと常時貼り付けたような笑顔を作ることもない。

こんなにも自由でいることを許されて、自分を受け入れてくれる場所なんてなかった。

だからこそ……。

「私も本当はそうしたい。ここから離れたくない」

「では！」

ブリジットの煌めく瞳を受けながら、私は首を左右に振った。

「だからこそ、今は家に帰るの」

大事な場所ができた。だからこそ新たな人生を生き直す私は、その場所を守るために戦いに行く。

「勝手をされる前に、この縁談をぶち壊しに行ってくるわ」

私の返答に、ブリジットは何かを言い募ろうとしてグッと我慢するように唇を噛み締めた。椅子から立ち上がった私は、そんなブリジットの側に寄ると、彼女の両手を包み込むように握った。

「大丈夫。私は負けないわ」

今度こそ。私の全てを奪ってきた人たちに、これ以上私の人生の邪魔はさせない。

ブリジットに言い聞かせるように告げると、ブリジットは僅かに潤んだ目で私を見上げた。

「話がついたら……帰って来られるのですよね」

「えぇ、もちろん」

ブリジットの視線に合わせて、私はにっこりと頷いた。

◇

馬車の前から、大きなリプスコム城を見上げる。雪に覆(おお)われた城は、今日も陽を浴びてキラキラと輝いている。

——ここに来たのが3ヶ月前だなんて信じられない。もっとずっと前からこの城にいた気さえするわ。

すぐに帰ってくるつもりではいるが、それでもこんなにも離れ難いなんて。

本来ならば、ここに来た時同様に馬に乗り、王都へと戻るつもりだった。それがクライド様のご厚意で、馬車を用意してもらえた。

愛馬はすっかり、リプスコム城に慣れ切っている。そのため、預かってもらうことにした。きっと、あの子もその方が幸せだろう。

何せここに来るまでかなり無理をさせ、怖い思いもさせてしまったのだから。

その時、後ろからこちらに向かってくる足音が聞こえてきた。振り返ると、そこにはクライド様の姿があった。

「本当に行くのか」

私の荷物を馬車に詰め込む手伝いをしてくれていたクライド様が、荷物を片付けて私の隣に並んだ。

「えぇ。ですが話がつけば、またここに戻って来たいと思っております。……許していただけますか？」

「あぁ、当たり前だ」

力強く頷くクライド様に、私はほっと胸を撫で下ろす。

「クライド様、お手を」

いつものように手を差し出せば、クライド様は慣れた様子で手袋を外して、私の手の上に自分の手を重ねた。

「しばらく会えませんから、どうかお体に気をつけてください。王都はもう春になっているでしょう。ですが、リプスコム領の春はまだ先ですものね」

「……リプスコム領の春はとても美しい。雪化粧した山々と色鮮やかな野花……それに、雪解け水が川を伝いヒューイ湖に流れていく。湖の側には公爵家の別荘があって、そこから見る夜空はとても美しい」

リプスコム領の春の魅力をぎこちなく伝えようとしてくれるクライド様に、思わずクスッと笑みが漏れる。

「では、リプスコム領に春が来る前に戻ってこなくては。だって、その別荘に私を連れて行ってくださるのでしょう？」

不器用ながら、私を誘ってくれていることぐらい気づいている。だというのに、クライド様は驚いたように目を見開く。そして、自分の意図が伝わったことに安心したように目元を和らげた。

「もちろんだ」

繋いだ手に力を込めて、私の目を真っ直ぐに見つめる琥珀の瞳。まるで吸い込まれるように、視線が逸らせない。

「ルイザ、お前の戻る場所は……この城であり、俺の元であって欲しい」

こんなにも力強い言葉があるだろうか。

胸の中に微かにあった不安は、クライド様の言葉でどこかへ吹き飛んでしまう。私は、クライド様に微笑みを向けた。

「安心しました。では、すぐに戻ってきます」

「気をつけてくれ。何かあれば、すぐに文を出せ」

ゆっくりと離れていくクライド様の手の温もりに寂しさを覚える。もう少しだけクライド様の手に触れていたい。

その気持ちを吹き払うように、私は眉を下げながら笑みを深めた。

「はい。クライド様も、お体にお気をつけて」

寂しさを隠しながら馬車へと乗り込む。それでも、視線はドアが閉まるその瞬間まで、クライド様から逸らすことができなかった。

馬車に乗り込むとすぐに私は窓から外を覗き込む。

すぐに帰ってくると決めているのに、どうしても名残惜しさからこの場所を離れ難い。目に焼き付けるように、クライド様の姿を見つめ続けた。

ゆっくりと馬車が動き出し、長い庭園を抜けて門をくぐる。クライド様は姿が見えなくなるその瞬間まで、その場を動くことはなかった。

徐々に遠ざかっていくリプスコム城。あんなにも大きかった城が見えなくなり、窓から見えるのは一面の雪景色のみ。

――あぁ、本当に帰らなければいけないのね。

もう見えるはずのないクライド様の姿を、銀世界の中から必死に探そうと目を凝らす。黒いマントを靡(なび)かせて、ピシッと背筋を伸ばしたあの姿。

彼が呪い持ちでなければ、おそらく皆、彼の誇り高き姿に魅了されたのだろう。きっと、彼こそが次代の王だと信じて疑わなかったはずだ。

目を閉じれば、今も鮮明に思い浮かべることができる。琥珀の瞳がとろりと甘く細められ、薄い唇が弧を描く。

クライド・リプスコム公爵がどれだけ美しく、優しく、誠実な方なのか。この短い時間に、私は十分それを知った。

「はぁ……。もう戻りたくなってきた」

ポツリと呟いた声は、誰に聞かれることもなく消えていく。……はずだった。

その時、足元がふわりと温かい何かに触れた。

「えっ……？」

目を開けた私は、足元に大きなブルーグレーの毛が突っ伏しているのを見つけてしまった。

「エル？」

そう呼びかけると、その大きな毛玉はむくりと起き上がる。そして黄緑色の瞳がこちらを向いた。

「えっ、えっ、なぜ？　どうしてここにいるの？」

『クゥン』

間違えて連れてきてしまったのだろうかと、馬車の中で慌てる私にエルは愛らしく喉を鳴らした。

私の膝に置かれた白い手は、まるで雪でできた手袋をつけているみたいだ。

エルは何かを訴えるかのように、ジッと私の顔を見つめた。

「もしかして……一緒に行ってくれるの？」

『ワァウ！』

そうだと言うように大きな声で鳴いたエルに、じわりと涙が滲む。

――一人で戦うつもりだった。

王都ではいつだって鎧を身につけて敵だらけの中で一人で剣を構えていた。それが普通だった。それが、いつの間にか暖炉の前で柔らかい毛布に包まれていることに慣れてしまっていた。

――きっと私は、今一人になるのが怖かったのかもしれない。

『クゥ？』

滲む視界の中でエルの頭を撫でる。すると、エルはするりと私の横の座席に座り、私の顔に頭を擦り付けた。

大丈夫だ。一人じゃない。一緒にいる。――言葉にせずとも、エルはそう言っているようだった。

「……ありがとう。心強いわ」

エルの体をギュッと抱きしめる。柔らかな毛は、お日様の香りがした。

◇

長旅から戻ってきた私はオーブリー伯爵邸へ到着すると、馬車から飛び出した。玄関ホールを通り抜けると、私の顔を見たメイドたちは皆、驚愕の色を露わにした。

「叔父様！　叔父様はいらっしゃる？　叔父様！」

「お嬢様、お待ちください」

久しぶりに会う執事長は、相変わらず胡散臭い笑みを浮かべながら私の前に立ちはだかった。

「退（ど）きなさい」

「旦那様は来客の対応をしております」

長年オーブリー伯爵家に仕えてくれていた執事長を追い出し、叔父が子爵家から連れてきた執事長はいつだって私をぞんざいに扱う。

今まではそんな対応をされても、これ以上居場所を失わないために黙っている他なかった。だけど、そんな過去の自分がバカらしく思えてきた。

こういう人間は、より力を持つ人間にあっさりと鞍替えする。私がミヒル殿下の婚約者に選ばれた途端、この人も擦り寄ってきた人間の一人だった。

そういう人間の多さに嫌気がさして、婚約者に決まったと同時に王城に引っ越したのだけど。

「退いてって言っているんだけど？」

「どうぞご自分のお部屋に戻ってください。旦那様には私の方から伝えますので」

「……ずっと思ってたんだけど、あなたの旦那様って誰のことを言っているの？　この家はオーブリー伯爵家なの。この家の家主は叔父様ではなく、お兄様よ」

「そ、それは」

「伯爵家が嫌なのであれば、この家から出て行ったらどうかしら」

笑みを深めると、私の発言を侮辱と捉えたのであろう執事長は、顔を真っ赤にさせた。

「今のお言葉、旦那様に必ずお伝えしますから」

昔の自分は叔父一家にどれだけバカにされようと、それでもどこかで彼らのことを家族だと思おうとしていた。いつの日か、家族の一員として愛情を向けられることがあるかもしれないと微かに望みを抱いていた時期もある。

だけど、そんな幻想は最早一欠片だって残っていない。

誰かに期待するのも、人の影に隠れなければ立つことさえできない自分でいるのも、もう嫌だ。どんな環境であれ、どんな苦境に立たされた時でも、私は私の力で立ちたい。

――クライド様のように。

「お嬢様、聞いているのですか！」

執事長を無視し、広間へと続く廊下を進もうとする。すると、執事長は苛立ちながら咎める声を上げた。

「勝手にどうぞ」

くるりと振り返りながら私は貴族令嬢らしい美しい笑みを浮かべた。すると、執事長は呆気に取られたように目を見開いた。

まさか私がここまで言い返すとは思ってもいなかったようね。

——さて、時間を無駄にしてしまったわ。叔父のところへ行かなくては。

背筋を伸ばして長い廊下を進んでいく。周囲にいた使用人たちは皆、私と執事長のやり取りを聞いていたのだろう。「あれが本当にルイザお嬢様？」「家出してたって、一体どこから帰ってきたの？」とボソボソと噂する声が耳に入る。

——直接私に尋ねることも、文句を言うこともできない。そんな弱虫たちを気にかける必要なんてない。

胸を張って堂々と歩けば、誰も私を妨げようとすることもない。そのまま広間を抜け、応接間へと向かう。

だが、その時目の前からやってきた人物が目に入り、自然と眉を顰めた。

「ルイザ、騒々しいぞ。それに何だその見窄らしい格好は。……獣臭までするではないか」

「叔父様、説明をしてもらいに来ました」

叔父は嫌そうに顔を歪めながら、一番近くにいたメイドを呼ぶように手を上げた。

「おい、そこの。こいつを湯浴みさせろ。格好も少しは見せられるようにしてくれ」

声をかけられたメイドは「は、はい」と肩を跳ねさせると、私の側に寄ってくる。

「ルイザお嬢様、行きましょう」

「いいえ。まずは叔父様と話をするのが先よ」

私を応接間の前から連れ出そうとするメイドに、私は視線で制す。すると、メイドは困惑したように叔父と私の間で、何度も視線を彷徨わせた。

「急にいなくなったと思えば、このように強情になって帰って来よって」

舌打ちした叔父は、額に手を当てながらこちらを睨みつける。いつだって叔父のこの強気な態度と上からの物言いが恐ろしかった。すぐに不機嫌になるところも、物に当たるところも。

だけど、リプスコム城から何度も追い出そうとしてきたクライド様と対峙していた私にとっては、最早恐怖ではない。

「叔父様、なぜ私が帰って来たのか。理由はおわかりですね」

叔父に詰め寄ろうとした時、応接間の扉が開いた。

そこから出て来たのは、壮年の恰幅の良い男性だった。

「おや、子爵。そちらの可憐なお嬢様が、ルイザ嬢ですね」

「トラゴ様。いやいや、お騒がせしてしまって……」

トラゴと呼ばれたその人物が応接間から出てきた瞬間、不機嫌そうに顔を歪めていた叔父は、一瞬で外向き用の笑みを浮かべた。

――誰、この人。なぜ私の名を？

過去の時間軸でもこのような人物には会ったことがない。不審気に眉を顰める私を他所に、叔父は親しそうに私の隣に並ぶと、私の肩に両手を乗せた。

「こちらがルイザです。元気だけが取り柄の娘でして。躾も碌にできておらず、申し訳ありません」

「いいえ、威勢が良いのは良いことですよ。嫁の躾は、こちらの方で」

「ははは、そうですな。トラゴ様が寛大な方で、ルイザは本当に幸せ者だ」

――この人たち、何を言っているの？

顔を歪めて叔父を見る私に気づいているだろうに、叔父は私の視線を無視して来た。

「……叔父様、こちらの方は？」

「こちらはトラゴ商会の会長であるエリック・トラゴ様だ」

トラゴ商会という名前に、ハッとする。そういえば、過去に遡る前にもよく耳にした商会の名だ。あくどい噂が常に付き纏いながらも、会長のその手腕で一代にして成り上がった商会。それがトラゴ商会だ。

「ルイザお嬢様。お初にお目にかかります。エリック・トラゴと申します。気軽にエリックとお呼びください」

胸に手を当てて恭しく礼をするトラゴ。流石は貴族を相手にする商会の長だけあって、礼儀作法は心得ているらしい。

だが、一目見た瞬間からこの人物への嫌悪感が湧き上がる。彼が一歩距離を詰めただけで、全身に鳥肌が立つ。

おそらく、このトラゴという人物の目だ。彼の視線はまるで狙いを定めて舌舐めずりをするハイエナによく似ている。

そのハイエナは下品な笑みを浮かべながら、品定めするように私の上から下まで視線を動かした。

「なるほど、なるほど。流石は伯爵家のお嬢様ですな。このような高貴な方が我が家に来てくださるとは、まるで夢のようだ」

グフグフと鼻を鳴らしながら笑うトラゴに、背筋にゾワッと悪寒が走る。

「娘のように大事に育てた姪です。どうか可愛がってやってください」

叔父の言葉に信じられない思いで絶句する。

――この人たちは何を言っているの？

呆然とする私に気づいたトラゴは、ニヤリと笑みを深めた。

「あぁ、まだおわかりになっていないのですかな。私が君の花婿なのですよ」

「花婿ですって？　誰が……誰の……？」

——この男が、私の結婚相手ですって？　それを口にするどころか、考えるだけでも嫌悪感でどうにかなりそう。

叔父から縁談の報せが届いた時から嫌な予感はしていた。だが、まさか実の姪に対し、ここまで非人道的な振る舞いをするだなんて。

私は俯きながら、怒りに震えた。

トラゴが帰宅した後、私は叔父の書斎にいた。

「このようなこと、許されると思っているのですか！」

私は棚から出したブランデーをグラスに注ぐ叔父に詰め寄った。だが、叔父は上機嫌にグイッとグラスを煽った。

「ルイザ、お前は私の大切な姪だ。亡くなった兄や留守にするライナスからお前のことを任されている身。幸せになって欲しいと思ってのことだ」

私の幸せですって？　よくもそのようなことが言えたものだとゲンナリする。

「……私のことを想って、二回りも年上の……しかも既に成人済みのご子息がいる人の後妻になれと？」

「それがお前の……そして、オーブリー家のためになるのだ」

「オーブリー家の？　叔父様のため、でしょう？」

私の言葉に、ブランデーグラスを回していた叔父はニヤリと怪しく笑う。

「私はあんな人と結婚なんてしません」

「……随分野心家だとは思っていたが、まさかリプスコム公爵に取り入ろうとするとは。姪ながら恐ろしいと思ったよ」

「取り入ってなど……」

「王宮舞踏会で張り切っているようだからドレスを新調してやったというのに。まさか第二王子に取り入るでもなく、舞踏会から逃亡し、向かった先が呪われた第一王子の方だとはな。いやいや、怖い怖い」

嘲笑うようにクックッと肩を揺らす叔父に、怒りで握った拳が震える。

「リプスコム公爵は……クライド様は、あなた方が思っているような人ではありません！　叔父様よりもよっぽど国を想い、民を思い遣る方です！」

「何だと？　……呪いに近づき頭がおかしくなったか」

机にグラスを置き、叔父は静かに怒りを露わにした。

「いつの時代も呪い持ちの王子は周囲を不幸にする存在だ。あんなのと関われば社交界でどう見られることか」

「相手は公爵ですよ。不敬です」

そう言った私に、叔父は驚いたように目を見開くと、おかしそうに声を上げて笑った。

「化け物に不敬も何もあるか。あいつは人間ではない。悪魔だ」

蔑むようにそう言い放った叔父に、カッと怒りが沸く。その衝動のままに叔父の元へ向かおうとした瞬間、書斎の扉のノック音が響いた。

ハッと振り返ると、ドアが開かれて入ってきたのはスティーナだった。

――スティーナ。……あの女。

私が最後に見たスティーナの姿は、死を迎えるその瞬間だった。

あの時と同じく、私をバカにしたようなその視線に過去と今が混同する。

――スティーナが憎い。この女に私と同じ苦しみを与えたい。

私の意識は既に時を遡る前の感情に支配されており、目の前が真っ赤になる。今すぐ私が苦しんだ分、もしくはそれ以上の苦しみを……。握った拳により爪が食い込み、軋む音がした。

自分の感情をコントロールすることができず、怒りのままに一歩スティーナの元へと進む。

だが、その時。

『ルイザ』

聞こえるはずのない、クライド様の声が頭の中に響いた。

『ルイザ』

優しく甘いクライド様の声。

その声が真っ赤になった視界をクリアにし、体の中に新しい空気を吹き込んでいく。いつの間にか浅くなっていた呼吸も、深呼吸する冷静さが戻ってきた。

胸に手を置き、何度も深呼吸をする。

「家出していたと思えば、いきなりそんなに睨んで、何なのよ」

スティーナは私の表情に僅かにビクッと体を揺らす。だが、私の変化に気がついたのかすぐに強気な態度でこちらを見遣った。

「……久しぶりね。スティーナ」

先ほどまでの恨みに支配された私とは違う、どこかこの状況を俯瞰して見る冷静さが生まれる。すると、不思議と自然なほどに作り笑いが上手くいった。

——きっと、今までの私であれば迷わずスティーナに襲いかかっていただろう。感情のままに彼女を罵って、頭のおかしな女になったと余計に自分の首を絞めることになる。

その衝動を抑えてくれたのは、私の中に芽生えたクライド様への憧れの気持ちだ。

他者を恨まず、自分の運命を受け入れる。そんな彼の生き方に、私は間違いなく惹かれている。

次にクライド様に会った時、彼の前でも恥ずかしくない自分でいたい。その想いだけで、私は復讐心に支配されることを免れた。

「スティーナ、もう帰って来ていたのか。王宮でのお茶会はどうだった」

「えぇ、いつもと変わりありません。ラクジオ侯爵令嬢とミヒュナ伯爵令嬢が互いに張り合って自滅しそうですわ。おそらく、ミヒル殿下の婚約者候補から外されるのも時間の問題かと」

「それは良い。ミヒル殿下は王妃様のようにお淑やかな女性を好む。私の言う通りに振る舞えば、きっとミヒル殿下の婚約者にはお前が選ばれるだろう」

スティーナと叔父の会話に、私は眉を顰めた。

「あら、お父様。ルイザが随分困惑しているようですわ。あぁ、あなたは知らなかったのよね。王宮舞踏会から逃げ出したのだもの」

クスクスと笑うスティーナは、手に持っていた扇子をパチンと鳴らした。

「……婚約者候補として、お茶会に呼ばれているの？　あなたが？」

お茶会というのは、ミヒル殿下の婚約者候補が数名集められ、何回か選定を行ったあのお茶会のことを言っているのだろうか。過去、私もそのお茶会に参加していた。

ミヒル殿下の婚約者の座を争っていた令嬢たちと水面下で蹴落とし合いながら、何とか婚約者の座を掴み取ったのだった。

だが、前の時間軸とは違って、今の時点でスティーナの家格は王子妃になれるものではない。何せ、オーブリー伯爵家には直系の私がいるのだから。

私の疑問に気づいたのか、スティーナは楽しそうに笑みを深めた。

「誰かさんが自ら席を空けてくれたから、私がオーブリー家を代表してミヒル殿下の婚約者候補として呼ばれたのよ」

「……そう。候補に、ね」

あえて候補という言葉を強調した私に、スティーナは先ほどまでの上機嫌な顔を一変させ、苛立ったように唇を噛んだ。

「正式な婚約者になるのも時間の問題よ！　ライナスお兄様の行方もわからない今、ミヒル殿下も国王陛下も、お父様に伯爵位を譲る考えをされているのだから」

スティーナが高い声で騒ぎ立てるのを横目に、私は深いため息を吐いた。

「それが本当のことだとしたら、陛下もミヒル殿下も見る目がない、ということね」

「不敬だわ！」

「ギャンギャン吠えないで。耳がキンキンするわ」

これ見よがしに耳を塞ぐと、スティーナは真っ赤になりながら叔父に詰め寄った。

「お父様！　早くこいつをトラゴの元へやってよ！」

「スティーナ、落ち着きなさい」

「私は近い将来王子妃になるのに、私のことを見下していたあんたは年寄りの妻として平民に落ちるのよ！　本当に良い気味だわ」

トラゴの名を出されて不快感を露わにする私に、スティーナは勝ち誇ったように口角を上げた。

「私はトラゴとは結婚しないわ」

キッパリと告げた私に、叔父とスティーナは互いに顔を見合わせて鼻で笑った。

「ルイザ、お前が何と言おうがこの結婚を破棄することはできない。結婚とは家同士の繋がりだ。家長(かちょう)の決定は覆すことはできない」

「家長と言うのであれば、お兄様の許しがなければどうにもなりません。ライナスお兄様が不在の今、叔父様に私の結婚について口を出す権利などありません」

「ライナスが機密任務で不在の間、この家を任されているのは私だ」

「いいえ、伯爵代理を任されているだけです。叔父様は、オーブリー伯爵にはなれません」

「何だと！」

自分の声だとは思えないほど、冷たく低い声が出た。

叔父は私の言葉に激昂したように声を荒らげた。

「本当に可愛気のない奴だ」

「お父様、ルイザの言うことなんて真に受ける必要などありません。なんせ、ルイザとトラゴの結婚は、国王陛下からもお許しをもらってのことだもの」

「なっ……」

既に国王陛下にまで話をしているだなんて。

顔色を変えた私に、スティーナは目を細めた。

「ふふっ。まさか、ルイザは国王陛下の許可を無視できるとでも思っているのかしら？」

より強い権力の前に、私は口を噤む他なかった。

——悔しい。こんな人たちの思い通りになんて、絶対にさせるものですか。

「……悪知恵ばかり働く人たちね」

「ルイザ、知っている？　そういうのを負け犬の遠吠えというのよ」

ポツリと呟いた言葉に、スティーナは口角を上げた。

「そうそう、犬といえば……。あなた、呪われ公爵のところから獣を連れてきたの？」

「あなたに関係ないわ」

「えぇ、私には関係ないわね。でも、他の人たちはそうは思わなかったみたい」

ふふっと楽しそうに笑うスティーナに嫌な予感がする。

——屋敷に着いた時、エルには馬車で待つように伝えた。いきなり現れた狼に、この屋敷の人間たちが嫌悪感を露わにし、排除しようとするのなんて目に見えていたから。

エルは良い子だから、きっと私の言いつけをしっかりと守っていただろう。

だけど……私を傷つけることを楽しみとしている、この屋敷の人間たちは？

使用人の質が悪い伯爵家といえど、リプスコム公爵家の馬車を許可なく開けるような真似はしないだろうと安易に考えてしまっていたが、そんな希望などいとも容易く粉々になった。

——もし誰かが先にエルを見つけていたとしたら……。

サァッと血の気が失せる私に、スティーナは勝ち誇ったように顎を上げた。

「……あなたが連れてきた狼。どうなったか知っている?」

「っ! エルに何かしたら許さない!」

「もう遅いわ。今頃、食料になっている頃かしらね」

スティーナの言葉を聞くや否や、私は書斎から飛び出した。

◇

屋敷から転がるように外に出る。ここに着いた頃にはまだ夕日でオレンジに染まっていた空も、今は暗闇に変わっていた。

雲に覆われているのか月明かりも星空もない。にもかかわらず、屋敷の外は随分と明るかった。というのも、男性の使用人たちが総出で松明(たいまつ)を持ち、何かを探していたからだ。

「エル! エル!」

リプスコム領から乗ってきた馬車のドアを開けながら、必死に叫ぶ。だが、馬車の中には誰もいない。

すぐに方向を変えて、人が多くいそうな庭園へと向かう。エルの名を呼ぶも、私の声に応える鳴き声は聞こえてこない。

「エル! どこにいるの!」

庭園を抜け、裏庭へと続く細道を走り抜ける。すると、先ほどより松明の明かりが集まっている場所に気がつく。使用人たちが何かをぐるりと囲むように人だかりができていた。

『グルルッ』

「エル！」

その人だかりの中から唸り声が聞こえ、私は弾かれたようにその輪へと近づく。

「その狼を捕まえろ！」

「丸焼きにしろ！」

「やめて！　エルを傷つけないで！」

使用人たちを退けるため、私は体を捻じ込ませようとする。だが、体格の良い男性陣の前では、私の力など叶うはずもなく、腕を払われた拍子にドンッと尻餅をついた。

「痛っ！」

ジャリ、ジャリと後ろから砂を踏む音に、私は振り返った。

そこには先ほどまで対峙していた叔父が弓を持って立っていた。

「叔父様……何をする気ですか」

――まさか、その弓でエルを射るつもり？

慌てて立ち上がり、叔父の弓を奪おうと手を伸ばす。だが、叔父の後ろにいた護衛により私はあっさりと体を拘束されてしまった。

「何をするの！　私にこんな真似をするなんて、許されると思わないで！」

拘束から抜け出そうと必死に体を捩る私に、叔父は冷ややかな視線を寄越した。

「命令だ。そのままルイザを捕まえておけ」

「はっ」

――本当にこの家はどうかしている。

直系である私ではなく、分家の叔父に従う使用人ばかり。伯爵令嬢なんて名ばかりで、何の権力もない。

「叔父様、やめてください！　エルはリプスコム公爵の狼ですよ。傷つけたと知られたら公爵様がお怒りになります」

「こんな狼ぐらいで何をする。それに、公爵など恐るるに足らん。今や、我が伯爵家の後ろには、エクルストン王家があるのだからな」

弓を構える叔父に、必死に懇願する。だが、叔父はニヤリと笑みを浮かべるだけで私の言うことなど聞き入れようとしない。

「おい、そこを退け。リプスコムの狼とやらを拝ませてもらおうか」

叔父が輪になる使用人たちに声をかけると、彼らは叔父に道を開ける。と同時に、使用人たちの背で見えなかったエルの姿が視界に入る。

「エル！」

私の声に反応するように、エルの耳がピクリと動く。だが、視線は真っ直ぐ叔父に向いていた。

黄緑色の瞳で睨みつけるエルは、威嚇するように唸り続けている。

「久々の狩りだ。楽しませてもらうよ」

ギィッと弓を引く音の直後、叔父は迷うことなくエルに向けて矢を放った。

「エル、逃げて！」

『ガゥ！』

叔父の放った矢を、エルはその勢いを殺すように口で受け止めた。

「嘘だろ……。あの近距離からの矢を咥えた……だと？」

私を拘束している男が息を飲み、驚愕にポツリと呟いた。

「クッ……。小癪な」

叔父はすかさず矢を再び引くと、もう一度同じ場所から放った。だが、今度の矢もエルはまるで遊ぶように軽々しく空に飛ぶと、体を捻って弾き飛ばした。

「おい、お前たち！　何をやっている！　弓でも剣でも斧でも、この忌々しい狼を早く殺すんだ！」

激昂した叔父の声に、周囲の人間たちはハッと慌てたように動き出す。

だが、エルもまたその瞬間を見逃さなかった。輪になっていた者たちが散り散りになり、私を拘束する男の手が僅かに緩んだその瞬間、エルは私の方目がけて飛び込んで来た。

「うわぁ！」

男は慌てて私の体を地面へと放り投げるが、エルはその男の腕を強く噛んだ。男の絶叫が響き渡ると、武器を構えた者たちは更に慌てふためいた。

「ギャーッ！」

「おい、やられるぞ！」

「こいつ……。なんて狼だ」

エルは私を守るように背を向けて立つと、一定以上近づく者たちに何度も威嚇しながら噛みつきに行った。常に臨戦態勢で唸り声を響かせる。

先ほどまで威勢の良かった使用人たちも、徐々にエルの威嚇に恐怖の色を露わにし、私たちに近づこうとする者はいなくなった。

「エル……」

『クゥン』

エルの体を後ろから抱き締めると、エルはもう大丈夫だと言っているように耳を下ろした。

「エル、守ってくれたのね。ありがとう」

頭を撫でると、エルは気持ち良さそうに目を細めた。

――馬車の中にエルがいた時は驚いたけど、一人ではないというのはとても心強いものなのね。

エルが私について来てくれて、本当に良かった。

「もう攻撃してくるような人たちもいないでしょう。さぁ、私の部屋に行きましょう」

一度恐怖心を植え付けられた者たちは、再びエルに挑もうとは思わなくなっただろう。それに、私の側にエルがいてくれることで、使用人たちへの牽制にもなる。

問題は山積みだ。一刻も早く片付けるために、作戦を練らなくては。

エルと並んで裏庭から屋敷へと戻ろうと進んでいくと、松明を持った者たちは皆、無言で道を開けた。

庭園を抜け、あと少しで屋敷の玄関に辿り着くというところで、先ほどまで大人しかったはずのエルが急に警戒したように『ガゥ！』と吠えた。

「エル？　どうした……の？」

エルの方へ顔を向けた私は、その瞬間まるでスローモーションのように周囲がゆっくりに見えた。

何かから私を庇（かば）おうと、エルがこちらに飛び込んでくる。だが、私の胸に飛びつく直前、私の耳に入ってきたのはどこからともなく聞こえてきた破裂音。

その音が届くと同時に、エルは目をカッと開き、そのまま地面にドサッと落ちていった。

そして、そのままエルは地面に突っ伏したままピクリとも動かなかった。

「エル……？　えっ……？」

何が起こったのかわからぬままエルに呼びかける。だが、エルは倒れ込んだまま私の声に応えない。

「エル！」

しゃがみ込み、エルの体を揺する。

「エル、エル！　しっかりして！」

私の必死な叫びにもエルは何の反応も示さない。

——何で、何が起こったの。

混乱に取り乱しながら何度エルの名を呼ぼうと、体を必死に抱き寄せようと、エルの瞳は硬く閉じられたままだった。

「ようやく静かになったか」

後ろから聞こえてきた声に、ハッと振り返る。

そこにいたのは、弓を構えた叔父だった。

「……エルを……射ったのですか？」

「麻酔矢で眠っているだけだ。……今は、な」

「麻酔……矢」

叔父の言葉を聞き、エルの体へと視線を向ける。確かにエルの体からは出血もなく、胸に手を当てると心臓もしっかり拍動を確認できる。

ホッと胸を撫で下ろすよりも、怒りと恐怖で体が震えた。

――これが麻酔矢でなく、本物の矢であったのなら。私を守ろうとしてくれていたエルを、傷つけ失うところだった。

そんなことになれば、エルはもちろんクライド様にもとても顔向けできない。

「この狼が大切か？」

「当たり前です！」

――私にとって、血の繋がったあなたよりもよっぽど。

そう言葉に出したかった。私から居場所も幸せも未来も奪う親族よりも、エルの方がよっぽど信頼できる。リプスコム城で出会った人たちの方が、家族のように大切な存在だ。

私の言葉に、叔父は眉を顰めた。

「であれば、お前もしっかりと覚悟を決めるべきだ。お前の立ち振る舞いによって、この狼の運命も決まるのだからな」

「……卑怯な人」

吐き捨てるように言いながら、私は叔父を睨みつけた。

「欲深くて狡猾で意地汚い。なぜオーブリー家からあなたのような人間が生まれたのか、理解できないわ」

「高潔なオーブリー。確かに兄上はそれを体現しているようなお人だった。だが、時代とは変わるものだ。高潔なだけでいつまでも安泰な地位にいられるとでも？」

叔父は冷ややかな目をしながら、鼻で笑った。

「私もまた、オーブリー家の一員。この家門を守りたい。そう思っているのだよ」

「そうは見えません」

「ルイザ。世の中は金と地位、権力だ。崇高な精神などで人の心は満たされるものではない」

ニヤリと笑う叔父に、私は虫唾（むしず）が走った。

「叔父様が最低な人だとは知っていたけど、姪を監禁するだなんて。本当に人としてどうしようもないクズだわ」
エルが麻酔矢で眠らせられた後、叔父からエルを助けるための条件を突きつけられた。まずは、このままトラゴとの婚約式の間まで大人しく部屋に籠もること。そして、外部との連絡を一切禁じること。
渋々条件を飲むフリをした私は、エルと共に自室に監禁されていた。鍵をかけられ、用事の時以外は部屋を出ることを禁じられている。もちろん、庭であろうとも屋敷の外には出ることができない。
麻酔から目覚めたエルは、しばらくは元気がなさそうだった。今はいつもと同じように見えるが、運動もできず随分と不便な思いをさせているだろう。

「エル、こんなことになってしまってごめんなさいね」

エルの頭を撫でながらそう言うと、エルは私を元気づけようと手のひらに頭を擦り付けた。

「もう少し慎重になるべきなのよね。いつも感情のままに動いて失敗してばかりだもの」

勝手な縁談に腹を立てて叔父に突っかかり過ぎたことで状況は悪化してしまった。もっと従順なフリをして、計画を練る時間を作るべきだったのかもしれない。

そうすれば、今頃はトラゴと叔父の間に何があったのか。どこからトラゴとの縁談が持ち上がったのか。それらを調べることができたのかもしれない。

——いくら王宮舞踏会から立ち去ったとはいえ、未来が変わり過ぎているもの。

こんなことになるのなら、時を遡る前にトラゴ商会についてもっと調べておくべきだった。羽振りのいいトラゴ商会には、懇意にしている貴族がいるらしい、と親友のエリサが噂していたではないか。

もしかしたら、その懇意にしている貴族こそが叔父だった可能性もある。

「このまま結婚させられたら……」

『クゥン』

「あなたのせいではないわ。遅かれ早かれ、あの人たちに私は陥れられる運命だもの。その方法が変わっただけ」

悲しげに耳を下げるエルの頭を撫でる。

「伯爵位はお兄様のものよ。私を追い出して、伯爵位を自分のものにしたいのだろうけど、そうはさせないわ。この結婚を潰して、叔父様の力を削がなくては」

前回は失敗したけど、今回はそうはさせない。

「そのためには機を見なくては。……私に協力してくれる人と連絡を取って、彼らの悪事を暴いてやるんだから」

友人のエリサであれば、私が協力を仰げば必ず手を貸してくれるはず。だが、今は手紙の1通も送ることができない。

――焦ってはだめ。きっと機会はあるはず。

叔父はトラゴと私の婚約をすぐにでも結ぼうとしている。婚約式を盛大にし、この結婚を社交界に広く知らしめたいのだろう。

だが、この状況において婚約式というのはある意味良い機会なのかもしれない。おそらく叔父のことだから、大勢の貴族たちを呼ぶだろう。その中には、エリサに近い人物もいるかもしれない。運が良ければ、エリサも招かれるはず。

叔父の警戒が緩む瞬間。それはおそらく婚約式の機会にこそあるはず。

婚約式を執り行ったところで、正式な婚約は通常その一ヶ月後。それまでに、トラゴの弱味を握り、叔父とトラゴとの間で行われた密約を暴いてやる。

――この縁談の裏を取らなくては。

神殿が認めなければ、いくら当人たちが望もうとも結婚はできない。この国の決まりでは、貴族の結婚において、家長の許し、もしくは国王陛下の許しが必要になる。

お兄様が不在の今、陛下にこの結婚が不当である証拠を提示することが必須だ。

「はぁ……。お兄様が今すぐ帰ってきてくれたら楽なのに」

ポツリと呟きながら、深いため息が漏れる。

『クゥン』

「えぇ、わかっているわ。人任せにはしていられないわよね。こうなったら、徹底的に叔父様たちを地の底に落としてやるわ」

オーブリー家の一員だからと大きな顔をしているが、彼らの好き勝手にはもうさせない。

そう決意しながら、窓から覗く月夜を見遣る。

リプスコム領で見る月と、ここから見る月。どちらも同じはずなのに、なぜだか無性に切なく感じる。

「エル、あの城に帰りたいわね。ブリジットのご飯が恋しいし、デレク様の嫌味も聞けないと味気ないもの」

――だけど、何より。クライド様に会いたい。

リプスコム領を出てからも、私がクライド様を思い出さない日はなかった。

♤

ルイザがこの城を離れて、もう1ヶ月が経っただろうか。道中が順調であれば、王都には既に1週間か、もしくは2週間前には着いているだろう。

——何事もなく、無事に着いていると良いが。

書類にサインをしながら、深いため息を吐く。すると、俺の処理した書類を確認していたデレクがモノクルを外しながら、こちらに視線を向けた。

『いなければいないで、腹立たしいものですね』

「……素直に、寂しいと言えば良いのではないか？」

『寂しくなどありません！』

フンと顔を背けたデレクに、思わず眉が下がる。

ルイザ……とライナスがこの城を出てからというもの、まるで梅雨の時期のように曇り空も続き、空も心もどんよりと重い気持ちになる。

机の上のベルを鳴らす。ベル型の魔道具は、鳴らせばすぐにブリジットに連絡が入る。

数分もしないうちに、ブリジットはお茶のワゴンを運びながら執務室に入ってきた。

「クライド様、お呼びでしょうか？」

淡々と職務をこなすも、ブリジットもまた、ルイザが出て行ってからというもの元気がない。妹のように気にかけ、可愛がっていたのだからそうなるのも頷ける。

「ブリジット。ルイザから便りはないのか」

俺の言葉に、ブリジットは顔を曇らせた。

「……はい。まだ、一度も手紙は来ておりません」

「ライナスからは、何か報せは？」

「ライナス様からも……特に」

――ライナスからも来ていない、か。

「ライナス様とクライド様がいつも連絡手段として使用している鳥型の魔道具、あれを今回もライナス様に渡してあるのですよね？」

ブリジットの言葉に頷く。

ライナスに渡してある魔道具は、言葉を記録するもの。つまり、手紙の役割を果たす。魔道具に言葉を吹き込むと、その言葉を鳥が伝達してくれる。

「あぁ。何か問題があれば、前もって渡した魔道具がこの城まで戻ってくるはずだ。だが、報せがないのであれば、特に問題ないのかもしれないな」

――ライナスが魔道具を使うことが難しい状況に陥っていなければ、の話ではあるが。

ルイザの縁談の件に誰よりも激怒していたのはライナスだ。デレクが必死に止めるのも聞かず、ルイザと共に実家へと戻っていった。

そうする気持ちはわかる。だが、あいつが狼の姿になっていることが公になれば、伯爵位を剥奪されかねない。そのため、デレクの言い分もよくわかる。

それでも、俺はライナスの背を押した。

俺の魔力暴走に巻き込まれたことで、ライナスには随分と不便をかけている。それにより、誰よりも大切にしている妹のルイザに、自分のことはどうでも良いのだと誤解をされてしまっていることも申し訳ないと思っている。

『閣下、私は妹が叔父一家に大切にされていると今の今まで信じていたのです。愚かにも叔父の言うことを鵜呑みにして、妹を苦しめていたのです。これ以上、ルイザの幸せを奪う者たちを野放しにはできません』

出立前、俺にそう告げたライナスの瞳は、後悔の念で染まっていた。

狼の姿というハンデはあるものの、それでもライナスの執念であれば、彼らの企みを粉々に打ち砕く方法を見つけるであろう。

だからこそ、俺はルイザをライナスに託して見送った。ルイザのまた戻るという言葉を信じて。

それでも、一日一日と日が過ぎるにつれ、本当にルイザは戻ってきてくれるのだろうかと不安になる。王都に戻れば、まるでここでの日々は悪夢だったかのように、現実の煌びやかな世界へと戻ってしまうのではないだろうかと。

深くため息を吐く俺に、デレクは苛立ったように足でバンバンと机を叩いた。

『いつまでもウジウジと。国中の誰もが畏怖するあなたの姿がこれとは、信じられないものです。ずっとその調子では、こちらだって困ります』

「もしもルイザの結婚相手が魅力的で、ルイザが俺のことなど忘れてしまったら？」

例えば、弟のミヒルのように国中の女性たちが憧れる、真の王子だったら。そうでなくとも、俺のような醜い痣を持たない、誠実で優しい男であれば。

間違いなく、ルイザはそちらを選んだ方が幸せになるのだろう。

リプスコム領という外部から隔てられた狭い世界だからこそ、ルイザは俺に寄り添ってくれていたのかもしれない。彼女の本来のいるべき世界に戻れば、ここでの日々などあっさりと忘れてしまう可能性だって考えられる。

そんなことを考えたくもないし、ルイザがそんな女性だとは思ってもいない。だけど、やはりどう考えてもルイザが俺を、このリプスコム領を選んでくれるなんて、夢だとしか思えない。

両親さえも俺を受け入れることはなかった。

それを会って数ヶ月のルイザに、俺を選んで欲しい。そんなこと言えるはずもない。

「ルイザを幸せにできる男はこの世に沢山いるのだろうな」

『それはあり得ませんよ』

デレクは、やれやれと小さな両手を横に広げてため息を吐いた。

「なぜそう言い切れる」

確信した物言いに俺は眉を寄せた。すると、デレクはフフンと胸を張って腰に手を当てた。

『だって、二回りも年上の豚に嫁ぎたい年頃の娘なんて、そういないでしょうからね。しかもギャンブルに暴力の噂まであるゲスに、ね』

「は？　ど、どういうことだ！」

――ギャンブルに暴力、それに二回りも年上だと？

デレクの話を一緒に聞いていたブリジットもまた、驚きに瞠目した。

「デレク様、なぜそのような情報を掴んでいるのですか？」

『僕はクライド様の従兄であり右腕だ。ウサギになろうとも優秀さは隠し切れないんだ』

「……あぁ、カラスに調べさせたのですね」

『そんなことを言うようだったら、この情報は灰にしてしまうぞ！』

俺の執務机からピョンと飛び降りて、デレクは書類棚の一番下の引き出しを力いっぱいに引き出す。そこから一通の紙切れを取り出した。

それを奪うように取り上げ、メモにぎっしりと書かれた文字を上から下まで目で追う。

そこに書かれていたのは、ルイザの縁談相手の情報だった。年齢、家族構成、趣味といったものから、個人的な付き合いがある貴族や商会の実態など、情報は広範囲にわたるものだった。

「……デレク、感謝する」

『クライド様が……僕に感謝を？　……夢？』

メモからデレクへと視線を移し、感謝の言葉を告げる。すると、デレクは信じられないものを見たような呆然とした顔をした。

「そんな珍しそうに」

『いえ、珍しいですから。……明日は槍が降るのでしょうか』

「失礼だな」

そうは言っても、確かに俺は今まで感謝の言葉をしっかりと相手に伝えるということを怠っていたように思う。これまでは俺の意思を汲み取り、今の状況のように動いてくれるデレクを当たり前だと思っていた。

だが、その当たり前はデレクが俺のことを考えて行動してくれているからに他ならない。

「俺は随分と態度が悪いようだからな。言葉にしないと伝わらないと学んだんだ。それに、お前が調べてくれた情報がなければ、俺は取り返しのつかない後悔をする羽目になるところだった」

まさかルイザの叔父が持ってきた縁談の相手が、このようなクズだったとは。デレクの言うようにウジウジと悩んでいた俺がバカだったようだ。

勝手にルイザの幸せを決めつけ、後ろ向きになっていた。

――どんな未来が待っていようと、信じるべきはルイザの言葉だけだったのにな。

「それで、どうされるのですか？」

心配そうにこちらを窺っていたブリジットの問いに、俺は口の端を上げた。

「あぁ。もちろん、決まっている」

そう告げながら、手に持っていたメモを強く握る。俺の手の中でグシャリと形を変えたメモを乱暴にポケットに入れると、掛けてあったマントを羽織り、そのまま部屋を出た。

6

本物の婚約者

薄ピンクのチュールドレスを身にまとい、冷え切った心を隠しながら微笑みを浮かべる。

「あぁ、ルイザ嬢！　私の花嫁。本当に美しい」

今にもブヒブヒと鳴き出しそうなほどに鼻息を荒くしたトラゴが、顔を真っ赤にして褒め称えた。

「ふふっ、冗談がお上手ですね」

——誰があんたなんかの花嫁になるかっていうの！

引き攣る顔を我慢しながら微笑む私の忍耐力を、誰か褒めて欲しいものだ。

「いやいや、うちの商会で手に入れた珍しいドレスもルイザ嬢にかかれば、まるで傾国の美女だ。きっとこのドレスは今後この国で流行するはずだ」

「ふふっ、素敵なドレスですものね」

少し動くだけで、裾がふわりと舞うこのドレスはまるで春を運ぶ花びらのようだ。トラゴに贈られたものでなければ、私もこのドレスの美しさに魅了されただろう。

「さぁ、我々の婚約式ですからな。盛大な宴と行きましょう」

トラゴの差し出した手に気づかぬふりをし、微笑みを浮かべたまま大広間の扉の前へと立った。

すると、トラゴは慌てたように私の後ろをピッタリとくっついてきた。

——ついに、婚約式だ。

私を監禁した叔父は、この婚約式に随分と力を注いでいるのだろう。今日この日を迎えるまで、見張りをつけられ、一歩も外に出ることが叶わなかったのだから。

婚約式の日程を知らされてはいなかったものの昨日からやたらと屋敷が騒がしく、窓から外を眺めると、ひっきりなしに業者が出入りしていた。極めつけは、メイドたちがやたらと私を磨こうとする様子に、言われずとも今日がその日なのだと理解できた。

今日までに私ができたことといえば、白いヒールの中に助けを求めるメモを隠し持って来たぐらいだ。

——今だけは我慢して、何とかエリサを探さなければ。

婚約式であれば、外部の人間と接触を図る機会ができる。どうにかエリサや他の友人に協力してもらい、トラゴ商会の悪事を見つけて晒さないと。

前回の生において、叔父様の金回りがいやに良いと思っていたけど、この人と知り合ったからだったのね。

あの時はミヒル殿下の婚約者だった私に手出しはできなかっただろうけど、今は王家の力を借りることもできない。

自分の力で、この人たちを追い落とさなければ。そうしなければ、再びオーブリー伯爵家を奪われてしまう。

大広間へと入ると、既にそこは大勢の招待客たちで賑わっていた。

「まぁ、お似合いですわね。ルイザ。……それに、お義兄様」

私の姿を確認するや否や上機嫌で近づいてきたスティーナに、内心苛立つも表面上はそれを出さないように注意する。

トラゴはといえば、若い令嬢にお義兄様と呼ばれ、気分良く下品な笑みを浮かべていた。

「スティーナ嬢、今日もお綺麗ですな。さすがは将来の王妃様、といったところですか」

「いやだわ、トラゴ様。皆に聞かれてしまいます。まだ、婚約者候補……という段階ですもの」

「いやいや、私の周りではスティーナ嬢で決まりだという噂で持ち切りですよ。私も王家の親族の一員になれるのかと思うと、胸が躍る気分です」

一体何の茶番を見せられているのだろうか、とゲンナリする。

この二人の方がよっぽど相性が良いのではないだろうか。そう心の中で悪態をついていると、スティーナは持っていたレースのハンカチを両手でキュッと握りしめた。

「ルイザはご両親を早くに亡くされて苦労したのです。それなのに、私のことを本当の妹のように可愛がってくれて」

「ほう。美しいだけでなく、心まで優しいのですな」

「こんなにも早く家を出てしまうのは悲しいですけど……。包容力溢れる男性に巡り会えたのですもの。ルイザは幸せ者ね」

目を潤ませながら心にも思っていないことをスラスラと語るスティーナは、やはり女優向きなのだろう。目元をハンカチで抑えつつ、眉を下げたスティーナはいつもの苛烈な性格を隠し、庇護欲溢れる女性を演じるのが上手い。

今も傍から見れば、私とスティーナは美しい従姉妹関係に見えているのかもしれない。

だけど、私の心は冷えていくばかり。

「そんな素敵な縁だったのなら、私でなくあなたに譲ってあげたいわ。スティーナは、私のものが大好きでしょう?」

あえて鈍感なふりをしてはしゃいだようにそう言えば、スティーナは先ほどまでの可憐な笑みを僅かに引き攣らせた。

「ふふっ、ルイザも冗談が好きね」

「まさか。本当にそう思っているのよ」

「なっ!」

にっこりと微笑む私に、スティーナは早くも化けの皮が剝がれ眉間に皺が寄った。だが、すぐにハッと慌てたように口を噤みながら、周囲の視線を気にするように目を泳がせた。

誰もこちらには注目していないとわかると、安心したようにコホンと一つ咳払いをする。そして、もう一度美しい笑みを浮かべた。

「そうそう。後でミヒル殿下も顔を出してくださるそうよ。良かったわね」

「……ミヒル殿下、ですって？」

まさか、こんな茶番に王族を呼ぶだなんて。叔父もスティーナも、それにミヒル殿下も、どうかしているとしか言いようがない。

小さくため息を吐く私は、周囲を見渡した。

――エリサはまだ来ていないようね。

続々と集まる貴族たちの顔ぶれからも、叔父の力の入れようが見て取れる。それでも、ミヒル殿下の他の婚約者候補の令嬢たちがいないのを見ると、今回のパーティーで更にミヒル殿下とスティーナの仲を近づけようとする魂胆が見え隠れしていた。

シャンデリアの明かりで煌めくシャンパングラスに、色とりどりの料理たち。美しい音楽を奏でる楽団。そのどれもが私の気持ちを暗くさせる。

「少し、お化粧を直してくるわ」

そうトラゴとスティーナに告げて、踵を返そうとする。

会場内を適当に歩けば、もしかすると友人に会えるかもしれない。そう考えたからだ。

だが、その意図に気づいてなのか、私の行方を阻もうとする手が伸びてきた。スティーナは

「いいえ、十分綺麗よ」とにっこりと微笑みながら、私の腕を摑んだ。

「何するのよ」

「ルイザこそ、逃げようとしたって無駄よ」

こっそりと耳打ちするスティーナは、私が逃亡を企てていると考えたようだ。数ヶ月前の王宮舞踏会で何も言わずに去ったことも記憶に新しい。おそらく、再び私がパーティーから抜け出すのではないかと危惧（きぐ）しているようだ。

スティーナは、愉快気に目を煌めかせながら両手を広げた。

「まずは、調印式よ！」

「は？　調印式ですって？」

信じられないと愕然（がくぜん）としながらスティーナの顔を見つめる。すると、スティーナは更に笑みを深めた。

——やられた。嵌めたのね。

私の背を押したスティーナは、トラゴと共に私を大広間の中央に連れ出した。ダンススペースのためのその場所には、大きな三段重ねのケーキとサイン台が設置されていた。

スティーナはテーブルの上のベルを鳴らすと、大広間にいる招待客たちに注目を促した。

「主役のお二人、どうぞこちらに」

拍手をしながら、こちらを見つめるスティーナ。皆、何が起こるのかとスティーナに釣られるままに拍手をし、私たちの周りに続々と人が集まってきた。

調印式……まさか、婚約式で行うなんて思ってもいなかった。

このような舞踏会形式の婚約式では、普通調印式は行わない。足が鉛のように動かない私に、トラゴは口の端を上げた。

「さぁ、ルイザ嬢。サインを行いましょうか」

トラゴは揚々とペンを取ると、スラスラとサインを書いた。そして、書き上げた自分の名を満足そうに見つめ、私へとペンを差し出した。

「ルイザ嬢もどうぞ」

――サインなんてできるはずないじゃない。

「婚約式で調印を行うのは、通常ではあり得ないのでは？」

「貴族ではまだあまり聞かない話かもしれないが、最近の主流なのですよ。今は何でも簡素化の時代ですからね。それに……稀に、婚約者が逃げ出すような事態もあるようですからな」

このトラゴという男、下品で浮かれた男かと思いきや、腐っても一代で成り上がってきた商会の長だけある。どこまでも追い詰め、逃げ道を塞ぐのが上手い。

「……ですが、まだ叔父様もいらっしゃいませんし」

「おや、私を待っていてくれたのか。であれば気にすることはない。さぁ、サインをするんだ」

「……叔父様」

タイミング良く叔父は人混みを縫って、私の前までやってきた。

スティーナ、叔父、トラゴ。皆の視線の圧が私に集中する。どう逃れるべきかと思案する私に、叔父が私の背を押した。

「ほら、お客様も皆見ている」

「……少し、手が痛くて」

こんな言い訳しか思い浮かばない自分に、心底がっかりする。だが、私の発言の何が面白かったのか、トラゴが声を上げて笑い出す。

「なるほど、手が痛いのでしたらサインは辛いでしょう。では、私がルイザ嬢の手を支えてあげましょう」

目の前に肉厚の手を差し出され、背筋がゾクッと寒くなる。

「触らないでください」

「おや、気分を損ねてしまったかね」

右手を左手で隠すように握り込む私に、トラゴは眉を下げた。

一向にペンを握ろうとしない私を見かねて、叔父がため息を吐きながら腕を組んだ。

「……ルイザ、あの狼がどうなっても良いのかね。折角、私の温情で生かしてやったというのに」

「エルには指一本触れないと約束したはずです」

「あぁ、約束したとも。お前が私の言うことをちゃんと聞くのならな」

サインをすれば、後々面倒なことになる。叔父のことだから、この婚約証書をすぐにでも神殿に提出するだろう。そうすれば私は正式にトラゴの婚約者となり、破談にするためには双方の婚約無効届を提出する必要がある。

トラゴが届けにサインをするとは思えない。

――でも、ここでサインをしなければ……叔父のことだから、脅しではなく本気でエルに危害を加えるつもりなのだろう。

今は従順なふりをし、神殿提出前にこの証書を奪う。それが私に今できる唯一の方法。そうだとわかっていても尚、この用紙にサインすることを心が拒否する。

「ルイザ」

急かすように耳元で私の名を呼ぶ叔父。

ペンを握る手が震える。何か、何かこの状況を打破するアイディアはないだろうか。頭をフル回転させ、周囲に助けを求めるように視線を向ける。

だが、興味津々にこちらを見ているだけで、誰一人助けになるような人物はいない。

皆、オーブリー伯爵家が直系から分家である叔父に手渡される瞬間を、余興の一種として楽しんでいるのだろう。

「ほら、早くサインをするんだ」

唇を噛み締めながら、名前の一文字一文字をゆっくりと書く。サイン欄に押し付けたペンにより、インクが滲み随分と不恰好な文字だった。

牢屋に入れられ、屈辱的な死を与えられた。その時は、これ以上の苦しみなど来ないと思っていた。それがまさか、再びこの人たちにより、自尊心を傷つけられることになろうとは。

怒りに震える私を、隣でニヤニヤと見ていたトラゴが揚々と婚約証書を覗き込んだ。

「この婚約式が終われば、すぐに君は私の屋敷に来るのだよ。結婚式の準備も急ピッチでさせている。……君がオーブリー伯爵家を名乗るのは、あと1ヶ月というところか」

――この婚約式の後、すぐにトラゴの屋敷に行くですって？　そんな話、聞いていない。

「そういえば、子爵が毛並みの良い狼を手に入れたと言っていたな。綺麗に血抜きを済ませてくれるようだから、すぐに私の取引先で素晴らしい毛皮にしてプレゼントしよう」

「……狼の……毛皮？」

――この人は、何を言っているの？

愕然としながら叔父の方へと振り返る。すると、今のやり取りを聞いていたであろう叔父は、楽しそうに目を細めた。

「えぇ。とある貴族が飼っていた狼でしてな。毛並みも素晴らしいですが、とかく大きくて威勢も良い。今頃はもう私の部下が処理している頃でしょう」

「手を……手を出さないと……そう、約束した……でしょう」

「ルイザはまだまだ子供だな。大事なのは口約束ではない。正式な証明あって初めて、約束というのは効力を持つのだよ」

「なっ……」

――許せない。……許せない！

私を心配してついて来てくれたエルの姿を思い浮かべ、目の前が怒りで真っ赤に染まる。

俯きながらワナワナと体を震わせる私の肩を、トラゴが摑んだ。

「そんな暗い顔をしなくても、ちゃんと可愛がってあげますからね」

その言葉を聞いた瞬間、何かがパチンと弾け飛んだ。

――……もう、無理。……こんな茶番、めちゃくちゃになれば良い。どうなっても良い。

「私に触らないで！」

そう叫びながら、トラゴの手を腕で弾き落とす。驚愕の顔を浮かべるトラゴを無視し、そのまま叔父に摑みかかろうとし、一歩踏み出したその瞬間。

「ルイザ」

遠くから、よく響く凜（りん）とした低音が耳に届き、私は動きを止めた。

――えっ、今……私の名を呼んだのは？

その声が聞こえた瞬間、私の意識は最早叔父にもトラゴにも、ましてやスティーナにも向かれていなかった。聞こえてきた音を探るように、ハッと振り返る。

すると先ほどまでの静寂が嘘のように、大広間の扉の方から大きなどよめきが聞こえてきた。

ざわざわと騒ぎながらも時折聞こえてくる感嘆の声に、叔父たちも招待客の注目が既に自分たちにないことを理解しているようだ。

「な、何よ！」

周囲の異様なざわめきに、スティーナが驚いたように上げた声も一瞬で掻き消された。

――何が起こっているの？

扉の前にごった返していた人混みが、サァッと波が引くように左右に分かれた。

「……クライド様？」

――まさか、そんなはずはない。彼がここにいるはずがない。だって、彼は……王都に来るはずがないのだから。

そう頭ではわかっているのに、それでもシャンデリアの輝きを浴びて、艶やかに煌めく黒髪の人物から目が逸らせない。

まるで磁石のように、その人の元へとフラフラと引き寄せられる。

「あの方は……」

「黒髪に琥珀の瞳……もしや」

「でもあの方には呪いの印があると。仮面をしているそうですもの」

「それにしても……この世のものとは思えないほど美しい」

もつれる足で広い大広間を抜けていくと、周囲からコソコソと噂する声が聞こえてくる。

——やっぱり、私が今見えている光景は幻でも何でもないのね。

何せ、黒髪に琥珀色の瞳の人間離れした美しさを持つ人など、クライド・リプスコムの他にこの国にいるはずもないのだから。

何故だろう。不思議と目頭が熱くなり、視界がぼやける。だけど徐々に近づくにつれ、ここが大広間で大勢の客で溢れていることなど忘れてしまう。目の前にいる彼だけしか、私の目には映っていない。

ゆっくりと歩いていた足は、段々と足早になる。そして、後5メートルほどというところで、クライド様は優しく目を細めて微笑んだ。

「ルイザ」

クライド様が私の名を呼んだ瞬間、私は溢れる気持ちを抑え切れないまま、クライド様の胸に飛び込んだ。

クライド様はそんな私の体を優しく受け止め、まるで宝物のように腕に閉じ込めた。

「ルイザ、綺麗だ。……俺のために用意したのではないと思うと、随分と妬けるが。だが、本当に美しいな」

顔を上げると、クライド様の琥珀色の両眼がどちらも私を見つめている。彼は私の頬を包みながら、嬉しそうに破顔した。

「……クライド様？」

「なんだ、俺のことがわからないのか？」

「だって……仮面が。それに痣も」

目の前の彼がクライド様だとわかっていて尚、まるで幻なのではないかと疑ってしまうのは、彼の容貌がいつもと違ったからだ。

今のクライド様は、仮面を着けていない。

——なぜ痣が消えているのかしら。一度だけ仮面を外した姿を見たことはあるが、左側には禍々しいイバラの紋様が刻まれていたはず。

それが、今はクライド様の透き通るような白い肌には、その美貌を邪魔するものは何もない。

だからこそ、この場にいる貴族たちも困惑していたのだろう。

黒髪に琥珀色の瞳という、クライド・リプスコムしか持ち得ない色を纏っていながら、噂に聞く痣が見当たらないのだから。

現に周囲を見渡してみれば、年頃の令嬢たちは皆、クライド様へ熱い視線を送っている。

「まさか……呪いが解けたのですか？」

期待を込めてそう尋ねるも、クライド様は眉を下げて曖昧に微笑んだ。

「そうであれば、どれほど良いか。だが、残念ながらそうではない」

「では、なぜ……」

「そう急かすな。その話はまた後でしよう。今は、この不愉快な状況をぶち壊すのが先だろう?」

忌々しそうに大広間の奥、叔父たちのいる場所を睨みつけながら、ニヤリと笑みを浮かべるクライド様に、私はハッとする。

「そ、そうでした。あの……私、クライド様にお伝えしなければならないことが……」

——エルのことを伝えなければ。

折角私について来てくれたにもかかわらず、エルが今危険な状況にいることを。

「実は、エルが……エルが大変なんです!」

「ルイザ、落ち着いて」

クライド様を大広間から連れ出そうと、彼の左腕を引っ張る。だが、クライド様は動じることなく、腕を摑む私の手の上から右手を重ねた。

「叔父様がエルを殺そうと! いえ、もしかしたら……もう」

「大丈夫だ。あいつは無事だ」

私の目を真剣な眼で見つめるクライド様に、困惑する。

なぜ、そこまで言い切れるのか。そんな私の疑問に気づいたかのように、クライド様は優しく微笑んだ。

「心配しなくて良い。あいつは、自分で抜け出したからな」

「えっ？」

この大広間に来る前に、クライド様はエルの状況を知り、助けに向かってくれていたのだろうか。そして、既に自力で危険を打破したエルに会っていたということだろうか。

「では……エルは、エルは今どこに」

「あぁ。すぐそこにいるさ。あいつはずっと、ルイザのことを見守ってきたのだからな」

そうクライド様が言った直後、再び大広間の扉が勢い良く開かれた。

戸惑いながら扉の方へと視線を向けた私は、大きく目を見開いた。

なぜなら、そこに……いるはずのない、ずっと探し求めていた人物がいたのだから。

「……おにい……様？」

生真面目が服を着ているような性格を表すように、そこにはピシッと姿勢を正し、脇目も振らずにこちらに向かってくるライナス・オーブリーの姿があった。

——さっきから一体何が起こっているというの？

呼吸も忘れたように息を飲んだ私は、思わずクラッと立ち眩(くら)みを起こす。だが、すかさず私の背を支えたのは、クライド様の逞しい腕だった。

「閣下、妹との距離が近いようですね。離れてください」

目の前までやって来たお兄様は、無表情ながらも刺々(とげとげ)しい物言いをする。だが、クライド様はそんなお兄様を楽しそうに見遣(や)った。

「嫌だと言ったら？」

ニヤリと笑うクライド様に、お兄様は不快そうにため息を吐く。

「無理やり離すまでですが？」

冷めた視線をクライド様に向けるお兄様を、私はおずおずと見上げた。

「本当に……ライナスお兄様なの？」

「まるで亡霊でも見ているような目だな。……本物の、お前の兄だ」

困ったように眉を下げたお兄様の表情は、昔よく見たものだ。私が我儘を言うと、決まっておお兄様はこのような表情をしていた。

会えなかった間に、より精悍な顔つきになった気がする。体も逞しく、立派な騎士の姿になっている。それでも私を見つめる切れ長の瞳は、何一つ変わっていない。

「本当に、本当に帰って来たのですね」

「あぁ、遅くなってすまない」

お兄様に会ったら、文句を沢山言ってやろうと思っていた。なぜこんなにも放置したのかと。私を、そして大事なオーブリー家をなぜ叔父になんか託したのか。

気が済むまで罵って、怒って、私の苦しみをわからせてやる。そう意気込んでいたのに。それなのに、私よりも傷ついたような顔をして肩を落とす姿を見たら、もうそんなことどうでもよくなってきてしまった。

――本当にずるい。

両親はいつもライナスはルイザに甘いと笑っていたが、私だって十分お兄様に甘いのかもしれない。

だって、怒りよりも悔しさよりも、お兄様に会えた嬉しさで歓喜に胸が震えるのだから。

「お兄様、違います」

「……俺は、また何か間違えてしまったのだろうか」

わざと怒ったように顔を背けながら冷たく言い放った私の言葉に、お兄様はシュンと肩を落とし、不安気な表情をする。

「えぇ、大きな間違いですよ！　昔からよく私に注意されていたではありませんか。家に帰って来たら、まず何と言うのですか？」

頬を膨らませて腕を組んだ私に、お兄様は「あぁ」と何かに気がついたように呟く。そして、珍しく吊り上がった目元を和らげて微笑みを浮かべた。

「ただいま。……ルイザ」

私の視線に合わせるように少し腰を折ったお兄様は、かつてと同じようにおずおずと手を出すと私の頭に置いた。

「ライナスお兄様、おかえりなさい」

じわりと溢れ出る涙を我慢しながら、笑みを浮かべる。それでも気持ちが溢れて、おそらく不恰好になっているだろう。

　そんな私を慰めるように、お兄様は頭を撫でた。相変わらずぎこちないその動きに、思わずクスッと笑みが漏れる。

「良かったな。ルイザ、それにライナス」

「クライド様は、やはりお兄様の居場所をご存知だったのですね」

「言っただろう？　ライナスは俺の騎士だと。それにお前が言ったのではないか。誇り高い騎士は任務を放り出さない、とな」

　婚約パーティーという場であることも忘れ、和やかな雰囲気が私たちの周りに流れた。

　だが、そんな兄妹の久々の再会も、ズカズカと人波を掻き分けて来た叔父の登場により壊された。

「ライナス！」

「あぁ、叔父上。お久しぶりですね」

　慌てたようにやって来た叔父に、お兄様は冷ややかな視線を向けた。

「ど、どうしてお前がここに」

「どうして？　自分の家に帰ってくることの何がおかしいのですか？」

「帰ってくるなら、連絡ぐらいしたらどうなんだ」

「叔父上こそ、私に連絡すべきことを怠ったのではありませんか？」

冷静に追及するお兄様に、叔父は動揺の色を隠せないようだった。クッと言葉を詰まらせる叔父に睨みをきかせながら、お兄様は周囲を見渡した。

「それで、叔父上。一体、この茶番は何ですか？」

「ライナス……これは、だな」

「私の知らないところで、ルイザの婚約が決まるなどおかしいでしょう」

「私は……その、お前がいつまでもルイザの縁談をまとめないから、代わりに……」

流石は国一番の騎士といわれた父によく似た兄だ。周囲を凍り付かせるほどの冷え冷えとしたオーラを纏わせて、お兄様は不快そうに眉を顰めた。それだけで、さっきまで威勢の良かった叔父のよく回る口も今は閉ざされ、額の汗をハンカチで何度も拭っている。

「あなたは何か勘違いをされているようですね。あなたがこの屋敷にいられるのは、あくまで伯爵補佐の仕事をするため。伯爵家の権限をあなたに与えた覚えはありません」

「だ、だが……留守の間にこの家を守ってきたのは、私だ」

悔しさを滲ませながらも、絞り出すように言った叔父にお兄様は深いため息を吐いた。

「私があなたに任せたのは、領地経営でも金銭管理でも、ましてやオーブリー伯爵家を守ることでもない。あなた方一家を屋敷に入れたのは、他ならぬルイザのためです」

――えっ、私？

驚きに口に手を当てながら、お兄様の強張った顔を凝視する。だが、お兄様は悔いたように顔を俯かせ、拳を力一杯握っている。

「両親が亡くなり、兄まで勤務で家を離れれば、幼いルイザはどれほど寂しい思いをするか。ルイザの側にいられないお前の代わりに、愛情を注ぎ立派に育てる。伯爵を継いだばかりの私に涙ながらに告げたあなたの言葉を、私は愚かにも信じました」

「し、信じてくれ。あれは本心だ！」

「……もうあなたの言葉は、一切信用しません」

まさか、叔父がそんなことを言っていたとは。

両親が生きていた頃、叔父はこのような人ではなかった。いつだって親切で優しく、口下手な父とは違い、社交的でひょうきんな人だった。だからこそ私は、叔父によく懐いていた。

もちろん、それは叔父の外面に過ぎなかったのだが。

だが、伯爵を継いだばかりのお兄様はまだ若く、背負うものが大き過ぎた。叔父の口車に乗せられたとしても仕方のないことだったのかもしれない。

「……ルイザがあなた方にどんな扱いをされていたのか、私は……知りもしなかった。ましてや、ルイザからの手紙を私に届けさせないように手を回し、私が送った手紙もプレゼントも本人に届けられることもなかったなんて」

「そ、それは……」

お兄様の言葉に「えっ」と驚きの声が漏れる。

――どういうこと？　私の手紙が届いていなかった？　それに、お兄様からの手紙やプレゼントって……一体、何を言っているの？

「ライナスが手紙を書ける日はそう多くない。それでも、いつだってお前の兄はお前のことを何よりも大切に想っていた」

困惑に頭を抱える私に、隣に並び立っていたクライド様が、私を気遣うように耳元でそう囁いた。

「そんな。……では、私は誤解を……」

「お前たち兄妹が一緒にいることができなかったのも、ここまで深い溝を作ってしまったのも、全ては俺に原因があるんだ。ルイザが気に病む必要はない」

クライド様は、「申し訳ない」と心痛な表情でそう私に告げた。

「ライナスが遠い辺境の地で文句も言わず任務を全うしていたのも、全てはルイザに不自由させないためだ。自分が父の後を継ぎ、立派な伯爵としてオーブリー家を守ることが、ルイザのためだと愚直に信じていたのだ」

「お兄様……本当ですか？」

手紙もプレゼントも、私とお兄様の仲を裂くために、叔父が処分していたというのなら……。

クライド様の言うように、本当にお兄様は私のことをずっと忘れずに想ってくれていたのかもしれない。

期待を込めた視線に、お兄様は唇を噛んだ。

「……すまない。俺は自分がしっかりすることこそが、ルイザに不自由のない生活をさせるために必要なことだと思っていた。ルイザが俺に何を求めていたのか、理解できていなかったんだ」

「お兄様も大変だったでしょうに、私……自分のことばかり」

「いや。どんな状況であれ、どんな姿であれ、俺は自分の目でルイザの状況を知り、成長を見守るべきだったんだ。たとえ僅かな時間であっても、ペンを取るのでなく、足を使ってルイザの元へ行くべきだった」

「……そのお言葉だけで十分です」

お兄様の言葉には、嘘偽りなどない。だからだろうか、凝り固まっていたお兄様への疑心も、過去に抱いていた虚しさも、そのほとんどが昇華されていく気がする。

なぜ未来では、お兄様がクライド様に加担し、私を苦しめることになったのか。その疑問は解消されないものの、過去や未来がどうであれ、今ここにいるお兄様は私を裏切ることなどない。

そう信じることができる。

「俺はずっと、ルイザの幸せだけを願っている。……これは、本当だ」

「ええ、信じます」

「だからこそ、今この状況に怒りしか感じない」

お兄様は、今にも剣を抜きそうなほどに怒気を含んだ顔を叔父へと向けた。

「直系の令嬢に対し、分家であるあなたが勝手に縁談をまとめるなどあって良いはずがない」

「ライナス、落ち着いて話をしよう。私はただ、良かれと思って」

落ち着きがないのはどちらの方なのか。叔父は、お兄様とクライド様に挟まれて今にも倒れそうなほどに顔色を悪くしている。

「ルイザ、この結婚はお前の希望か？」

「ち、違います！　私はこの結婚を希望しておりません」

首を横に振る私に、お兄様は頷いた。

「本人が否定しています。では、やはり叔父上が勝手にしたこと、ということですね」

自身をキツく睨みつけるお兄様に、叔父は「ウッ」と一歩後退り（あとずさり）した。だが、すぐ後ろでことの成り行きを見ていたトラゴの足に軽くぶつかると、ハッとしたように目を見開いた。

「そ、そうだ」

叔父は何かを探るように、ゴソゴソと自分の服のポケット全てに手を当てる。叔父の手が内ポケットへと当たった瞬間、先ほどまでの弱々しさを一変させ、ニヤリと怪しい笑みを浮かべた。

「いや、確かにルイザはこの結婚を認めた」

「えっ？　私、認めていません！」

強く否定する私の目の前に、叔父は1枚の紙を広げてみせた。

「あっ、これは……」

その紙は、先ほど私が署名してしまった婚約証書だった。

「このサインがある限り、これは正式に認められた縁だ。いくらお前が反対しようと、もうまとまったことなのだ」

「違います！　これは脅されて！」

叔父から婚約証書を取り上げようと、手を伸ばす。だが、それに手が届く寸前に私の手を誰かが摑み、阻んだ。摑んだ手の持ち主へと顔を向けると、そこにはスティーナがいた。

「あら、ルイザ。この場にいる全ての人が証人よ。あなたは間違いなく、自分の意思で署名した。ねぇ、そうでしょう？」

スティーナは近くにいた男性にそう問いかけた。男性は突然話を振られて、オロオロと戸惑いながら視線を彷徨（さまよ）わせた。

「見ていましたよね。クイースト子爵？」

今やスティーナは時の人だ。ミヒル殿下の婚約者候補と噂される彼女を無下（むげ）にできる人物はそういないだろう。

名指しされたその男性は、慌てたように首を何度も縦に振った。

「は、はい。確かに……その通りです」

一人がそう言うと、先ほどまで静かだった周囲も徐々にザワザワと騒がしくなる。

「わ、私も見ました」

「そうね。子爵が脅しているところなど、私は見ていないわ」

あちらこちらと聞こえてくる声に、血の気が引く。

「そ、そんな」

ほらな、と勝ち誇った顔で口角を上げる叔父に、私は唇を噛み締める。

「ライナス。お前は先ほど、家長の許しがないから無効だと言っていた。だが、当人たちの希望だけでなく、国王陛下からの許しもある。この縁組は既にお前が介入する問題ではないのだ」

国王陛下の名が出た瞬間、勝敗は決まった。

先ほどまでお兄様にあった風向きも、今や形勢逆転というように客たちは皆、陛下が認めたのならば自分たちがとやかく言うことではないと口を噤んでしまった。

愕然としながら首を動かすと、スティーナの爛々と輝く瞳とぶつかった。彼女は私だけに見えるように口を開いた。

「ざ・ん・ね・ん・で・し・た」

声に出さずに、口の動きだけでスティーナは私にそう言うと、心から楽しそうに笑みを作った。

悔しさに歯を食いしばる。そうしなければ、今この場でスティーナを罵る言葉が溢れ出そうだったから。

――あの時、やっぱり何が何でもサインを拒否するべきだった。

そう後悔に打ちひしがれ俯く私の上に、大きな影が覆った。

「おかしな話だ」

その声に顔を上げると、目の前にはクライド様の大きな背中があった。

「リプスコム公爵。……失礼ですが、何がおかしいのですか」

腕を組んであからさまに高圧的に振る舞うクライド様に、叔父は不快そうに眉を顰めた。

「なぜって、そもそもルイザがこの縁談を希望すること自体がおかしい話だろう」

「……公爵は、姪のことをあまりご存知ないと思いますが、どうしてそのようにお思いになるのでしょう」

ピクッと目尻を痙攣させ、笑みが引き攣る叔父に、クライド様は僅かに首を傾けた。

「ルイザには、既に将来を誓い合った相手がいる。だから、おかしいと言っているんだ」

「はっ？　仰っている意味がよくわかりません」

「だから、ルイザの婚約者は別にいると言っているんだ」

クライド様の言葉に、この場にいる者たちは皆、驚きに目を丸くした。と同時に、私もまたクライド様の発言に驚愕し、混乱に陥っていた。

「クライド様……あの」

「今は黙っていろ」

慌ててクライド様の腕を引く私に、彼は耳元で囁いた。

「相手は……本当に将来を誓い合った者がいるというなら、この場に出てくるだろう！　このように口から出まかせを言うなど、いくら公爵といえど……」

「は？」

激昂する叔父の胸ぐらを掴みながら凄むクライド様に、叔父は「ヒッ」と引き攣った声を出した。

「お前の目は節穴か？　だから俺が今、ここにいるのだろう？」

最近は忘れていた。クライド・リプスコムという人物が、遠慮なく威圧感を出した時の威力を。クライド様の地を這う低音は、まるで地響きのように空気を震わせ、一気に室温が氷点下まで下がったかのように思わせた。

クライド様の怒りを真っ向からぶつけられた叔父は、顔面蒼白で唇を震わせた。

「つ……つまり？」

叔父がゴクッと唾を飲む音がここまで聞こえる。それほど、今この場所は静寂に包まれており、皆が次のクライド様の発言に注目しているということだろう。

私もまた、クライド様が何を言うつもりなのか、固唾を飲む。すると、クライド様はそんな私にチラッと視線を向けた。

私と目が合うと、クライド様は先ほどまでの凍てついた表情から一転、蕾が綻ぶように目を細めた。ドキッと胸が高鳴る私にクライド様は大きく頷くと、私の肩を抱いた。

そして、愉快そうに口の端を上げながら口を開いた。

「ルイザの婚約者は、この俺……クライド・リプスコムだ」

まるでこの場にいる全員に宣言するように、よく響く声でクライド様はそう言い放った。その発言に、私を含めた皆が驚愕の声を上げた。

――婚約者って……クライド様、一体何を……。

驚きに目を見開く私に、クライド様は笑みを深めた。

「子爵、どういうことだ！」

「いえ、私も初耳のことで」

「話が違うではありませんか！」

クライド様の発言に一番動揺を見せたのはトラゴだった。彼は叔父に詰め寄りながら、「私を騙したのか」と顔を真っ赤にした。

「俺と婚約を結んでいたルイザは、おかしなことに子爵に急遽呼び出された。何かと思えば、勝手に縁談を結んだだけでなく、彼女を屋敷内で監禁し、外部と連絡を取れないようにしたそうだな」

「なっ、そのようなことは」

「ルイザが言うように、婚約証書に署名をするように差し向けたのも、何か裏があってのことなのだろうな」

悔しそうに唇を嚙む叔父は、婚約証書を持つ手も震えてしまっている。

「ですが、これは正式な書類……。私はルイザの叔父です。保護者という立場にありながら、今の今まで、あなたとの仲など聞かされたこともありません。本当に婚約者だというのですか」

「俺を疑っていると？」

「と、とんでもございません。ですが……」

「そもそもオーブリー伯爵家の令嬢と、あくどい噂が絶えない成り上がり商人が縁談を結ぶということ自体がおかしな話だ」

不快に細められた視線を向けられたトラゴが、「なっ！」と抗議の声を上げようとするも、一層強まったクライド様の高圧的なオーラに口を噤んだ。

「本当に陛下の許しがあったのか。子爵と父の間に、どのようなやり取りがあったのか、俺自らが聞きに行こう」

「そ、それだけは……」

叔父の反応に私は眉を顰めた。

陛下の許しを得たというのは、もしかしてハッタリだったの？　口の上手い叔父のことだ。書類さえ揃えばどうにでもなると思っていた可能性さえ出てきた。

「ライナス、あれを」

クライド様がそう告げると、お兄様は胸元に仕舞っていた封筒から1枚の紙を取り出した。そして、それをトラゴにだけ見えるように彼の目の前に掲げた。

不審そうにその紙へと視線を這わすトラゴは、その紙に何が書かれているのか理解すると、一瞬のうちに表情を一変させた。

赤かった顔が一気に真っ青になり、ダラダラと額から汗が噴き出すトラゴに、私は眉を寄せた。

――何？　一体、あの紙に何が書かれているの？

「な、なぜ……」

「これを今すぐ明るみに出しても、俺は全く困らない」

フンと鼻を鳴らすクライド様に、叔父の視線はトラゴとクライド様の間を何度も行ったり来たりする。そして、ついには顔面蒼白で立ち竦むトラゴの視線の先にある紙を慌てたように確認しに行った。

ライナスお兄様の持つ紙を奪うように取った叔父は、そこに書かれた文字を読むや否や、紙を持つ手が震え。顔を歪めた。

「なぜ、これを……」

「この件は、子爵も関わっていることなのだろう？　いや、答えずとも良い。調べればすぐにわかることだからな」

「……悪魔め」

吐き捨てるように言った叔父の言葉に、クライド様は鼻で笑った。

「どうする気だ？　俺の婚約者を奪う覚悟がある、と？」

「……も、申し訳……ございま……せん。今回のことは、なかったことに……」

恥も外聞もかなぐり捨てて、トラゴは床に額を擦り付けるように深く土下座をした。

「トラゴ様！　一体、どういうことですか！」

トラゴの行動に焦った叔父が彼を立たせようと腕を引く。だが、立ち上がったトラゴは叔父の体をドンと突き放した。

「公爵に目をつけられて、呪い殺されるよりもマシだ！　私はもう帰る！」

「な、何を言っているのですか。婚約式はどうするのですか！」

「婚約式？　そんなのは無効だ！　あなたとの今後の付き合いは、これから考えさせていただきます」

「平民風情が何を言うか！」

「……地獄に行く時は、道連れにしますからな」

「なっ、こら。待て！」

何度も躓きながら逃げるようにこの場を立ち去るトラゴを、叔父は手を伸ばしながら呆然と見送った。

残った叔父に周囲から向けられた視線は、失笑混じりの冷ややかなものだった。皆、叔父から距離を置き、誰も近づこうとしなかった。普段から人に囲まれていた叔父が嘘のように、弁護する者も擁護する者もいない。

「……スティーナ」

「わ、私は関係ありませんから」

叔父は縋るようにスティーナを呼んだ。だが、先ほどから気配を消していたスティーナは、扇で顔を隠しながら気まずそうに視線を逸らした。

――こういうところは、本当に親子そっくりね。

周囲の視線に耐えられなかったのか、スティーナは私をキッと強く睨みつけながら踵を返した。

それをヒソヒソと囁き合いながら眉を顰めたのは、つい先ほどまでスティーナを未来の王子妃と持て囃していた者たちだ。

これが貴族社会の残酷なところ。直前まで親友のように振る舞っていた者たちも、空気の流れを読んでサッと消えていくのだもの。

だけど同情はできない。叔父やスティーナから、私はこれ以上の屈辱と苦しみを味わってきたのだから。

「さて」

クライド様の凛とした声は、この大広間によく響く。

「このような豪華な宴が開かれていたようだが……。まるで王宮舞踏会のような規模だな。この国の貴族たちは、暇人ばかりなのか？　このような茶番に付き合うなど本当に滑稽だな」

随分と辛辣な物言いに、こちらがハラハラとする。だが、クライド様の自由な振る舞いには、何か理由があるのか。

クライド様は私の肩に回した手に更に力を込め、私を胸に引き寄せた。

「それとも、今日の宴は俺とルイザの婚約を祝うため、ということで合っているか？　なぁ、ライナス」

「……はい。その通りかと」

急に振られたお兄様は、深いため息を吐きながら頷いた。

「そうか。では、オーブリー伯爵、改めて挨拶を。……あぁ、義兄上とでも呼んだ方が良いか？」

「閣下、冗談が過ぎます」

表情のあまり変わらないお兄様が、こんなにも嫌そうに眉を顰めるとは。

思わずクスッと笑みが漏れる私に、お兄様は目を細めた。そして一歩前へと出ると、両手を大きく広げた。

「さて、皆様。挨拶が遅くなりましたが、本日は妹と……リプスコム公爵の婚約パーティーにお越しいただきありがとうございます」

お兄様の言葉に、招待客の一人が拍手をした。それが徐々に伝染し、大広間は大拍手に包まれる。それに対し、私は曖昧に微笑むことしかできなかった。

そして、拍手が一頻り収まると、再びお兄様は口を開いた。

「余興も終わったことですし、歓談をお楽しみください」

余興、という言葉に招待客たちはどこかホッと安堵の笑みを見せる。

「余興？　そ、そう……だよな。まさか、オーブリー伯爵令嬢が平民の後妻など」

「そ、そうですわよね。あぁ、あの今流行りの劇をなぞったのかしら」

「ライナス様が久々に表舞台に出たのだもの。まさかこのような余興を用意されていたとは。しかも、リプスコム公爵までそれに乗るだなんて。噂は当てにならないものですわね」

お兄様の合図で、待機していた楽団たちが美しいワルツを演奏し始めた。すると、先ほどまでの騒ぎなどなかったかのように、表向きは普通のパーティーの続きが始まった。

——とりあえずは、クライド様のおかげで収まった。だけど……これからどうするべきなのかしら。

クライド様へと顔を向けると、クライド様は「ん？」と優しく目元を和らげた。

——う、美しい。……ではなくて。

「クライド様、あの……」

おずおずと見上げる私が全てを言い切る前に、先に動いたのはお兄様だった。

「閣下、妹との婚約騒動はどう収めるおつもりですか？」

お兄様は腕を組みながら、眉を寄せて不機嫌さを露わにした。だが、クライド様は愉快そうにニヤリと笑みを浮かべる。

「収める必要があるか？」

「……閣下」

頭を抑えながらため息を吐くお兄様の肩を、クライド様はポンと労るように叩く。だが、すぐに私の肩を抱きながら、お兄様に背を向けた。

「この騒動を収めたいのであれば、それはお前の仕事だ」

「このままにすると？」

「あぁ、今日のパーティーはお前に任せる。……俺は、ルイザと話をしてくるからな」

「えっ？」

「ほら、行くぞ」

「で、でも……お兄様が」

折角会えたお兄様に、また会えなくなったら困る。怒りは収まっているとはいえ、まだ聞きたいことは沢山あるのだから。

クライド様は、私が何を言いたいのかわかっているようで、「大丈夫だ」とにっこりと笑った。

「ライナスは後から来る。面倒ごとを片付ける時間が必要だろう」

「お兄様お一人に任せてしまって良いのでしょうか」

「あいつはオーブリー伯爵だ。この家の問題を片付けるのも仕事のうちだ」

振り返った先にいたお兄様は、困ったように頭を掻き、人の輪の中に入って行った。

◇

大広間から抜け出した私とクライド様は、廊下で顔を見合わせた。その瞬間、緊張の糸が解れたのか、頬が緩む。

「クライド様にはいつも驚かされてばかりです」

「それは俺のセリフだ。今回の件だって、お前の顔を見るまでどれほど心配だったか」

眉を下げて微笑むクライド様に、キュッと胸が締め付けられる。

「ありがとうございます。あの……」

クライド様に話したいことは沢山ある。私はまず何から聞こうかと考えながら口を開く。

だが、来客の絶えないパーティー会場では廊下の向こうから人の靴音が聞こえ、慌てて口を噤む。

「廊下で立ち話も何ですし……宜しければ庭園に行きませんか？　私がこの屋敷で一番好きな場所なんです」

内緒話をするように声を顰めた私に、クライド様は僅かに耳を私の顔へと寄せながら、優しく微笑みを浮かべた。

「あぁ。それは、ぜひ案内して欲しい場所だ」

いつも凛々しい目元を柔らかく細め、嬉しそうな声色で囁くクライド様に、思わず頬に熱が集まる。

——仮面がないから？　いつにも増してドキドキしてしまうわ。

「ちょっと待っていてください。今、ランタンを持って来ますね」

私は頬の紅潮を隠すように両手で頬を包みながら、くるりと背を向けた。

「一緒に取りに行こう」

心配そうなクライド様の表情に、思わず「ふふっ」と笑みが漏れる。

「廊下を曲がったすぐ向こうの物置部屋から取ってくるだけですから。ここで待っていてください」

「……わかった」

少しだけ不服そうにしながらも渋々頷くクライド様に、私はまたクスッと肩が揺れた。

◇

ランタンを手に取り物置部屋から出ると、目の前には予想外の人物が立っていた。

「ルイザ・オーブリー伯爵令嬢？」

現れたのは、ミヒル・エクルストン殿下。まさか、ここで会うとは思っていなかった人に、私は一瞬眉間に皺を寄せる。

「あなたは……」

だが、すぐに立ち上がると膝を折り頭を下げた。

「殿下、本日はお越しくださりありがとうございます」

「いや、来るのが遅れてしまってすまない」

クライド様と顔の作りは似ている。だけど、まるで作り物のように美しい笑みを浮かべたミヒル殿下は、クライド様とは似ても似つかない。

「一応、初めまして。になるのかな？」

含みを持たせたその言い方に、思わず笑みを作った口元がピクリと痙攣する。

「一応も何も、初対面です。殿下」

「へぇ、新鮮だな。そんな反応をされたのは初めてだ。ルイザ嬢は随分と警戒心が強いタイプなのかな」

「ご不快に思われたのなら、申し訳ありません」

「あぁ、そんな謝らないで。魅力的だなって思っているだけだよ」

首を傾げた拍子に美しい金髪がさらりと揺れる。恥ずかし気に僅かに頬を染めて笑みを浮かべる姿は、どんな女性であっても魅了されるだろう。過去の私もそうだったように。

だが、ミヒル殿下の本性を知っている今、胡散臭い微笑みだとしか思えない。

彼が微笑むその裏で、どんなことを考え、企んでいるのかわからないのだから。

「ところで、今日の婚約式……君が婚約した相手がクライド・リプスコム……つまりは、僕の兄だと聞いたのだけど、それは本当かな？」

ミヒル殿下は大広間にはいなかった。それなのに、私がクライド様と婚約したという話を聞きつけて、急いで駆けつけたのだろう。

「えぇ、本当です」

キッパリとそう言った私に、ミヒル殿下の目が大きく開いた。

「へ、へぇ。意外だな。僕が前もって聞いていた話だと、君の婚約相手は違う名だったから……」

「間違った情報が殿下の元に届いていたようですね。……私の婚約者は、リプスコム公爵で間違いありません」

「……兄上に婚約するような相手がいただなんて。聞いていなかった」

ピクッと目元を痙攣させ、驚きに動揺を見せたのは一瞬。ミヒル殿下はすぐに取り繕うように、いつもの優しい笑みを浮かべながら、眉を下げた。

「それは……おめでとう。兄上にも直接お祝いを伝えたいのだけど、まだ大広間にいるのかな？」

「いえ、リプスコム公爵は……先ほど、屋敷を出られました」

この廊下を曲がった先にクライド様はいる。そう告げれば、おそらくミヒル殿下は、すぐにクライド様の元へと向かうだろう。

だからこそ、私は嘘を吐いた。

「どこに行ったのか、知っている？」

「忙しい方ですので、リプスコム領に戻ったかと」

俯きながらそう答えると、ミヒル殿下は残念そうに「そうか」と呟いた。

「もう少し早くここに来ていたら、僕も兄上と久々に話せたかもしれなかったのか。……それは残念だ」

心底悲しそうに肩を竦めるミヒル殿下に、私はドレスの下で全身に鳥肌が立つ。

――よく言うわ。あなたがクライド様のことをどれほど嫌っているか。私はよく知っているもの。

クライド様の共犯者だと疑われただけで、地獄の苦しみを与えようとする人物だ。世間では完璧な王子、天使のような性格だと持て囃されているミヒル殿下。

だが、悪魔と称されるクライド様よりよっぽど悪魔なのは、この人の方だ。

クライド様がミヒル殿下に対して罪悪感や憧憬（しょうけい）の念を抱いていることは、私も気づいている。

だけど、ミヒル殿下が危険だと知っている以上、彼に近づいて欲しくない。

俯いたままの私に、ミヒル殿下は何を思ったのか「大丈夫？」と優しい声色で問う。

――大丈夫……って何？

今この状況に対してであれば、全然大丈夫ではない。キッパリとそう答えて、今すぐここから逃げ出したいほどだ。

顔を上げると、ミヒル殿下は気遣うように私の顔を覗き込んでいた。

「君は、本当にクライド・リプスコム公爵との婚約を望んでいるの？　もし、何か事情があるのなら、少しは力になれると思うんだ」

「……あぁ、そういうこと……ですか」

おそらく先ほどの大丈夫かという問いは、私の表情を見て聞いたのか。ミヒル殿下と会ったからこそ警戒心を強め、張り詰めた空気を纏う私だったが、ミヒル殿下はこの婚約により落ち込んでいると誤解しているのだろう。

漏れそうになるため息をグッと我慢し、私はあえてにっこりと口角を上げた。

「もし、殿下が仰る事情というものが……クライド様との婚約が、誰かに脅されて仕方なくとか、何かしらの契約がある、などを指しているのでしたら、それは違います」

「え？」

「私は私の意志で、クライド様と一緒にいたいと……そう願っているのですから」

ミヒル殿下は私のはっきりとした物言いに、目を見開く。眉間に皺を寄せて探るような視線をこちらに向けるミヒル殿下に、私は鈍感なふりをして笑みを深めた。

「……君は呪いが怖くないの？」

「怖くありません。クライド様の身に受けた呪いと、本人は関係がありませんから。クライド様ご自身はとてもお優しい方です」

はっきりと言い切る私に、ミヒル殿下は一瞬冷めた視線を寄越した。その瞬間、ゾクッと悪寒が走る。

「へぇ。……随分と面白い話だね」

「本当のことですから」

何が面白いのか。ミヒル殿下は、目は一切笑わないまま、クスクスと肩を揺らした。

「兄上が母上を殺したことを知っている？」

「……はい」

まさかこんな直球でその話に切り込んでくるとは。

ミヒル殿下の意図がわからず、彼を見つめる視線に力が入る。

「次は君が殺されるかも、って思わないの？」

「思いません」

「25歳になったら死んでしまうとしても？」

「それは！　……呪いが解けなかったらの話ですから」

心底楽しそうに微笑むミヒル殿下は、最早取り繕うことをやめたのだろうか。

先ほどまで兄を慕うふりをしていた仮面を投げ出し、今は何を考えているのかわからない怪し気な色をその目に宿した。

クライド様の婚約者だと告げた私は、既にミヒル殿下に敵だと思われているのかもしれない。

「……君は、兄上の呪いを解きたいんだ？」

意外そうに驚いてみせたミヒル殿下に、私は怒りが湧き上がる。

苛立ちを顔に出さないようにと両手を組んでギュッと強く握りしめる。

「もちろんです」

「そうか。……なるほど？」

私の答えに、ミヒル殿下は顎に手を当てて何やら思案している。

——何を考えているのかしら。

一向に立ち去る様子もなく、黙ったまま考え込むミヒル殿下に、最早私は我慢の限界に達していた。

「もう宜しいでしょうか？　少し風に当たりたいので」

ランタンをギュッと握りしめて、形式のみの礼をする。それでも反応しないミヒル殿下に眉を顰めながら、私は「失礼します」とだけ告げて、踵を返す。

歩き出そうとしたその瞬間、後ろから「ねぇ」とミヒル殿下の楽し気な声が聞こえてきた。

不信感を隠しもせず振り返ると、ミヒル殿下は再び美しい笑みを浮かべてこちらを見ていた。

「……今度、お茶でもどうかな?」

「私をお茶会に誘うと?」

「あぁ。君は王宮のお茶会に参加したことがないだろう? だから、もっと君の人となりを知りたいと思ったんだ」

「……知る必要がありますか?」

「もちろん。君は王家の剣であるオーブリー伯爵家のご令嬢だ。……スティーナ嬢よりも、よっぽど王宮が似合うと思うよ」

——一体、どういうつもり? これではまるで私を王子妃候補にしたい、と言っているようなものじゃない。

苛立ちにランタンを握る力が強くなる。

「私がリプスコム公爵の婚約者であると知りながら?」

不快感を露わにする私に気がついているだろうに、ミヒル殿下はきょとんと不思議そうに首を傾げた。

「まだ神殿には書類を提出していないのだろう? 君にはまだ選択肢があるはずだ」

——それは、クライド様を選ぶよりも、自分を選んだ方が賢明だとでも言いたいのかしら。自分にはクライド様を超えるほどの価値があると?

まじまじとミヒル殿下を見遣る。そこには過去と同じく、表向きは誰もが憧れる理想の王子様の姿があった。

だけど、私は知っている。彼の美しく着飾った中身には恐ろしい悪魔が潜んでいることを。

「殿下、この世で一番恐ろしいものは何だと思いますか？」

「一番恐ろしいもの？」

「私は人の心だと思っています。嫉妬、憎悪、怨恨……王都にはこれらの心を持った者で溢れています。……私もその一人でした」

貴族社会というものは、華やかに見えて恐ろしいものだ。地位、人脈、運。そんなもので人生が一瞬のうちにひっくり返る。

悪意に溢れた場所で、私もまた真っ黒な世界に染まっていた。それが当たり前だと疑問にも感じず。

だけど……私はもう、そんな生き方はしたくない。誰かによって、生き方だけでなく死に方さえも決められるなんて、そんなの耐えられない。

「……どういう意味かな？」

「私は、誰よりも美しい心を持つクライド様といると、そういった醜い復讐心を忘れられるんです。彼に相応しい自分でいたいと願えるから」

「クライド・リプスコムが……美しい、だと？」

まるで、あの醜い悪魔が美しい？　とでも言いたげに顔を歪めたミヒル殿下に、心の中でため息を吐く。

「はい。私が知る中で、誰よりも」

さっきまであった緊張感も嫌悪感も恐怖心も、不思議とどこかへ消え去っていく。私を殺した人と対峙（たいじ）しているというのに、今の私はなぜだかとても冷静だ。

呆然とした表情を浮かべたミヒル殿下のこの顔は、初めて見るものだな、などと頭で考えることさえできる。

過去の私は、ミヒル・エクルストンの表面だけを見て恋と錯覚していた。王子という肩書き、美しい容姿、柔らかな物腰、全てが私の理想とする男性の要素だった。

だが、そんな幻想を打ち砕いたのもまた、ミヒル殿下だった。

――今となっては、もうミヒル殿下にもスティーナにも地獄を味わわせたいなんて考えもない。

この人たちがどうなろうと、今の私には何ら関係ないのだから。

一度死んだ私は、もう過去には戻らない。

だからこそ、未来の私はもう彼らに振り回されたくもない。

私はもう新しい人生を生き直しているのだから。

「もう過去の自分には戻りません。同じ過ちは繰り返したくないので」

――さようなら、私の過去の婚約者。そして、私の命を奪った……だけど、私が生き直すきっかけとなった人。

「では、本当に失礼します」

簡易的に礼をし、クルッと踵を返す。王族相手に失礼な行為だとわかってはいるが、それでも今すぐこの場から立ち去りたかった。

私は、もう怒りに支配されるような人間にはなりたくない。クライド様と共に、穏やかな気持ちでリプスコム城に帰りたいのだから。

ミヒル殿下も、私を引き止めることはなかった。いや、正確には引き止めるほどの余裕がなかった、といったところだろう。

彼はいつもの優しく完璧な王子の姿を消し、屈辱に滲んだ表情で、唇を強く噛み締めた。

7 この感情の名前

ミヒル殿下の元から去り、廊下で私を待つクライド様を見つけた瞬間、安堵感に涙が溢れ出しそうになった。だが、「随分と遅かったな。心配した」と眉を下げるクライド様の姿に、さっきまでの嫌な感情全てが吹き飛んで、昇華されていくのを感じた。

ランタンを手に、私とクライド様は星明かりが煌めく夜の庭園へと並んで歩いた。

庭園を一回りしベンチに着くと、クライド様は夜は冷えるだろうからと、自分のマントを私の肩に掛けてくれた。

肩を寄せ合いながらベンチに腰掛け、星空を見上げる。それだけで、心が満たされていくのを感じる。

「クライド様、あの……まず何からお聞きすれば良いのか」

オーブリー家に戻ってから落ち着く暇もなかった。それに、今日1日で色んなことがあり過ぎた。

未だ頭の整理がつかないまま唸る私に、クライド様は真っ直ぐな視線を向けた。

「何でも答えよう」

こちらを見つめる琥珀色の両目はとても美しく、まるで今夜の満月のように光り輝いている。

なぜここにいるのか。エルの無事をどう知ったのか。それに、トラゴに見せた紙には何が書かれていたのか。疑問は無限に浮かんでくる。

だがそれよりもまず、私がどうしても確認したいこと。それは……。

「で、では……。まずは、どうして仮面を外されているのですか？　痣も消えているようですが」

一番気になること。それは、今のクライド様の姿だ。

仮面を外し痣のない姿は、クライド様の美しい素顔が露わになり、人間離れした美貌を強調していた。

「呪いが解けた訳ではないと仰っていましたが、何か特殊な術でもかけているのですか？」

私の問いに、クライド様は人差し指を空へと指した。クライド様の指差す方へ視線を向けると、そこには闇夜に一際(ひときわ)輝く満月があった。

「今日は満月だろう？」

「えぇ。リプスコム領は曇り空も多く、満月も久しぶりに見ますね」

今日の空は雲がない。こんなにも美しい満月を眺めるのはいつぶりだろうか。

沢山の煌めく星たちの中、満月は一層美しい。月を囲むように虹色の光が覆(おお)っているようにも見える。

「雲一つない満月の夜の間だけ、呪いは消えるんだ」

ポツリと呟いたクライド様の声に、私は驚きに目を見開いた。

「呪いが消える？　では、痛みも？」

「あぁ、今はない」

クライド様の顔色を注意深く観察すると、確かに今は苦痛の色もなく穏やかに微笑んでいる。

――雲一つない満月の日。それは唯一、クライド様がゆっくりと休める日に違いない。

「そんな大事な日に、わざわざ私のためにこんなにも遠くまで来てくださったのですか？」

申し訳なさに眉を下げる私に、クライド様は首を横に振った。

「今日が満月であろうとなかろうと、俺はここに駆けつけただろう」

「クライド様……」

「だが、これほどタイミング良く、今日が満月の夜だったことに感謝したい。お陰で、いけすかない連中の驚く顔が見れたよ」

楽しそうに目を細めるクライド様に、私はもう一つの疑問が浮かんできた。

「そ、そうです。なぜリプスコム領から来られたのですか？　私、手紙も書くことが出来ませんでしたから」

「デレクが調べてくれたんだ。お前が変態の餌食(えじき)になる、となﾞ」

「デレク様が？」

私のことを嫌っていたはずのデレク様が、私のために調べてくれただなんて。リプスコム城から この屋敷に帰る時でさえ、『もう帰って来なくていいぞ』と舌を出していたというのに。

――デレク様が私のために……。

ある種の衝撃に、私は驚きもありつつ感動でいっぱいだった。

「調べてくださったこととというのは、具体的にどのようなことだったのですか？」

「あのトラゴという男は、酒にギャンブルに暴力と随分と酷い奴だ。禁止されている奴隷売買にも関わっているという噂もある」

「奴隷売買ですって？」

「あぁ。先ほどトラゴに見せた紙は、近日行われる予定の奴隷オークションにトラゴが関わっているという証拠だ」

「なっ！　でしたら、トラゴをあの場で捕まえた方が良かったのではありませんか？　逃げられたり、証拠を消されでもしたら」

焦る私を他所に、クライド様は随分と落ち着いた態度だ。

「……もしかして、何か手を打っているのですか？」

「あぁ、その辺りはもう動いている。今夜中には牢屋に入ることになるだろう」

用意周到なクライド様に、感情的に突っ走ってしまう自分との違いが浮き彫りになったようで恥じ入る気持ちもあるが、それよりも感心する気持ちの方が大きい。

「今の話で叔父がなぜこの縁談を進めたのか、はっきりとわかりました」

「おそらく、トラゴの金だろうな」

「えぇ、それが一番大きいと思います。でも、もう一つ理由があるのでしょう。……彼らは私やお兄様を邪魔に思っています。でも、ただ排除したいというよりも、より不幸に……惨めな思いをさせたいのでしょう。だからこそ、不幸になることがわかっていて、トラゴに嫁がせようとしていたのですね」

叔父は自分が次男だったからこそ、長男の父に全てを奪われたと思っていた。同じオーブリー家に生まれながらも、本家と分家という大きな隔たりは、叔父に劣等感を植え付け、長年の恨みに変わっていった。

それは積もり積もって父の子供である私たちへも向けられた。

「自分の持っているものに目を向けず、人を羨むばかりとは……何とも侘しい人だな」

侘しい人か。そんな目で叔父を見たことがなかった。

「そうなのかもしれませんね」

「そういう奴は、人のものを奪ったとしても、手に入れたものを大切にすることはないだろう。人のものを手に入れるという目的から、いつの間にか奪うという手段の快楽に酔ってしまった結果だ。上辺ばかり着飾ろうと、中身が空っぽであれば人の心は満たされない。手に入ったものでさえ満足ができなくなり、欲は膨らむばかりだ」

クライド様が語るのは、まさに叔父やスティーナそのものだ。

「お前の叔父に関しても、裏金が流れている可能性が高い。そうなれば、オーブリー伯爵家にも責任が問われる可能性がある。だが、その辺りはライナスがどうにかするだろうし、何より俺もフォローするつもりだ」

「……ぜひ徹底的に追及してしまいましょう」

「あぁ、生きながらの地獄とはどういうものかを味わわせてやろうか」

冗談めかしながらも、魔獣を前にしたような本気の目をするクライド様に、思わずゾクリと背筋が凍る。

地位も財も力もあるクライド様にとって、叔父もトラゴも恐れる必要などない。

私にとって、スティーナや叔父は私のものを奪っていく存在であり、決して許すことのできない人たちだ。自分よりも苦しんで不幸になって欲しいとさえ願っていた。

だが、そんな感情に支配されている自分もまた、彼らへの恨みに雁字搦め（がんじがら）になり、幸せとは程遠い気持ちを持っていた。

永遠に満たされない欲を抱えて生きていく。それも悲しく寂しい人生なのだと、クライド様に言われなければ気がつかなかった。

「彼らが地獄に堕ちようとどうなろうと、最早私には関係ない。……そう言えるようになりたい」

いつの日か、あんな人たちもいたなと笑い飛ばせる日が来ると良い。

「これからそうなれるさ」

目を閉じて穏やかな表情で頷くクライド様の横顔を見つめる。

――きっと、クライド様と出会わなければ、こんな気持ちになることはなかった。

「クライド様は、なぜそのように優しくいられるのですか？」

「俺が？　優しい？」

心底驚いたように、クライド様は目を見開いた。

「はい。失礼な発言であれば申し訳ありませんが、クライド様はこれまで自分の運命に嘆いたり、他者を恨むことが沢山あってもおかしくないと思います。……それなのに、なぜそこまで人を許せるのですか？」

クライド様は私の問いに、「あぁ」と納得したように頷いた。

「許せる、か。許すとか許さないとか、俺にそんな権限はない。それに、もし俺がそう見えるのであれば……それは、誰かに期待することをやめたからなのかもしれないな。期待しなければ裏切られることもない。それを優しさとは呼ばない」

「期待を、しない……」

「俺も大概、侘しい人間だ」

「違います！　クライド様と、彼らは大違いです」

　眉を下げ自嘲の笑みを浮かべるクライド様の袖を、私はギュッと掴む。

「もしも、クライド様が人を信じることも期待することもできないのであれば……。私がクライド様を信じます。あなたが自分を優しくないと思っていても、私はクライド様の優しさを知っています」

　クライド様が人を信じられないのも、期待出来ないのも、それは仕方がないだろう。だけど、いくらクライド様自身であろうと、彼の優しい心根（こころね）だけは否定して欲しくない。

　私は何度も、クライド様の優しさに救われてきたのだから。クライド様がいなければ、私は未だ復讐心に囚われ、彼らのような酷く虚しい人間に成（な）り下がっていた。

　それを止めてくれたのがクライド様だ。

「クライド様が私のことを信じなくても良い」

　今は私のことをどうか信じてくれとは、決して言わない。その気持ちを押し付けようとはしない。

「ただ、私はクライド様を裏切ることはありません。私のこれからの行動でそれを示します」

　もしいつか、私の言葉が本当だったのかもしれない。そう思ってくれる日が来てくれるのなら、それが私の願いだ。

　クライド様から視線を逸らさず思いの丈をぶつける私に、クライド様は瞠目（どうもく）した。しばらく黙っていた彼だったが、片手で目元を覆うと肩を揺らし始めた。

「……熱烈だな」

手を外してこちらへ流し目を寄越したクライド様は、どこか楽しそうに目を細め美しい笑みを浮かべた。

――そんな嬉しそうな顔を向けられるなんて、思ってもいなかった……。

クライド様の表情に、ドキッと心臓が跳ねる。

最近は随分と表情が豊かになったクライド様だが、このように声を出して笑みを向けられると心臓に悪い。今も隣に座るクライド様に自分の心臓の音が聞こえてしまいそうなぐらい、ドキドキとうるさく鳴っている。

「し、信じるだなんて……大それたことを言ってますが、だからといってクライド様に負担に思って欲しくないのです」

「あぁ、わかっている。お前は嘘が得意ではないだろう？　すぐに表情や態度に出るからな」

「それは……その通りですが」

「悪い意味ではない。欠陥だらけの俺に、こんなにも真正面からぶつかってきて、寄り添おうとしてくれる者がいる。それがこんなにも嬉しいことだとは知らなかった」

クライド様は私の髪の毛に手を伸ばす。すると、私の頭に乗っていたであろう水色の花びらを摘まみ、自身の唇に当てた。

「ありがとう。ルイザ」

　いつだって美しいと思っていた。だけど、なぜか泣きたくなるほどに、今のクライド様はとても綺麗に微笑んだ。

　琥珀色の瞳が庭園のライトに反射してキラキラと輝き、柔らかい風に黒髪が靡く。

　満月の月明かりも、庭園に美しく咲く色とりどりの花々も、柔らかいオレンジ色のライトも、何もかも消えた訳ではない。それなのに、まるで世界に私とクライド様しか誰もいなくなってしまったのではないか。そう思えるほどに、私の目にはクライド様しか映っていない。

「俺の元へお前が来てくれたのは、何かの褒美なのだろうか。それとも、悪夢の前の幸せな夢なのだろうか」

「これが夢であれば、私は困ります」

「ははっ、そうだな。……今までの俺は、ルイザがいなくてよく生きていられたものだ」

　クライド様は指で摘んでいた花びらから手を離す。すると花びらはひらりと風に舞って、遠くに飛んで行った。

「感謝を伝えなくてはいけないのは私の方です。クライド様、本当にありがとうございます。今回のことだって、もし本当にトラゴの元へ嫁ぐ道しかなくなったらと思うと、何度も怖くなりました」

「そんなこと、させるはずがないだろう」

クライド様は真剣な表情で、私の両肩を摑んだ。その力の強さにクライド様の想いが込められているようで、私は息を飲んだ。

「お前の帰ってくる場所は、俺のところだと。そう約束したはずだ」

「それは、どういう意味なのですか？」

「さっきの嘘を本当にしたいぐらいには、本気で思っている」

――まさか、嘘って。

「さっきの嘘って……もしかして、婚約の話ですか？」

「あぁ」

クライド様は、長い睫毛を震わせながら、縦に頷いた。

――嘘を本当に、というのは……私の本物の婚約者にクライド様がなりたいと思ってくれている、ということ？　それはどういう意味だろうか。

同情なのか、それとも親愛の情なのか。普通はそう考えるのが当たり前だろう。

だけど、クライド様の熱っぽい視線が、私を勘違いさせる。もしかして、そんなはずはない。

だけど……。グルグルと混乱する頭で考えるも、答えは出ない。

「クライド様、私のことが好きなのですか？」

思い切ってそう尋ねてみるも、その答えを聞きたいような、否定されたらどうしようと怖くなるような、相反する気持ちが私の中に混在する。

私の問いに考えるように僅かに目を伏せたクライド様に、先ほどから速くなった心臓の音は、徐々に加速するばかり。

「……俺は愛だとか好きだとかいう感情を持ったことがない。そのような感情とは無縁のはずだったんだ。だが……お前に出会って、初めて失いたくないという気持ちを知った」

クライド様の視線がこちらに向く。

透き通っていて、それでいて蠱惑的な瞳は、私を魅了し離さない。逸らすことのできない視線に、もうとっくに捕らわれている。

「誰にも奪われたくない。ルイザの側にいるのは、俺であって欲しい。……そう感じている」

「クライド様……」

「側にいたい。お前の笑顔を俺だけに向けて欲しい。離したくない。この感情は間違いなく俺のものだ」

意図せず、私の頬を温かい涙が伝った。

「愛している」

私の涙を手で拭ったクライド様は、切なげに微笑んだ。

「一度口にしてみると、やはりこの感情がそうなのだと実感できる。……あぁ、確かに俺はお前のことが好きなのだな」

クライド様に拭ってもらった涙は、次から次へと溢れ出る。だが、それは悲しい涙ではない。

心が震えて、自分でもどう止めれば良いのかわからない。

するとクライド様は不安気に眉を下げた。

「お前は、どう思っているんだ」

「私は王都に帰ってきて、屋敷に閉じ込められている間もずっと、あなたに会いたくて仕方がなかったのです。気がつけばクライド様のことばかりを考えてしまって」

クライド様の言う通り言葉に出すと、途端に自分の気持ちがスウッと胸に落ちてくる。

――そうだ。私はもうずっと前から、クライド様に惹かれていた。

尊敬や憧れもあるだろう。だけどそれ以上に、私の心がクライド様のことを好きだと叫んでいる。

「ルイザ」

驚いたように目を見開くも、すぐに破顔したクライド様に、私はまた歓喜の涙が溢れ出る。

時を遡る前にだって、こんな気持ちは抱いたことがない。オーブリー伯爵家のことや自分の身を守るためでもない。打算なんかじゃない。

「きっと、これが私の初恋かもしれません」

初めて、私は心から一緒にいたいと思える人に出会えた。

「あなたの側にいたいです。帰りたいです。リプスコム城に」

そう言葉にした瞬間、逞しい腕の中に包まれた。

頬にクライド様のサラサラとした黒髪が触れる。

「ルイザ、ありがとう。……あぁ、帰ろう。俺たちの家へ」

何かを耐えるように絞り出した声色に、私は顔を上げようとする。だが、クライド様の手がそれを阻んだ。優しく頭を抑えられ、私はクライド様の胸にそのまま寄り掛かる。

すると、私を抱く腕が僅かに震えていることに気がついた。

「拒絶されることを恐れたのは、初めてだ。もしもルイザが戻りたくないと言うのなら、俺はそれを受け入れなければいけない」

「そんな……拒絶などするはずがありません」

「あぁ。もしも、の話だ。王都に来るまで、ずっと考えていた。ルイザの気持ちが変わったとして、俺はちゃんとそれを受け入れることができるのかと」

「それで、結論は出たのですか？」

「そうだな。さっきまでは、もしかするとルイザが泣き喚いて拒否すれば手を離せたのかもしれない」

その答えに、私は少なからずショックを受ける。

信じることができない。期待もできない。クライド様がそう言っていたのを受け入れたいのは変わらない。それでも、クライド様と自分の間では想いの強さが明確に違うのかもしれない。そうまざまざと思い知らされた。

ギュッとクライド様の胸元にしがみつく私の頬を、クライド様が優しく包み込む。そして、ゆっくりと私の顔を上げた。

近距離に迫るクライド様の表情は、先ほどまでより甘く、とろりと溶けるはちみつに似た瞳に魅了される。

「そんな顔をするな。さっきまでは、と言っただろう？」

「では、今は変わったのですか？」

私の問いに答えるように、クライド様は私の髪の毛を撫でるように梳く。

「あぁ。俺は、お前を二度と離すことはないだろう」

僅かに揺れるクライド様の瞳を見つめながら、私はじわじわと胸から全身へと熱が広がるのを感じる。きっとこれは私だけのものではない。クライド様の視線から、指先から、笑みからその熱は伝わってきてるのだろう。

「蜘蛛の巣に飛び込んでしまった蝶は逃げられない。だからこそ、俺はルイザの想いを尊重しようとした。……だが、もう我慢しなくても良い、ということだな？」

高慢な物言いとは違い、瞳からは少しの恐れが滲み出ている。きっと今もまだ、私が逃げ出さないかと心配なのだろう。

だが不思議なことに、私はそんなクライド様でさえ、自分のことをこんなにも強く想ってくれているのだと嬉しくなってしまうのだから仕方がない。

私はクライド様の不安が少しでもなくなるようにと、笑みを零した。

「えぇ、もちろんです。クライド様、知らないのですか？　私はしつこい性格をしているのですよ」

そう言うと、クライド様はキョトンと目を丸くした後、フッと吹き出した。

「あぁ、よく知っている」

それはいつだって大人びて達観したようなクライド様とは違い、年相応の21歳の青年の無邪気な笑顔だった。

◇

「コホンッ」

クライド様と笑い合っていると、背後から聞こえてきた咳払いに慌てて振り返る。

「お、お兄様！」

そこにいたのは、不機嫌そうに眉を顰めたライナスお兄様の姿だった。

「……どう考えても、今のタイミングは自重すべきだと思うが？」

青筋を立てたお兄様に、クライド様は不服そうに苦言を呈す。だが、お兄様はベンチの目の前までやって来ると、私とクライド様の体をグイッと引き離した。

そして、私を立ち上がらせると、自分の腕の中に入れた。

「流石に、まだ妹を嫁に出すつもりはありませんから」

クライド様は深いため息を吐きながらベンチから立ち上がり、腕を組んで冷たい視線をお兄様へと向けた。

「ライナス、シスコンも大概にしないと嫌われるぞ」

「いいえ、私はシスコンなので、いくら仕える相手であろうと交際には口を挟んでいきます」

どこか吹っ切れたように、クライド様に突っかかっていくお兄様に私は思わず目を丸くした。

「お兄様……パーティーで何か変なものを口にしたのですか？　それか、お酒を随分と飲まれたとか？」

「変なものは口にしていないし、酒も飲んでいない」

無表情、塩対応がデフォルトなお兄様の変貌ぶりに、私は眉を寄せながらまじまじとお兄様を見つめる。すると、お兄様はばつが悪そうに視線を彷徨わせた。

「家族であれば、兄妹であれば、口に出さずとも私が如何にルイザを大切に思っているのか伝わると思っていたんだ。もちろん叔父上の策略もあるが、私がお前を不安にさせ過ぎたせいでこのような事態になってしまったんだ」

「それで、変わろうと？」

「……そうだ。変だろうか？」

犬の耳が垂れるように、シュンと肩を落とすお兄様に私はクスッと笑みが漏れる。

「いいえ、嬉しいです。私もお兄様もお互いの考えなど、完璧に知ることは無理ですもの。私も良いことも悪いことも、お兄様に伝えていきたいです」

「そうか。それならば良かった」

私の言葉に、お兄様は嬉しそうに三白眼の目を輝かせた。尻尾がついていれば、きっとブンブンと振っているのだろう。

長いこと離れていたというのに、不思議と久々に会ったような気がしない。ずっと前から側にいてくれた気がする。

それほどに、お兄様の瞳は私を想う気持ちで溢れていた。

「ですが、お兄様がせっかく手紙やプレゼントを贈ってくださっていたのに、全部叔父様に取り上げられてしまっていたのが残念です。ちなみに、どのようなものを贈ってくださっていたのですか？」

「……大したものではない。プレゼントであれば、これからいくらだって贈る機会はある」

「昨年の誕生日はクマのぬいぐるみで、その前の年はウサギのぬいぐるみ、だったよな？」

言葉を濁すお兄様に、すかさず顎に手を当てたクライド様が揶揄（からか）うように言った。

「えっ？　……ぬいぐるみ？」

聞き間違いだろうかとお兄様に視線を向けると、お兄様は「うっ」と言葉に詰まりながら、気まずそうに首に手を当てた。

「……好きだっただろう。一人では眠れないと、よく人形と寝ていたではないか」

確かに、まだ8歳の頃の私は人形遊びが好きだった。どこに行くのもお気に入りのぬいぐるみを持ち歩き、寝る時も一緒だった。

だが、そんな時代もあったなというほどに遠い過去の話だ。

「お兄様、いつの話をしているのですか？　私はもうぬいぐるみと寝るような年齢ではありません」

「すまない。お前がこんなにも立派な淑女に育っていると知らなかったんだ。私の中では、ずっと小さく幼いルイザのままだった」

お兄様の中では、私はずっと8歳から成長していなかったのか。お兄様の思考に驚くと同時に、何だか面白くなってきてしまい、ふふっと笑みが漏れる。

「……すまない」

笑い出した私に困ったようにオロオロとするお兄様に、私は更に笑いがおさまらない。涙が滲むのは、知らなかったお兄様の一面を知ることが出来たからなのか、それともお兄様が幼い頃の私のイメージをずっと大事に持っていてくれたからだろうか。

戸惑うように眉を下げていたお兄様も、私の楽しそうに笑う顔を見ると表情を和らげた。

「大きくなったな。ルイザ」

しみじみとそう呟くお兄様は、どことなく嬉しそうに見えた。

——お兄様のことを何度も嫌いになりかけた。

リプスコム領まで行ったのも、お兄様へ恨みをぶつけるためだと自分では思っていた。だけど、私がリプスコム領に行ったのは、きっとそれだけではない。お兄様が私を裏切ったことをどうしても信じたくなくて、時を遡ってまでわざわざ会いに行ったのかもしれない。

今日も胸につけているアメジストのネックレスに触れる。すると、お兄様は驚いたように目を見開いた。

「今も大切にしてくれているのだな」

「えぇ、もちろんです」

「そのネックレスの石は、母上が亡くなる前に父上と一緒に選んだものだ。本当ならば、10歳の誕生日の日に贈る予定で加工を依頼していた。だが、二人はそれを待たずに、旅立ってしまった」

初めて聞く話に、「えっ」と驚きの声が漏れる。

「よく似合うな。……父上も母上も、お前の成長をとても楽しみにしていた。このアメジストのネックレスも、成長したルイザの姿を思い浮かべて、楽しそうに選んでいた。きっと、二人もこのように立派に成長した姿を空から見守り、喜んでいるだろう」

お兄様が私の頭を撫でる。優しく細められた瞳に、胸が温かくなる。

一人で戦ってきた。そう思っていた。だけど、もしかするとそうではなかったのかもしれない。私の知らないところで、私のことを愛し見守ってくれた人がいる。その事実は、私を強くすると同時に、一人で大丈夫だった自分にはもう戻れないという弱さも実感させる。

「お兄様はこれからもずっと、側で見守ってくれますよね？」

「もちろんだ。……たとえ、またしばらく会えなくなろうと」

「会えなくなるのですか？」

「早朝には、私はまた任務のためにここから離れる。だが、またすぐに会いに行く」

お兄様は私を安心させるように、微笑みを向けた。

——早朝にはいなくなる。それって……。

私は空を見上げた。すると、今も変わらず満月が綺麗に輝いている。

クライド様へと視線を向けると、彼は私と目が合った瞬間に不思議そうに首を傾げた。

クライド様とお兄様を交互に見ていると、ある可能性が浮かんできた。

「……えぇ。ですが、お兄様は今までも一番近くにいてくれましたよね？　私がリプスコム領を訪ねてからずっと」

私の言葉に、クライド様とお兄様は二人とも同じように驚愕の色を露わにした。

——クライド様とお兄様が思った以上に気安い関係であること。二人揃って満月の夜に現れたこと。そして、先ほどクライド様から聞いた、呪いが消える夜のこと。

それらを組み合わせると、一つの答えに辿り着く。

何より、リプスコム城からオーブリー家に戻ってきてからも、ずっと私の側にいてくれた大事な存在は、お兄様によく似た瞳をしている。

「エルは、お兄様ですよね？」

お兄様の目をジッと見つめる。意志の強そうな黄緑色の瞳は、今は動揺したように揺れていた。

それでも、私を見つめる優しげな視線は、エルもお兄様も一緒だ。

「……気がついていたのか？」

「いえ、半信半疑でした。でも、瞳が似ている気がして」

――やっぱり、エルの正体はお兄様だったんだ。

リプスコム城にお兄様がいるという証拠を持ち出してきたのも、冬の寒さを和らげてくれたのも、叔父から身を挺して守ってくれたのも。全てはお兄様だったんだ。

「なぜ教えてくれなかったのですか？　私、お兄様が姿を変えようと拒絶なんてしません。……もちろん、最初は驚くとは思いますが」

私の言葉に、お兄様だけでなくクライド様も嬉しそうに口元を緩めた。

「それはわかっていた。閣下は、何度も私に正体を明かすべきだと言ってくれた。けれど、私がルイザには伝えないで欲しいと頼んだんだ」

「なぜですか？」

「……これ以上、がっかりさせたくなかった」

「がっかりなど！」

「わかっている。だが、情けないことだが、お前の前ではいつでもかっこいい兄でいたかったんだ」

お兄様の予想外の言葉に、私は何度も瞬きをする。

――これが、本当にお兄様？　いつだって表情を変えずに淡々と剣の腕を磨き、常に広い背中を私に見せてくれた。

それが、今や悔しそうに「ルイザも最初は犬に間違えた」とポツリと呟いた。

「犬に間違えたことが、そんなにショックだったのですか？」

ポカンと驚いて口が開く。お兄様は恥ずかしそうに僅かに頬を赤らめながら、小さく頷いた。

「鏡でよくよく姿を見てみたが、確かに大型犬に見えなくもない。それに、可愛いなどとよく撫でられるのも、気恥ずかしかった。……何より、自分の意思とは関係なく尻尾は揺れる」

お兄様は今、決死の告白をしているのだろう。だが、私にしてみれば、いつもかっこいいお兄様の可愛らしい姿が見ることが出来、戸惑いよりも嬉しさが勝った。

「ただ、正体を明かせなかったが、嬉しかったんだ。リプスコム城にお前が単身乗り込んできたことには、もちろん驚いたが。……それ以上に、ルイザが俺に会いたいと思ってくれていたことを知ることができた。それだけで、気持ちが舞い上がった」

「お兄様は、狼の姿でもずっと私の尊敬するお兄様でした」

そう告げると、お兄様はどこか嬉しそうに目を細めて「そうか」と頷いた。

「ライナスは、俺の痣同様に日の出と共に再び狼の姿へと戻る。今までは頑なにルイザの前では話すことはなかったが……会話も可能だ」

「えっ、そうなのですか？」

クライド様の言葉に、驚いてお兄様の顔を見る。すると、お兄様は気まずそうに視線を逸らした。

――ということは、お兄様は意思疎通が可能だったにもかかわらず、本物の狼のふりをしていたということなのか。

「それにしても……オーブリー家というのは、本当に頑固者ばかりなのだな。ライナスも、ルイザも。お前たちはよく似ている」

腕を組んだクライド様は、私とお兄様へ順に視線を向けて、肩を竦めた。

「まぁ、兄妹ですからね。似たところはあるでしょう」

そんなクライド様の言葉に、お兄様はどこか嬉しそうに頷いた。そんな姿に、私はどこか気恥ずかしいくすぐったさを感じる。

そして、ふと疑問が湧いてくる。

「あの……クライド様」

「あぁ、どうかしたか？」

「お兄様が狼の姿になっているのは、やはり呪いの影響なのですよね？　なぜ、王家の血筋ではない兄が、呪いの影響を受けたのでしょうか」

真っ直ぐにクライド様の目を見る。すると、クライド様は一瞬目を閉じると、一度深呼吸をして、ゆっくりと目を開けた。

「そうだな。その説明をしよう。……ライナスが狼に姿を変えることになった、あの日のことを」

「閣下！」

抗議の声を上げるお兄様に、クライド様が手で制した。

「狼がライナスだという事実を知れば、なぜそうなったのかと疑問に思うのは当たり前だ。俺としてはあの日に何があったのか、それをルイザに伝えることに何ら問題はない」

「ですが、緘口令(かんこうれい)を敷いたものを、特別ルイザだけに話すというのも」

「ルイザも関係者だ。知る権利がある。それに、お前の妹はこの事実を話したところで口外する者ではないだろう？」

「それは……」

――緘口令を敷いた事件……？

クライド様との賭けで、城の使用人たちが戻ってきた。その15名程度の彼らは皆、事件の関係者だったのだろう。そして、その噂が一切流れていないことを考えると、リプスコム家の使用人たちは皆、随分と口が固い。

いくら仲良くなろうと、ブリジットが自身の秘密を明かさなかったのも、お兄様が姿を変えたことと、何か関係があるのだろうか。

「クライド様。お兄様だけでなく、ブリジットやデレク様にも、同じように秘密があるのですよね？」

「……その通りだ。ライナス、デレク、ブリジット。彼らが姿を変えたのは、全部俺のせいなんだ」

そう告げたクライド様の眉間に深い皺が寄る。

重い空気に、クライド様がどれほどその事件のことを深く悔いているのか、何も知らない私にまで伝わるようだ。

「今より昔、俺の魔力暴走は頻発していた。巨大な力は、お前も知っての通り母をも殺した」

「……はい」

「俺が悪魔だと言われているのは、何も呪いの痣だけを指すのではない。俺の魔力暴走に巻き込まれて命を落としたのは、母以外にも数多の者がいた。そのほとんどが、父の命令で私の側に置かれた身分の低い使用人たちだ」

私も聞いたことがある。呪い持ちの第一王子に近寄ると、呪いの力で殺されると。それらは皆、呪いに近過ぎたせいで心を蝕まれ、自ら命を断つという噂だった。

まさか魔力暴走で命を落としていたとは。

「祖父母の顔さえ薄れているというのに、魔力暴走のせいで亡くなった者たちの顔は、脳裏に焼き付き消えることがない」

——そんな。自分の意思とは関係なく、人を殺めてしまうなど。

絶句する私を見たクライド様は、力無く視線を地面へと下げた。

「魔力暴走を隠そうとする父は、俺の側にいることで死に巻き込まれる可能性が高いことを知っていた。だからこそ、俺の使用人たちのほとんどは、身寄りのない者ばかりだった」

「身寄りのない者……」

「家族がいれば、なぜ王宮で死んだのだと追及する者が後を絶たないだろう。そこで、孤児を連れて来ては、王宮で使用人をさせた。……身寄りがなかろうと、貧民街で生まれようと、金がなかろうと、彼らだって同じ人間だというのに」

「クライド様……」

「あの場所では、俺の使用人というだけで、命の重さは王宮に咲くバラよりも軽い」

クライド様が魔力暴走に巻き込むことをあんなにも恐れ、人を側に置くことを嫌ったのは、王宮での壮絶な経験がそうさせていたのか。

「閣下は、リプスコム城の裏庭に魔力暴走で亡くなった者たち全ての墓を建て、毎月手を合わせている」

お兄様は、クライド様の苦悩をいつも側で見ているのだろう。悲痛な面持ちをするクライド様に、様子を窺うような視線を向けた。

それなのに、私はクライド様の魔力暴走をもう何年も起こっていないのだからと軽く考えていた。……クライド様には決して忘れることのできない十字架だというのに。

「私……そんなことも知らず、勝手にリプスコム城の使用人たちを戻そうなどと軽く提案してしまい……」

「いや、必要以上に恐れていた俺の壁を壊してくれたルイザには、感謝しかない」

眉を下げたクライド様は、私の気持ちを汲んで優しく微笑んだ。

「それに、母の死からすぐ、リプスコム公爵家へ養子に出てからは環境が変わった。何より、ライナスが護衛に選ばれたからだ。ライナスが俺の元に来てからは、魔力暴走が何度起ころうと一人も死人は出ていない」

「えっ？」

「ライナスは唯一、俺の魔力暴走を収める力がある。魔力暴走を起こす俺に、ライナスが直接魔力を注ぐと、不思議と俺の魔力はゆっくりと落ち着いていく」

「それって」

「そうだ。ルイザと同じく、ライナスもまた俺の魔力に抵抗する力を持っている」

リプスコム城の食堂でクライド様の魔力を跳ね返した時、オーブリーの血筋かと言っていたのはこのことだったのか。

「ですが、お兄様には呪いに抵抗する力があるのにもかかわらず、なぜ狼の姿に?」

私の問いに、クライド様は遠い昔を思い出すように空を見上げた。

「あぁ。あれは最後の魔力暴走を起こした5年前の日。ちょうど城の敷地内の神殿にいた時に、かつてないほどに巨大な魔力暴走が起こった。それは城全体が揺れ、神殿を破壊するほどの大きなものだった。……本館や別館、庭などにいた他の者は何とか逃げ出せたが、神殿にいたブリジットとデレクだけは逃げ出すことができなかった」

「その時、お兄様は……」

「私は騎士団の訓練場にいた。すぐに閣下のいる神殿に向かったのだが、その時の魔力暴走はどこかいつもと違った。デレク様やブリジットがかなりの重傷を負っていたこともあって、私もどこまで冷静でいられたか覚えていない。だが、手を伸ばし何とか閣下の体に触れ、魔力を流すことに成功した」

「その時に、俺の魔力とライナスの魔力が反発し合ったのか、目が眩むような光が俺たちを包み込んだ」

「そんな……それで、どうなったのですか」

ゴクリと唾を飲む私に、クライド様がこちらへ顔を向けた。

「しばらく意識を失っていた俺たちが目を覚ますと、ライナスは狼に、ブリジットは少女に、デレクは……ウサギの姿へと変わってしまっていた」

やはりデレク様は元々人間だったのか。だからこそ、ウサギと呼ぶことをあんなにも嫌ったのだろう。高慢な態度もまた、おそらく身分の高い方だったからなのかと納得する。

「ブリジットは……少女の姿に？　元々は違ったのですか？」

「ブリジットは、私よりも年上だ」

クライド様の言葉に驚きよりもまず、やっぱりそうなのか、という感想を持つ。

小さな体をした少女にしては、いやに落ち着いた言動だったし、まるで姉がいたらこんな感じだろうかと思うほどだった。何より、10歳にしては侍女として有能過ぎる。

「では、デレク様とブリジットも、元の姿に戻れる日があるということですよね？」

「あぁ。なぜかはわからないが、今日のような満月の日には呪いの効力が弱まるのだろう。彼らもまた、雲一つない満月の夜のみ、元の姿に戻ることが出来る。リプスコム領も今夜は綺麗な夜空だった。きっと、あの二人も今頃は元のデレクとブリジットになっているのだろう」

クライド様の悔いた表情から、彼が何を憂えているのか伝わるようだ。

――クライド様の呪いが一代限りで自分以外に被害がなければ、とっくに呪いを解くことを諦めていたのかもしれない。

それを諦めなかったのは、きっと。

「クライド様がどうしても呪いを解きたいのは、ご自身のため、王家のためだけではないのですね」

「俺は沢山の者たちの幸せを奪ってきてしまったんだ。時間が許す限り、俺の呪いが全て解けずとも、ライナスたちだけは元の姿に戻したい。それが、俺の願いだ」

クライド様は、自嘲の笑みを浮かべながら私の顔を見ると、眉を下げた。

「幻滅したか？」

「……いえ。ですが、言いたいことはあります」

私の言葉に、彼は真剣な表情でこちらを見た。だが、ここまでの真実を話してくれたクライド様は、それにより私の見る目が変わるのではないかということを恐れているように見える。

その証拠に、クライド様の表情は僅かに強張っていた。

「何だ」

「クライド様の呪いが解けなくても良いだなんて、そんなことは言わないでください。……もし、あなたがこの世からいなくなってしまったら、私はどうすれば良いのですか？」

そう言葉にしてみると、ギュッと胸が締め付けられる。

「ルイザ……」

「こんな気持ちを抱かせておいて、勝手に死ぬなんて……そんなこと、許しません」

クライド様の両腕を強く掴む。すると、クライド様は息を飲んだ。

「クライド様は、あなたのいない世界で私が他の人と結婚しても良いのですか？」

私の言葉に狼狽えるクライド様は、視線を彷徨わせた。

「あっ！　それがお前の幸せなら、とか何とかは絶対に言わないでくださいね！」

クライド様が言いそうなことを先回りして釘を刺す。すると、彼は僅かに目を見開く。

私のことを想ってのことだとはわかるが、そんなことを言われても全く嬉しくない。

私はクライド様が近い将来に死ぬなんて、絶対に信じたくない。もしもや仮定であっても、クライド様がいない世界なんて考えたくもない。

「クライド様の本心を、嘘偽りない心のままをお聞かせください」

「そうだな。ルイザが他の者と結ばれる未来か。……あぁ、それは……嫌だな」

眉を寄せてポツリと呟いたクライド様は、僅かに顔を歪めた。

「ルイザを幸せにするのも、一緒に生きるのも、俺でありたい」

絞り出すようなその声に、ギュッと胸が掴まれる。

「それならば、25歳までじゃなくて、クライド様の26歳の姿も、27歳の姿も私に見せてください」

25歳で死ぬ運命なんて……そんなの許せるはずがない。クライド様の手を握れば、温もりが伝わってくる。頬にそっと触れれば、驚いたようにビクッと僅かに肩を揺らした後、頬をほんのりと赤らめる。

クライド様は今、間違いなく私と共に今世を生きている。呪いなんかにクライド様を奪われたくなんてない。

「いいえ、そんなのでは足りない。……ずっとずっと先。おじいさんやおばあさんになるまで、ずっと一緒に生きてください」

必死にそう言い募る。すると、クライド様は何かを噛み締めるかのように目を閉じて、頬に当てた私の手の上に、彼の手を乗せた。

「……もちろんだ。ルイザ、ありがとう」

ゆっくりとクライド様の目が開く。

琥珀色の瞳は、甘くとろけるように細められた。

「俺に希望を与えてくれて」

私は今、間違いなく幸福の中にいた。

今が幸せ過ぎて、泣きたくなるぐらいに。

私を見守ってくれる家族がいる。いつでもおかえりなさいと迎えてくれる帰る場所がある。

そして、愛する人が側にいる。

時を遡る前には、こんな感情を自分が持つことも、誰かを愛おしく感じ守り支えたいと強く願うことも知らなかった。

一度は婚約者に裏切られ処刑され、この世界の醜さに嫌悪し、恨みや怒りの感情に支配された。

それが、今は世界が一変した。

私の行動次第で、出会いを変え、運命を変え、世界はこんなにも美しいのだと知ることが出来た。

だから、もしも本当に神様がいるのなら。

どうかもう一度、私に奇跡を起こす力をください。

クライド様の煌めく瞳を見つめながら、私はそう強く願った。

処刑された悪女、回帰してしたたかに生きる

～死の元凶（呪われ公爵）に凸ったら、溺愛運命ルートに!?～

2025年2月11日　初版第1刷発行

著　者／蒼伊
イラスト／八美☆わん
発行者／岩野裕一
発行所／株式会社実業之日本社

〒107-0062
東京都港区南青山6-6-22 emergence 2
電話（編集）03-6809-0473
　　（販売）03-6809-0495
https://www.j-n.co.jp/

装　丁／小沼早苗［Gibbon］
ＤＴＰ／ラッシュ
印刷所／大日本印刷株式会社
製本所／大日本印刷株式会社

ISBN978-4-408-53874-7（第二漫画）